Hippencamps
Tod nach Hausordnung

Danke, Marlou!

Hippencamps

Tod nach Hausordnung

Bibliografische Information der Deutschen Nationalbibliothek:
Die Deutsche Nationalbibliothek verzeichnet diese Publikation
in der Deutschen Nationalbibliografie; detaillierte bibliografische Daten sind im Internet über http://dnb.dnb.de abrufbar.

Barbara Richert
Gundula Thors
Volker Hagelstein

Herstellung und Verlag:
BoD – Books on Demand, Norderstedt

ISBN: 978-3-7481-3327-8

🐘 1 🐘

Es war 11 Uhr 15 am Vormittag, die Bettwäsche gelüftet, der Abwasch erledigt und der Postbote war auch zur üblichen Zeit dagewesen. Und es gab keinen zwingenden Grund, bereits jetzt auf den Knopf zu drücken. An der Treppe stand der Korb mit den Pfandflaschen, alles war bereit für den Gang zum Supermarkt. Aber das Unheil, das sich seit Tagen anbahnte, zwang sie zurück ins Wohnzimmer.

Sie holte Luft und drückte ab. Es passierte nichts.

„Plasma, Tante Irene. Plasma musst du gucken."

Sie wolle keine Polarlichter bestaunen, sondern die Abendnachrichten sehen, hatte Frau Mewes ihrem Neffen erwidert. Doch es war sinnlos. Er hatte gar nicht verstanden, dass sie ihn um Hilfe bei der Reparatur bitten wollte. Für ihn existierten keine defekten Elektronikgeräte; sie waren zum Zeitpunkt ihres Ausfalls immer schon veraltet und somit grundsätzlich nicht mehr zu gebrauchen.

Sie starrte auf das schwarze Glas, bis sie sich selbst sah und erschrak. Schnell blickte sie auf und sah nun aus dem Fenster. Polarlichter gab es draußen nicht, aber der Hausmeister, der – wahrscheinlich zum letzten Mal in diesem Jahr – missmutig die Rasenkanten trimmte, war gekleidet wie für eine Expedition zum Nordpol. Es war ein kühler Morgen, und wenn sich hier ein langer Winter ankündigte, sollte sie etwas unternehmen.

Daher nahm sie die gelben Seiten aus dem Regal, blätterte vor bis zum „F" und weiter bis „TV-Dienst – schnell-gut-günstig". Der erstbeste Eintrag. War dem zu trauen? Vielleicht war es wie mit den Schlüsseldiensten – überwiegend Betrüger, gerade die auffälligen.

Schließlich entschied sie sich, erst einmal zum Supermarkt zu gehen. Sie griff nach dem Korb auf der Treppe, neben dem das Päckchen stand, das sie dem Kurierboten am Morgen abgenommen hatte. Ganz nervös war der gewesen, hatte sie eindringlich angesehen und mit rollendem „R" gefragt: „Klosterfeld? Klosterrfeld??" Wahrscheinlich stand er unglaublich unter Zeitdruck, der arme Kerl. Da hatte sie ihm das Päckchen natürlich gern abgenommen.

Herr Klosterfeld wohnte gegenüber und hatte drei herausragende Eigenschaften. Er sah aus wie Sascha Hehn, er war schwul und er putzte nie das Treppenhaus. Fragen könnte man ihn wegen ihres Problems auf jeden Fall. Immerhin arbeitete er im Laden ihrer Schwester Betty. Aber ob er Fernseher reparieren konnte? Frau Mewes bezweifelte es. Dürfte wohl eher mit Kerzen und Nippes hantieren als mit Elektrosachen.

Am besten, dachte sie, gehe ich in das Geschäft, wo ich das Fernsehgerät gekauft habe. Wenn sie schon keinen eigenen Reparaturdienst haben, werden sie doch wohl eine Werkstatt empfehlen können für Kunden, die ihren kleinen Laden unterstützen, anstatt in einem der großen Elektromärkte zu kaufen.

Den Wohnungsschlüssel in der Hand, zögerte sie die Tür zuzuziehen. Hatte nicht eben noch die Sonne geschienen? Jetzt erschien der Himmel, den sie durch das geriffelte Glas des Fensters im Treppenhaus nur schemenhaft erkennen konnte, eher grau. Also zurück in die Wohnung. Der Blick vom Balkon verhieß nichts Gutes. Windböen schüttelten die Äste der alten Bäume. Es rauschte und knackte.

Die Bäume müssten dringend beschnitten werden, stellte Frau Mewes zum wiederholten Mal fest. Sie schaute auf die Tanne und in das noch leidlich grüne Laub der Linde vor ihrem Balkon, das sich nun bald in einen gelben Blätterregen verwandeln würde. Immerhin wird mein Wohnzimmer etwas heller, wenn das Laub abgefallen ist, dachte sie und schaute erneut in den Himmel: Wird das ein grässlicher Herbst nach dem verregneten Sommer? Vorhin sahen die Wolken noch ganz harmlos aus. Nicht so bedrohlich graudunkel. Wetterjacke oder Schirm, überlegte sie, und sah aus den Augenwinkeln einen huschenden Schatten.

Sie drehte sich um. „Wie niedlich, wen haben wir denn da? Willst du mich besuchen?"

Eines der possierlichen Eichhörnchen, die sie alljährlich den Winter über mit Nüssen fütterte, kam durch die Balkontür herein. Es richtete sich auf zwei Beinen zu höchster Länge auf, bleckte die Zähne, keckerte frech und pisste bei steil hochgestelltem Puschelschwanz gegen den Fernsehsessel.

„Also wirklich! Das geht jetzt aber zu weit!"

Irene Mewes griff eine Zeitung, scheuchte das Eichhörnchen hinaus, das nach mehreren Zickzacksprüngen durch das Zimmer wütende Laute ausstoßend auf das Seil hüpfte, welches zwischen Balkongitter und Tanne gespannt war, um dann zwischen wippenden Zweigen zu verschwinden.

„Ist das der Dank dafür, dass ich für dich und deine Brut teure Haselnüsse kaufe!? Da kannst du noch so viel markieren, dein Revier ist draußen, hier wohne ich, hier drinnen hast du Frechdachs nichts zu suchen!"

Sie ging in die Küche, suchte einen alten Putzlappen, hielt ihn unter den Wasserhahn und besprühte ihn mit Desinfektionsmittel. Während sie fluchend vor dem Sessel kniete, musste sie plötzlich lachen. So ein unverschämtes kleines Biest, aber zu putzig mit seinem buschigen rotbraunen Schwanz.

In einer Fernsehsendung hatte es geheißen, die größeren Grauhörnchen aus den USA würden bald die einheimischen Eichhörnchen vertreiben. Darüber hatte sich Irene Mewes auch schon mit dem Hauswart unterhalten, weil er sich über die leeren Nussschalen unter ihrem Balkon beschwert hatte. „Tauben füttern, diese ekelhaften Flugratten, und jetzt auch noch Eichhörnchen", meckerte er. „Und ich darf den ganzen Dreck dann wegputzen."

Erst als Frau Mewes eine ironisch gemeinte Bemerkung machte über möglicherweise aus dem Ausland zugezogene Immigranten, die dann auch noch frech würden und die Einheimischen aus ganzen Stadtteilen vertrieben, horchte er interessiert auf, sagte aber nichts. Frau Mewes war enttäuscht, dass er sich auch jetzt wieder bedeckt hielt. Aus diesem Mann wurde sie nicht schlau. Mal war er ausnehmend hilfsbereit und freundlich und dann wieder wortkarg und mürrisch. An längercn Gesprächen mit Irene schien er schon gar nicht interessiert zu sein. Manchmal hatte sie den Eindruck, dass er vor Abwehr rot anlief, wenn sie etwas weiter ausholte. Halt bloß die Klappe, schien er zu denken. Auch bei dem Immigrantenthema hätte Irene gerne gewusst, was dieser Mann so dachte, und setzte noch eins drauf: „Na, genauso wie diese Grauhörnchen", fügte sie herausfordernd lachend hinzu. „Dagegen muss man doch etwas tun."

Nun will ich aber endlich los, dachte sie in Erinnerung an ihren erfolglosen Aushorchversuch. Den Schirm steckte sie in den Ständer zurück. Inzwischen war es derart stürmisch geworden, der Knirps würde dem Druck des Windes nicht standhalten. Sie zog die gegen Regen imprägnierte Kapuzenjacke vom Kleiderbügel und griff sich schnell die Umhängetasche vom Haken.

Im Flur warf sie noch einen Blick auf das Päckchen für Herrn Klosterfeld. Es sah ramponiert aus. Die Adresse war so ungelenk geschrieben – und da, das hätte ein I sein müssen und kein U. Sah eher wie kyrillische Schrift aus. Was da wohl drin ist?, überlegte sie, während sie die Treppe hinunter stieg und die Wohnungsschlüssel in ihre Jackentasche steckte.

Als sie die Haustür öffnete, stockte sie für einen Augenblick. Direkt vor ihr kniete der Hausmeister am Rand zwischen Plattenweg und Rasenfläche. Er trug jetzt seinen offiziellen grauen Kittel, während die Pelzkragenjacke zusammengerollt auf dem Rasen lag. Mit einer Gartenschere schnippelte er Grashalme ab, die sich erdreisteten etwas überzustehen. Er legte sein Werkzeug beiseite, um mit beiden Händen, die in blaugelben Arbeitshandschuhen steckten, die Ernte zusammenzuschieben, die er nicht übermäßig sanft in einen Plastikbeutel stopfte.

„Du meine Güte", entfuhr es ihr. Der Wind riss ihr die Klinke aus der Hand und ließ die Tür gegen die Hauswand knallen.

„Passen Sie doch auf!" Der Hauswart drehte sich in ihre Richtung.

„Passen *Sie* besser auf", schrie Frau Mewes zurück und packte ihn geistesgegenwärtig derart fest am Ärmel, dass er die Balance verlor und aus seiner Hockstellung auf die Seite fiel. Im selben Moment krachte ein morscher Ast zu Boden, haarscharf an dem Mann vorbei.

„Oh!", krächzte er, griff sich an den Kopf und schaute in die Baumkrone. Die von ihr ausgestreckte Hand, um ihm aufzuhelfen, schien er nicht wahrzunehmen.

Frau Mewes stand noch einen Augenblick neben dem stummen Hauswart, wandte sich dann kopfschüttelnd ab. Wenn er sich nicht helfen lassen will. Dann eben nicht. Aber wie wär's mit einem Danke?! Verärgert ging sie in Richtung Gartenpforte.

Der Elektrogeräteladen war leer. Ein Angestellter hockte vor einem PC und schaute mürrisch hoch. An den Wänden waren Flachbildschirme angebracht, auf denen Programme verschiedener Sender liefen. Wirklich gestochen scharfe Bilder, dachte Frau Mewes, aber teuer, und so alt ist mein Gerät ja nun auch noch nicht.

„Wie gesagt, einen eigenen Reparaturdienst können wir uns nicht leisten. Auch nicht für bei uns gekaufte Fernseher." Der Angestellte schrieb eine Telefonnummer fragt hatte, hatte er sich ziemlich angestellt. Offensichtlich hatte er es nicht so eilig, dass sie sich bei ihm blicken ließ. Ob ihm irgendetwas daran peinlich war? „So eine Art Ökoladen", hatte er gesagt. Was man tatsächlich nicht so ohne Weiteres von ihm erwartet hätte. Mit seinem kantigen Gesicht, den widerspenstigen flachsblonden Haaren, seiner Vorliebe für Jeans- und Lederjacken und seiner viel zu großen Nase gehörte er eher zum Typ frecher Hamburger Jung als zum Umwelttheiligen. Aber wer weiß? Vielleicht hatte ihn ja jemand bekehrt. In solchen Fällen dürfte es sich um eine Jemandin handeln. Man durfte gespannt sein.

Mit verschmitztem Lächeln stieg Irene in den Bus. Dort verflüchtigte sich ihre gute Laune wieder. Das Gedränge, vor allem die Blicke aus allen Richtungen, machten sie nervös.

Dreh nicht schon wieder durch, kommandierte sie sich: Wenn dich auf dem Weg zur Haltestelle niemand verfolgt hat, dann bestimmt nicht jetzt im Bus. Allerdings entfalteten ihre Beschwörungen nicht die volle Wirkung. Ängstlich sprangen ihre Blicke umher, bis sie sich an ihre Umhängetasche hefteten, aus deren geöffnetem Reißverschluss das Päckchen hervorschaute. Gezwungen unauffällig verdeckte sie es mit dem Unterarm.

Nein, keine Spur vom Ungeheuer im Bus. Natürlich wusste sie nicht, wie es aussah. Aber sie war sich sicher, dass sie es erkennen würde, wenn sie es sah. Höchstens war da eine kräftige blonde Frau mit Kurzhaarschnitt, die ihr über mehrere Sitzreihen hinweg einen knappen, aber ziemlich aufmerksamen Blick zuwarf. Aber das hatte wahrscheinlich nichts zu bedeuten. Verstohlen musterte

Irene die Tasche. Vielleicht hatte Jan eine Idee, was sie da überhaupt mit sich herumschleppte.

Am Bahnhof Altona stieg sie aus und machte sich durch verwinkelte Nebenstraßen in Richtung Ottensen auf den Weg. Durch die Hofeingänge konnte sie kurze Blicke auf die geheimnisvollen Hinterhöfe des Stadtteils erhaschen. Doch aufhalten wollte sie sich damit nicht, denn sie konnte gar nicht abwarten, Jan in seiner neuen Position zu bewundern, und malte sich aus, wie er sich in grüner Schürze zwischen Biokartoffeln und Regalen mit Gemüsesäften aus eigener Herstellung tummelte.

Nummer 78. Hier musste es sein. Ein Souterrainladen. Die Fassade um das kleine Schaufenster herum war grell bemalt. In der Tat Pflanzenmotive. Pflanzen allerdings, die ihr nicht so gut gefielen. Sie nahm die paar Stufen nach unten und öffnete die Tür. Der Verkaufsraum war klein, finster und völlig überladen. Vor dem Tresen an der Wand saß ein Mann auf einem Stuhl und nickte ihr lässig zu.

Mit um sich greifender Entgeisterung ließ Irene ihren Blick die Räumlichkeiten abtasten. Hinter dem Tresen hingen T-Shirts von der Decke, an den Wänden Glasvitrinen, in denen sich Wasserpfeifen und neonfarbene Glasröhren stapelten. Dazu ein Sammelsurium aus Tabakdosen, Drehpapier, Kerzen, Parfümflakons, indischen Tüchern und Süßigkeiten. Allgegenwärtig das Motiv der Pflanzenblüte mit den schmalen, gezackten Blättern.

„Ökoladen, ah ja!", murmelte sie.

Der Mann auf dem Stuhl lachte. „Na ja, wie man's nimmt. Immerhin geht es hier um garantiert pestizidfreie Ware!"

Sie betrachtete ihn ein wenig genauer. Nicht sehr groß, untersetzt. Durchaus nicht mehr der Jüngste. Sein graues Haar hatte er zu einem stattlichen Pferdeschwanz gebunden. Sie war sich alles andere als sicher, ob sie und Männer mit grauen Pferdeschwänzen Früchte vom selben Zweig darstellten. Andererseits hatte es eine gewisse Würde. Jedenfalls stilvoller als die jungen Leute, die ihre Arme mit diesen scheußlichen Tätowierungen vollkritzelten.

„Wissen Sie vielleicht, wo Jan ist?"

„Kommt heute etwas später. Verwandtschaft?"

Irene wollte antworten, spürte aber, wie ihr irgendetwas die Kehle zuschnürte. Hilfe hatte sie gewollt. Schutz vor diesen Verbrechern in ihrem Haus. Stattdessen ... Sie spürte Wut dunkelrot in ihren Adern brodeln. Kleinschlagen, einfach alles kleinschlagen, dachte sie.

„Upps, was ist denn jetzt passiert?", hörte sie die sonore Stimme des Fremden. Sanft berührte sie eine Hand am Oberarm. „Sie weinen ja!"

Unwirsch ruckte Irene ihren Arm aus der Reichweite dieses Menschen und seines Trostes. Ihre Wut fühlte sich gut an. Sie wollte jetzt wütend sein. Und untröstlich.

„Gar nicht! Ich weine gar nicht!", schrie sie unter Tränen den Tatsachen ins Gesicht. Und stampfte mit dem Fuß auf. Dann ein zweites Mal. So! Die Welt hatte es verdient!

„Na, na, was ist denn bloß?!", tröstete der Grauzopf in einem Ton, der befürchten ließ, dass er als nächstes ein onkeldoktorhaftes „wir" riskieren würde.

„Mein Fernseher ist kaputt!", hörte sich Irene Mewes schluchzen. Blödsinnig, dachte sie. Aber sofort wandte sich ihr lodernder Trotz auch gegen sie selbst: Na und? Darf ich vielleicht nicht mal blödsinnig sein? Wenn ich nicht heulen darf, worüber ich will, dann scheiß ich auf dich, Irene Mewes!

Über Grauzopfens zerfurchtes Antlitz aber gingen jetzt verschiedene Gedanken, saukomisch – Lacher mischten sich unbemerkt unter Irenes Schluchzer – sein Mienenspiel war so klar, dass sie ihn regelrecht reden hörte. Oder redete er?

„Ach sooo, *das* fehlt uns also ... der Fernseher streikt ... und da soll Jan ... klar ... das kann er ja ... macht er ja manchmal bei seiner Tante ... oder Moment mal: Tante – natürlich!! Sind Sie's etwa? Na klar – die legendäre Tante Reni! Da hätte ich doch gleich draufkommen müssen. Jans Nase. Na, na, der kommt schon wieder. Nicht weinen, hören Sie, Tante Reni?"

Und wieder fingerten seine Nikotinhände an ihren Schultern herum. Oder eigentlich mussten sie es schon getan haben, denn wie kam ihre Regenjacke an die Wand? War da überhaupt ein Haken? Und wie kam sie auf diesen unbequemen Stuhl? Saßen Inder auf so Stühlen? Verrückte Bande.

Hatte sie wenigstens ihre Umhängetasche noch? Ja, da war sie. Das war sie doch, oder?

Mein Gott, diese Duftlampe da auf dem Tresen, was sonderte die für Wolken ab! Da müsste auch mal einer drunter wischen. Oder war das das Muster ...? Als sie jung war, hatte sie immer Kopfschmerzen gekriegt von Patschuli. Dummerweise waren diese Räucherstäbchen sehr modern gewesen – „voll angesagt", hörte sie Jans Stimme, aber das musste Einbildung sein, er war damals doch noch gar nicht geboren, oder? –, als sie, na, eben jung gewesen war. Solche Kopfschmerzen ...!

Ach so, das dampfte gar nicht allein, da waren auch diese Tassen. Aaaah, Teeee ...! Das brauchte sie jetzt. Es war der beste Tee, den sie je getrunken hatte.

„Äh, Sie haben jetzt die Tasse mit dem Blütenmotiv genommen?" Grauzopfens Gesichtsausdruck verriet Skepsis – fast schon Entsetzen.

„Ach du je! Hab ich mir jetzt einfach Ihre Lieblingstasse geschnappt?"

„Nein, nein, völlig in Ordnung!", antwortete er mit beschwichtigendem Handwedeln. Die Skepsis in seinem Gesicht war jedoch geblieben.

Die Tasse wieder abzustellen war so schwer. Warum wollte sie nicht gerade stehen?! Blöde Tasse! Da, geschafft. Jetzt dampften sie zu zweit, die Tasse und die Lampe. Wie schön. Irene Mewes glitt gelöst seitlich vom Stuhl hinab. Zwei große Hände fingen sie gerade noch auf, und nun hätte sie ihm sicher gedankt, aber sie merkte es nicht mehr.

„Junge, Junge", brummte der Graue betreten, „einfach die falsche Tasse erwischt. Aber die Gute kann ja nun gar nichts ab! Amateure."

🐘 3 🐘

Perlen tanzten sacht im Licht, als Irene Mewes ihre Augen wieder aufschlug. Die Perlen hingen an Schnüren. Ein Perlenvorhang, eine scheinbare Grenze, eine durchschaubare Täuschung. Sie lockten Irenes Gedanken aus erstaunlichen Tiefen herauf mit ihrem Tanz. Was also war? Sie hatte plötzlich schwarz gesehen, samtschwarz.

Ach ja, Jan! Der Laden.

Über ihr lag eine kratzige Decke – könnte Brokat sein. Bunt. Irene sog ein Stück Außenwelt ein. Indisch. Nicht wie im Restaurant, aber das Licht-Klang-Geruchs-Kontinuum war indisch. Irene folgerte, dass sie in Jans verrücktem Laden war. Irgendwo. Hinterzimmer? Mehr eine Nische, nur abgeteilt durch die lautlos tanzenden Perlen. Jedenfalls lag sie, und zwar – sie richtete sich etwas auf – wieder auf so einem unbequemen Möbelstück mit vielen Verzierungen, aber praktisch gar keiner Polsterung. Und viel zu schmal. Ihr Tee war gut, aber von Möbeln verstanden sie nichts. Sie wollte aufstehen und Jan suchen. Peinlich genug, so zusammenzuklappen.

Bis sie ihre Beine aus der steifen Decke gewickelt hatte, dauerte es eine Weile. Dann faltete sie die Decke ordentlich zusammen, so ordentlich es ging, legte sie sehr rechtwinklig auf das undefinierbare Liegemöbel und fühlte sich wie ein Hund, der seine Markierung hinterlässt. Rechte Winkel eben. Hatten nicht die Inder die Geometrie erfunden? Das kann nicht sein, dachte Irene, während sie ihre Kleider glattstrich und nach einem Spiegel suchte, um ihre Haare zurechtzurücken. Das Etwas an der Wand hatte mit einem Spiegel so viel zu tun wie das Liegedings mit einer Couch – es war formlos, aber überladen mit Zierrat und Bemalung, und nur in der Mitte war ein kleiner ovaler Bereich, in dem sie sich spiegeln konnte.

Als sie ihr Gesicht in dem ovalen Fleck musterte, fiel es ihr wieder ein: Die Null. Die Inder hatten nicht die Geometrie erfunden, sondern die Null. Sieht ihnen ähnlich, dachte Irene leise zärtlich. Nun noch die Tasche greifen und hinausgehen. Den Perlenvorhang durchstoßen, die scheinbare Grenze.

Nanu, wo ist denn die Tasche? Wo ist die Tasche???

Irenes Blut wurde wärmer. In der Tasche war alles drin, nicht nur das äußerst fragwürdige Päckchen, sondern auch ihr Portemonnaie mit EC-Karte und ihre Schlüssel. Vorhin im Laden hatte sie sie noch gehabt. Wenn nun Grauzöpfchen ...? Sie traute ihm nicht. Wer in so einem Laden arbeitete! Er schien zwar anständig zu sein, aber deswegen musste er noch lange nicht redlich sein. Das wusste Irene genau. Nicht mal umgekehrt galt das. War er am Ende schon unterwegs zum Geldautomaten? In ihrem Taschenkalender war hinten bei den Telefonnummern auch die Geheimzahl der Karte verzeichnet; allerdings unter „Walter Diesner", das stand für Walt Disney, der stand für Minnie Mouse, und das stand für Money Money. Vielleicht hatte Grauzopf diese Codekette sofort durchschaut ...? Ach Unsinn. Aber es war die einzige vierstellige Nummer. Vielleicht hätte sie ...

Ein zartes Pingeln durchschauerte den Perlenvorhang. Das mussten die Ladenglocken über der Tür im Verkaufsraum sein, sie hatten einem Windspiel oder Traumfänger geglichen, jedenfalls etwas sehr Unordentlichem. Aber so süß war der Ton gewesen, er klang noch lange nach.

Ob Jan gekommen war?

„Moin", sagte die freundliche Stimme Grauzopfs ins Glockenschwingen hinein, und dann, als es plötzlich verstummt war, „Oh." Ohne jede Begeisterung. „Du." Sehr beklommen.

„Quatsch nich." Die Stimme war rau und dunkel. „Gib mir 'n Tee."

Grauzopf schien folgsam und erstaunlich schnell etwas herzureichen. „Und ich mein Tee, verstanden?"

„Deinen tollen Ka-ra-Tee haben wir aber nicht!"

„Witzbold!"

„Was machst du eigentlich hier? Schnüffelst du mir wieder hinterher?"

„Nicht dir! Nimm dich bloß nicht so wichtig. Nein, der Lady, die vorhin hier reingekommen ist!"

Irenes eben noch warmes Blut war vollständig schockgefrostet. Das Ungeheuer. Aus Klosterfelds Wohnung.

Sofort raste die Bluttemperatur bis zum Siedepunkt hoch. Das Ungeheuer ist mir gefolgt! Aus der Wohnung! Hierher! Das bedeutet – er weiß – und ich – hier – in der Falle – nur Grauzopf –

„Niemand ist hier reingekommen!"

„Ach, Liebling. Versuch's besser gar nicht erst. Ich hab euch beobachtet. Durchs Schaufenster, ihr Knallköpfe! Was immer ihr euch da reingetan habt – es hat deine Miss jedenfalls ganz schön aus den Socken gehauen. Liegt sie noch im Kabuff? Jedenfalls hatte sie eine Tasche dabei. Na, ich werd nicht mehr! Genau so eine!"

Ritsch! Das war der Reißverschluss ihrer Tasche.

„He! Das darfst du nicht. Ich weiß doch, was mit dir los ist", sagte Grauzopf zaghaft.

„Schnauze", antwortete das Ungeheuer beinahe leutselig. Aber dann eiskalt: „Wollen doch mal sehen, was für komische Dinger ihr hier abzieht! Wo habt ihr das her?"

„Was denn, was?", jammerte Grauzopf. „Das ist nicht, wonach du suchst. Hat ein Kunde hiergelassen. Zum Aufbewahren –"

Und klatsch! Irene hatte *klatsch!* schon gedacht, bevor sie es hörte. Aber sie hörte es, und nicht nur einmal.

„Aua, das hat wehgetan!"

„Soll's ja auch! Kannst mich ja anzeigen!"

„Du Tier!"

Er verpfeift mich nicht, dachte sie gerührt. Grauzopf hält dicht. Ich bin hier im Hinterzimmer, und er hält dicht. Er *ist* anständig. Und er lässt sich für mich verprügeln.

Sie atmete durch, strich sich nochmals die Kleider glatt und trat mit einer einzigen Bewegung durch den Perlenvorhang. Die Perlen klimperten. Doch dann stockte sie für einen Moment. Es war die Stimme des Ungeheuers gewesen. Eindeutig. Aber was da vor ihr stand, war die kräftige blonde Frau aus dem Bus.

„Sie haben recht. Das ist meine Tasche", sagte Irene Mewes. „Und jetzt lassen Sie den Mann in Ruhe."

🐘 4 🐘

Jan stand unter dem trüben Licht der Kellerlampe und krempelte sich die Ärmel hoch. Dann hob er die Kappe der Pumpflasche ab und begann sorgfältig zu sprühen.

Pfft, die Fläche vor ihm. Pfft, pfft.

Dann die Nadel. Pfft, daneben. Kann doch nicht sein. Pfffft. So.

Nun die Box. Von innen, rundherum. Pfffti-pffti-pfit.

Bald begann sein Zeigefinger zu schmerzen. Gab's das nicht mal mit Treibgas? Jetzt die Arme. Erst rechts, dann links. Und die Hände. Er stellte die Flasche zur Seite und kratzte mit den Fingernägeln in den feuchten Handflächen, bis er fühlte, dass auch die Haut unter den Nägeln befeuchtet war. Jan blickte zufrieden auf sein nassglänzendes Werk und holte tief Luft.

„Boah, wie das stinkt!"

Ihm wurde fast übel. Die Rauchmischungen im Laden waren eine Wohltat dagegen. Aber es musste sein. Diesmal sollte es klappen. Dieser Kubanische Kahlkopf sollte ihm nicht wieder entwischen.

Jan kicherte in sich hinein. Endlich mal alles sauber! Seine Mutter wäre begeistert. Er sah die endlosen Kolonnen von Kerzen vor sich, die er früher in ihrem Laden abstauben musste. Bettys Kerzenimperium. Na ja. Stumpenkerzen, Kugelkerzen, Schwimmkerzen. Duftkerzen. „Ferienjob" nannte sie das. Er freute sich nach der fünften Regalreihe wieder auf die Schule. Bore-out im Schein der Blechfackel. Ja, sie wäre zufrieden, wenn sie das hier sähe. Auch über seinen endlich erwachten Unternehmergeist?

Jetzt begann er zu glucksen. Er malte sich aus, wie er sein neues Projekt auf diesem Entrepreneur-Seminar vorgestellt hätte, auf das sie ihn letztes Jahr geschickt hatte: „Keine Patentrechte im Weg! Hohe Gewinnspanne! Geringe Investitionskosten! Marktanalyse erfolgt!

Pröbchen gefällig?" – In Wahrheit hatte er dort stumm gesessen, in Baggy Pants zwischen lauter verpickelten Anzugträgern. Mit null Peilung. Und ohne Businessplan. Er hatte zwar internationale Kontakte – Jorge in Mexiko schien ein richtiger Profi zu sein. Das erwähnte er dort aber lieber nicht.

Was also tun mit dem Jungen? Letzte Hoffnung Fernstudium. Wirtschaftsinformatik, und dann den Online-Auftritt für den Kerzenversand ausbauen. Das war *ihr* Plan.

So. War die halbe Minute rum? Dann schon mal den Bunsenbrenner einstellen. Mist! Vergessen. Und – angefasst. Dann also noch mal desinfizieren. Jan verdrehte genervt die Augen. Arzt sein wäre auch nichts für ihn. Zu ungeduldig.

Pffft. Pfft-pfft-pfft.

Der Keller war nicht der ideale Platz. Nicht dieser. Aber hier war sein einziges Refugium. Was würde Tante Reni sagen, wenn sie wüsste, dass in ihrem Keller ... besser nicht dran denken. Die würde noch die Polizei holen vor Schreck. Wie bei der Sache mit Onkel Manfred damals. Es war letztlich gar nichts dran, aber den Job in der großen Versicherung war Renis Mann dann los. Das ist wie Beamter sein, hatte er bis dahin immer stolz verkündet ... weshalb Betty ihn verachtete. Jetzt machte er diese Ein-Mann-Nummer. Mit null Frau.

Jan beschloss, dass es nun losgehen konnte. Vorsichtig nahm er das Päckchen aus Küchenkrepp und wickelte den Kubaner aus. Er legte ihn in die Mitte der Impfbox und brach ihn, ganz vorsichtig, auseinander. Nur nicht die Bruchstelle berühren. Dann drehte er den Bunsenbrenner an, nahm die Nadel und hielt sie in die Flamme. Er sollte seinem Chef Enrico sagen, was er hier tat. Vielleicht wäre der mit im Boot? Aber wenn nicht? Eigentlich war er hier unten überhaupt auf die Idee gekommen, im Headshop anzufangen. Vielleicht so eigene Vertriebswege aufzubauen ...

... ich denke wie meine Mutter.

Das hat *sie* mir eingeimpft.

Er schüttelte den Gedanken ab und konzentrierte sich auf sein Handwerk. Mit der ausgeglühten Nadel schnitt er ein Stück aus dem aufgebrochenen Stiel und balancierte es zum Nährmedium.

Langsam jetzt.

Geschafft. Jan atmete auf.

Hoffnungsvoll betrachtete er sein Werk. Eigentlich sah es nach ... nichts aus. Zwei Pilzhälften und einige undefinierbare Utensilien, alles in einem schmucklosen Behälter verstaut. Aber vor seinem geistigen Auge wuchsen bereits saftige kleine Klone dieses halbierten Gesellen dicht an dicht heran – statt wuchernder Schimmelpilze wie beim letzten Versuch. Diese Pest sollte nach dem heutigen Sprühexzess allerdings keine Chance mehr haben.

Der Kahlkopf, das wäre erst der Anfang. Wenn das klappte, könnte er weitere Sorten züchten. Jorge kannte sich im Vertrieb aus. Der war sogar auf dem Trip, mit den Rauschpilzen den korrupten Pharmafirmen in die Suppe zu spucken. An ihren Geschäften mit süchtig machenden Schmerzmitteln hätten die in Zukunft weniger Freude, meinte er. Psychotrope Pilze – das war auch Unternehmertum in der Rezession. Wie Zigaretten auf dem Schwarzmarkt nach dem ... war es der Zweite Weltkrieg?

Vom Flur her hörte er schlurfende Schritte.

Jans Hand zuckte in Richtung Lichtschalter, doch der war nicht desinfiziert, und noch hatte er nicht alles in die Impfbox gelegt. Die Hand halb in die Luft gestreckt, sah er hilflos an Tante Renis gestapelten Küchenhockern vorbei durch den Maschendraht und landete direkt in den völlig ausdruckslos zurückstarrenden grauen Augen des Hausmeisters.

Musste der Typ ausgerechnet jetzt hier auftauchen? Tante Reni hat vielleicht doch recht. Er schnüffelt den Hausbewohnern hinterher. Ist mir scheißegal, soll er denken, was er will. Ich muss mich auf die Impfbox konzentrieren. Weitermachen, einfach stur weitermachen.

Der Hausmeister lugte mit zusammengekniffenen Augen durch den Maschendraht und hielt sich die Nase zu.

Er will bestimmt wissen, was ich hier mache, und rätselt, was so penetrant riecht, ahnte Jan, knurrte ein knappes „Hallo" und kehrte dem Hausmeister den Rücken zu, um ihm die Sicht zu versperren.

Der Hausmeister reckte den Hals. „Ihre Tante ist nicht da. Hab sie vorhin weggehen sehen. Weiß sie, dass Sie schon wieder in ihrem Keller herumwerkeln?"

Jan antwortete nicht, schloss vorsichtig die Impfbox. Desinfizierte den Lichtschalter und atmete tief durch. Das war geschafft.

„Bunsenbrenner? Passen Sie bloß auf, dass Sie nicht das Haus abfackeln!" Jetzt klang der Ton des Hausmeisters schärfer. „Und dieser Gestank   fürchterlich. Darf man fragen, was das werden soll?" Er deutete auf die Box.

Der Geruch würde bald verfliegen, murmelte Jan und wischte seine Hände umständlich mit Küchenkrepp ab. Er grübelte krampfhaft, was er dem Alten vorlügen könnte. In seinem Kopf herrschte ein wirres, hektisches Assoziationsdurcheinander. Atem, Geruch, Nase, schnüffeln, Rausch ... Dann kam ihm ein verrückter, aber vielleicht rettender Einfall. Erfolgsquotient hoch. Na ja, ziemlich hoch. Auf welchen Gebieten kennt der Hausmeister sich eigentlich aus? Das ist ein Unsicherheitsfaktor. Aus dem wird ja niemand so richtig schlau. Hoffentlich hat er nicht gerade heute einen seiner seltenen Quatschanfälle. Aber, beschloss Jan, das Risiko musste er eingehen.

„Ach", fragte er, um abzulenken, „ist meine Tante weggegangen? Die kommt bestimmt bald zurück."

Der Hausmeister setzte eine wichtige Miene auf. „Sie macht in letzter Zeit so einen komischen Eindruck. So wie damals, als ihr Mann sie – na ja, Sie wissen schon – ausgezogen ist. Sie kümmert sich um nichts und niemanden. Ins Gespräch kann man mit ihr ja auch nicht kommen. Dann erzählt sie mir plötzlich etwas vollkommen Wirres von Eichhörnchen und Ausländern. Wollte mich noch bedanken, also, da ist ein morscher Ast von der Kastanie vorm Haus runtergeknallt. Den hätte ich abbekommen, wenn Ihre Tante mich nicht zur Seite gerissen hätte. Aber als ich mich hochgerappelt und den Schreck verdaut hatte, war sie schon weg. Und vorhin kam sie dann wie von Sinnen das Treppenhaus heruntergerannt. Hat sogar vergessen, ihren Krimi auszuschalten. Der Ton war extrem laut. Sagen Sie mal, ist Ihre Tante vielleicht schwerhörig? Auf jeden Fall sollten Sie sich mehr um die einsame Frau kümmern, junger Mann."

Jan wunderte sich über so viel Anteilnahme von diesem komischen Kauz. „Ach, die ist von ihrem Job im Callcenter genervt. Sollte sich einen anderen Job suchen." Jan war froh, dass der Hausmeister anscheinend mehr an Tante Reni interessiert war als an der Pilzzucht.

Mist, seufzte der junge Mann innerlich, denn nach einigen Bemerkungen darüber, wie schrecklich sich der Hausmeister die Arbeit im Callcenter vorstellte, kam er wieder auf den Gestank zurück.

„Klebstoff", antwortete Jan so beiläufig wie möglich. Er musste sich zusammenreißen nicht zu grinsen. „Ich versuche ökologisch korrekten Klebstoff aus Pilzen herzustellen. Meine Idee. Wenn das klappt, bin ich reich."

Der Hausmeister sah ihn verblüfft und irritiert an. „Ich dachte, Sie sind an moderner Technik interessiert. Seit wann sind Sie Chemiker? Ökologischer Klebstoff aus Pilzen?! So, so. Wie soll das denn gehen? Übrigens, nicht alles Pflanzliche ist ungiftig. Ich bin hier ja nicht nur Hausmeister, sondern vor allem Gärtner. Die Eiben im zum Beispiel, hier im Vorgarten. Der Taxus wurde zur Giftpflanze des Jahres gewählt."

Er streckte die Hand aus, um die Tür zum Kellerraum zu öffnen. „Darf ich mal sehen?"

„Da gibt es jetzt noch nichts zu sehen." Jan machte eine abwehrende Geste. „Es muss auch alles steril sein. Die Pilze müssen fermentieren, damit das Psilocybin freigesetzt wird. Das ist ein Indolalkaloid aus der Gruppe der Tryptamine, welches in einigen Pilzarten vorkommt", fügte er hinzu. „Mehr kann ich nicht verraten, Sie verstehen ...“

„Donnerwetter, Sie kennen sich ja wohl wirklich gut aus!“ Der Hausmeister schien schwer beeindruckt.

„So, ich gehe jetzt.“ Jan verschloss die Tür. „Mal sehen, ob meine Tante inzwischen zurückgekommen ist.“

„Na, dann viel Glück mit Ihrer Erfindung“, rief der Hausmeister ihm nach. „Und bitten Sie Frau Mewes ihr Fernsehgerät in Zukunft etwas leiser zu stellen. Noch dazu bei Sendungen mit Mord und Totschlag. Sie wissen ja, die Nachbarn.“

Jan war schon im Treppenhaus, da sah er, wie der Alte noch mal hinter ihm her kam. „Ihre Tante hatte vorhin übrigens ein Päckchen dabei. War das für Sie? Noch mehr Pilze?“, hallte es durch den Flur.

Oben angekommen, stutzte Jan. Aus Tante Renis Wohnung drang kein Lärm. Also musste sie zurückgekommen sein und das Fernsehgerät ausgeschaltet haben. Sie war aber nicht zurückgekommen und der Fernseher war tot und stumm.

🐘 5 🐘

„Und Sie schwören, dass da nichts drin ist? Also nichts weiter, meine ich?“

„Bei meiner Ehre. Nach persönlichem Reinheitsgebot gebrüht. Bitte sehr!“

Mit geradezu lakaienhafter Geste kredenzte Grauzopf das Espressotässchen vor Irene auf dem wackeligen

Campingtisch. Das quittierte das Ungeheuer, im Stehen gegen den Kühlschrank gelehnt, mit Kopfschütteln und breitem, geringschätzigem Grinsen.

„Schleimer."

Wieder äugte es durch den Perlenvorhang in den Verkaufsraum. „Seid ihr sicher, dass er noch kommt? Ich lass mich nicht gern hinhalten."

Diese Worte nahm Irene zum Anlass, ihre Tasche mit dem Päckchen enger an die Brust zu drücken. „Trotzdem: Ich mache nichts, ich sage nichts! Nicht bevor Jan hier ist!"

„Schon gut, meine Teuerste, nicht aufregen!", redete ihr Grauzopf mit viel Öl in der Stimme zu, während er sich neben sie setzte.

Irene warf der Frau einen misstrauischen Blick zu. „Sie beide kennen sich wohl?"

„Ja, leider!", kommentierte Grauzopf seufzend.

„Eigentlich war ich aber hinter Ihnen her!", sagte die Frau.

„Hinter mir?"

„Sie hatten es ziemlich eilig, als ich bei Patrick zu Besuch war. Hab Sie gerade noch von hinten stiften gehen sehen. Mit einer ziemlich dicken Tasche! Tja, und dass Sie dann ausgerechnet hier landen ... Wissen Sie, ich glaube nämlich nicht an Zufälle!"

„Das ist mir alles zu hoch!" Irene wandte sich wieder an den Grauhaarigen. „Wie heißen Sie eigentlich, wenn ich so neugierig sein darf?"

„Enrico."

„Enrico?" Sie ließ ihren Mund genüsslich mit dem Namen spielen. „Haben Sie italienische Wurzeln?"

„Äh ... nein."

„DDR!", funkte das Ungeheuer dazwischen. „Weil die Ossis nicht reisen durften, haben sie sich ausländische Namen gegeben!"

„Ja genau! So wie dich deine Eltern Rosa genannt haben. Weil sie eigentlich gern ein Mädchen gehabt hätten!" Seine Augen blitzten angriffslustig, gleichzeitig aber hatte er den Kopf ein wenig zwischen die Schultern gezogen. Als erwartete er die nächste Ohrfeige.

„Ho, ho, ho!", prustete Rosa, wobei sie sich vor Lachen krümmte. „Rico, altes Schneehäschen, du willst mir doch nicht plötzlich schlagfertig werden?"

„Es war nicht alles schlecht in der DDR, das nicht", sagte er wieder an Irene gewandt, „aber natürlich, ja, das mit dem Reisen – dass man nicht in den Westen konnte. *Das* hat den Staat kaputtgemacht, nicht der Sozialismus. Weil die Leute ein Leben lang das Gefühl hatten, auf der anderen Straßenseite läuft die Riesenparty und man selber ist nicht eingeladen.

Mir hat das ja wenig ausgemacht. Ich hasse Reisen. Jedenfalls dieses hirnlose Trolley-Nomadentum. Übrigens gab es in der DDR einen tollen Ersatz dafür!"

„Aha?"

„Lesen. Wir haben gelesen. Unmengen. Ich zum Beispiel: Lovecraft, Poe, C. A. Smith. Die alten Phantasten. Ich kenne sie alle, diese nächtlichen Jagden der Phantasie. Hoffmanns Meister Floh, das Gedankenmikroskop. Das – das sind Reisen! Glauben Sie mir, ich kenne mich da aus. Ich war lange im Literaturhandel tätig."

„Ha!" Wieder Rosas Kraftorgan. „Literaturhandel! Ja, auf dem Flohmarkt mit Moped und Kastenanhänger. Außerdem kenne ich den Begriff gar nicht. Literaturmarkt? Okay! Buchhandel? Auch okay. Aber *Literaturhandel*? Eine deiner kreativen Neuschöpfungen, damit es etwas dicker klingt?"

„Du gottverdammte Klugscheißerin. Ich ..." Er unterbrach sich, um zu lauschen. In der Ladentür drehte sich ein Schlüssel. Dann ein kurzer, heiserer Ruf aus dem Verkaufsbereich.

Jan, Gott sei Dank, dachte Irene.

Ein paar Sekunden später wurde der Vorhang auseinandergeschoben. Das war nicht Jan. Jedenfalls nicht der, den sie kannte. Er war fürchterlich blass. Dann dieser Blick. Als hätte er den Schock seines Lebens hinter sich.

„Reni!", stieß er hervor, während er einen Schritt auf sie zu machte.

Seine Hand – groß und sehnig – stieß so heftig auf ihre Rechte zu, dass sie auf einen heftigen Schmerz gefasst war. Aber die Art, wie er ihre Hand ergriff – wie ein kleiner Junge. Wie *früher*. Beunruhigt spürte sie den kalten Schweiß auf seiner Handfläche.

Jans anderer Arm fuhr in Richtung Enrico aus, als ob er ihn um die Schulter legen wollte, doch dann krallten sich seine Finger um den Jackettkragen. Mit einem Ruck zog er die beiden von ihren Sitzen und dirigierte sie in Richtung Vorhang.

„Reni!", keuchte er. „Was war da los bei dir im Haus?"

„Mein Gott, Junge! Was ist mit dir?"

„Ja, komm doch erst einmal runter!", brummte Enrico, sich aus dem Griff windend.

„Und dir ist wirklich nichts passiert?", fragte Jan, während sein Blick über die Schulter seiner Tante hinweg auf die breit gebaute Frau zielte, die sich den dreien näherte.

„Komm schon, Janni, was hast du?" Irene schaffte es, einen beruhigenden Ton in ihre Stimme zu legen.

„Ich war bei dir an der Tür. Der Hausmeister meinte, dein Fernseher sei zu laut. Aber da war nichts zu hören. Und du warst nicht da. Dann sehe ich, wie bei deinem Nachbarn ..."

„Bei Klosterfeld?"

„Denk schon! Also, die Wohnungstür steht leicht offen. Ich klopfe, klingele, keine Reaktion. Da bin ich rein."

„Ja – und dann?"

„Meine Fresse!" Er sog einen zitternden Atemzug ein. „So was kann man gar nicht beschreiben. Das wahnsinnsviele Blut! Ich dachte, ich muss kotzen."

„Blut?", fragte Rosa.

„Wer ist das?", blaffte Jan in ihre Richtung.

„Das ist Rosa. Sie war nämlich auch bei Klosterfeld!"

„Sie war was?"

„Stimmt, ich hatte was mit Patrick zu besprechen. Dabei haben wir uns ein wenig aufgeregt. Kann sein, dass er Nasenbluten davon bekommen hat."

„Nasenbluten? Wollen Sie mich verar...? Hören Sie, ich weiß, wie es aussieht, wenn ein Schwein geschlachtet wird!"

„Hmm. Und die Leiche?"

„Was weiß ich! Das werden Sie ja wohl besser wissen!"

„Gar nichts weiß ich."

Mit einem Kopfschütteln brach Jan den Blickkontakt ab und richtete sich an seine Tante.

„Was machst du eigentlich hier? Los, erzähl!"

„Ja also", hob Irene an, erleichtert, dass ihr Neffe wieder so präsent und aggressiv war. „Ich hab ja das Päckchen für Klosterfeld. Also wollte ich das bei ihm abgeben, aber da hör ich dieses Gekämpfe aus seiner Wohnung. Das hat mir Angst gemacht, und deshalb bin hierher zu dir. Du warst aber nicht da. Da hat mir Enrico einen Tee gemacht, aber davon ist mir schlecht geworden."

Enrico fühlte sich von Jans eiskaltem Seitenblick durchbohrt. „Kleines Versehen mit dem Indian Gold. Scheiße. Aber deine Tante hat ja wohl auch echt niedrigen Blutdruck!"

„Na, und wie ich dann aufgewacht bin, war die Rosa auch schon da. Die hat sich erst mit Enrico gekloppt, aber jetzt vertragen die sich so weit wieder und ..."

„Stopp, stopp, stopp!" Abwehrend hob Jan die Hände. Sein Mund öffnete sich, bis die Zähne sichtbar wurden. Aber außer einem gedehnten „Äh" kam ihm nichts über die Lippen. Stattdessen streckte er ihnen seinen Arm entgegen, während er mit der anderen Hand immer wieder auf die Armbanduhr patschte.

„Zwei Stunden!", zischte er schließlich. „Noch nicht einmal! Keine zwei Stunden bin ich weg. Und ihr? Ihr murkst eure Nachbarn ab, haut euch im Laden die Köpfe ein und schickt Reni auf einen Trip? Alle Achtung! Und ich dachte, ich bin der Chaot!"

„Die Sache wird gefährlicher, als ich befürchtet habe", murmelte Rosa. Dann lauter zu Jan: „Erzählen Sie mehr von der Wohnung. Wie sah es da aus?"

„Was spielen Sie eigentlich immer noch das Unschuldslamm? Und was machen Sie überhaupt hier?"

„Wir beide kennen uns!", warf Enrico ein.

„Ach, du meinst, dass Rosa den Klosterfeld ...?" Irene verstummte, presste eine Hand gegen den Mund und ließ nur noch ihre riesigen Augen sprechen.

„Außerdem spielt es überhaupt keine Rolle, ob Sie mir glauben oder nicht", fuhr Rosa dazwischen. „Beantworten Sie doch bitte einfach die Fragen. Und Jan, ganz nebenbei – Sie können mich gern duzen."

„Natürlich kann ich das. Ich will aber nicht."

„Mal nicht so zickig, Kleiner." Rosa hatte zwei Klappstühle vom Tisch in die Raummitte getragen und schob einen davon Jan vor die Knie. Auf dem anderen nahm sie selbst Platz.

„Also: Du hast doch wohl etwa nicht die Polizei gerufen? Und zweitens: Gab es Blutspuren bis zur Wohnungstür?"

Irene Mewes beobachtete, wie sich die Frau mit einer kontrollierten Bewegung auf den Stuhl setzte. Die Hünin hatte ein Gesicht mit wenigen, herben Zügen darin. Ihr Haar war zentimeterkurz, flachsblond, und alles an ihr war kantig; breite Schultern schwangen unter dem Hals hervor, ihr Rumpf war kastenförmig, nicht keilförmig wie bei einem Mann. Aber gedrungen war sie nicht, sondern durchtrainiert und rank. Alles an ihr schien Muskel, wie Stahl, sogar die kleinen festen Brüste. Sie mochte Mitte 30 sein, nicht viel älter. Aber solche Menschen altern nicht. „Lesbe", dachte Irene spontan. Vor allem wegen der Haare.

Eine Erinnerung irrlichterte vorüber: Wie Manfred versucht hatte, sein Haar auch so zu tragen; aber bei ihm hatte es nicht gewirkt.

Jan zögerte kurz, ließ sich dann aber auf den dargebotenen Stuhl sinken. Misstrauisch sah er Rosa an.

„Ich erinnere keine Blutspuren an der Tür. Ich wollte da nur wieder raus."

„Und hast du die Polizei gerufen?"

Jan schluckte. „Nein."

„Gut so. Würde die Sache im Moment nur komplizierter machen." Rosa schien Jan mit ihren Blicken röntgen zu wollen.

„Jan", flüsterte Irene, als könnten die anderen sie so nicht hören. „Er wurde vielleicht *umgebracht!*"

Rosa verzog das Gesicht, wobei sich an der Nasenwurzel Falten bildeten. „Das mit dem Umbringen kaufe ich noch nicht. Und wenn die Polizei eingeschaltet wird, schaut die sich auch diesen Laden etwas genauer an. Ihr Neffe kann sich dann einen neuen Job suchen. Mindestens. Wissen Sie eigentlich, was die hier verticken?"

Irene versuchte zu begreifen, was die Frau ihr sagen wollte. Ein neuer Job für Jan? Sie sah ihn vor ihrem geistigen Auge wieder zwischen Möhrenkisten stehen. Ihr Blick streifte Enrico, der betreten seine Schuhspitzen inspizierte.

Rosa erhob sich und ging auf Irene zu. „Ich glaube, wir sollten uns richtig vorstellen", sagte sie. „Pohl, Rosa Pohl. Sonderermittlerin." Ihre dargebotene Pranke duldete keine Weigerung. Irene Mewes legte ihre gepflegte Hand hinein, die mit routinierter Zurückhaltung gedrückt wurde.

Alles Muskeln, dachte Irene, als sie antwortete: „Irene Mewes. Hausfrau." Sich als Callcenter-*Agent* vorzustellen, kam ihr spontan wie Blasphemie vor.

„Sonderermittlerin?", gackerte Enrico. „Lass dich bloß nicht für dumm verkaufen, Tante Reni. Eine suspendierte Polizistin ist sie!"

„Ach, red nicht!", zischte Rosa in seine Richtung. Übergangslos schoss sie auf Irene zu und riss ihr die Umhängetasche vom Schoß.

Irene kreische auf. „Das Päckchen! Jan, sie ist schon wieder am Päckchen!"

Rosa war zum Tisch zurückgetreten und zog ein Klappmesser aus der Brusttasche. Jan sprang vom Stuhl auf und stellte sich vor seine Tante.

Rosa lachte. Sie lachte herzhaft. Sie schien sich in ihrer Rolle zu gefallen.

„Keine voreiligen Schlüsse, gute Hausfrau! Ich bin keine Diebin, genauso wenig wie du. Nur einfach schrecklich neugierig …"

Sie griff mit der freien Hand in die Tasche und zog das Päckchen hervor. Dann trennte sie das Paketband mit dem Messer auf und hob den Deckel ab.

Irene schlug die Hände vors Gesicht. Enrico hingegen trat neugierig nach vorn und knuffte Jan gegen die linke Schulter.

„Pass auf, jetzt bekommen wir ein paar Spezialitäten zu sehen!"

„Wo kommt dieses verdammte Päckchen denn überhaupt her?", fragte Jan verwirrt.

„Das ist das für Klosterfeld! Ich mag gar nicht daran denken, was da drin sein kann. Am Ende noch Drogen oder so ein Teufelszeug!", rief Irene erschrocken und ließ die Hände wieder sinken. Sie starrte nun gebannt auf die zwei Knäuel aus Zeitungspapier mit kyrillischer Schrift, die Rosa aus dem Päckchen gehoben hatte. Schicht um Schicht wurden sie ausgewickelt. Irene Mewes erinnerte dies an die Julklapp-Feiern in der Firma, bei denen imposante Geschenkpakete zu großen Papierbergen geronnen und am Ende nichts als ein kleines Stück Nippes übrig blieb. Vasen, Dosen, Püppchen oder Zierteller.

Rosa hatte das letzte Papier aufgerollt. In ihrer Hand lag ein kleiner, weißer Gegenstand.

„Na, so ein Kitsch!" Sie stellte das Ding andächtig vor sich auf den Tisch. Aus dem zweiten Zeitungspäckchen hob sie ein identisches Stück heraus und stellte es daneben. Nun konnten es alle sehen. Es waren zwei weiße Elefanten. Handtellergroß, posierten sie wie Zirkustiere, mit in die Luft gereckten Rüsseln, aus denen je ein abgeknickter Faden hervorschaute. Ein Docht.

Rosa schnalzte mit der Zunge. „Was immer das bedeuten soll ..."

„Dafür bringt man doch niemanden um?!" Irene sah ihren Neffen fragend an. Jan gab den fragenden Blick an seinen Chef weiter, der konzentriert zu einem kleinen Fenster hochsah. Ein blaues Licht streifte plötzlich über sein Gesicht.

„Das sind die Bullen. Wollen die zu uns? Schon der zweite Besuch diese Woche."

„Verdammt!" Rosa steckte das Messer zurück in die Jackentasche, ergriff die beiden Figuren und sah sich konzentriert um. Dann stellte sie die Elefanten in das Regal neben dem Kühlschrank. Zwischen den Kaffeedosen, Teebechern und Servietten schienen sie optisch sofort zu verschwinden wie ein kleines Glas in den schattigen Tiefen eines barocken Stilllebens. Schließlich stopfte sie sich noch den Pappdeckel des Päckchens in den Hosenbund und verschwand behände hinter dem Vorhang. Kurz darauf war zu hören, wie sie eine Treppe hinunterlief.

Enrico trat zum Regal und rückte einen Becher zurecht, der herauszukippen drohte. „Na ja", murmelte er, „lieber ein weißer Elefant als ein rosa Bulle."

🐘 6 🐘

Ein paar Stunden später suchte eine Passantin vor dem plötzlich einsetzenden Regen Schutz unter dem Dach einer abgelegenen Einkaufsmeile im weitläufigen Hamburger Nordosten. Sie blinzelte in das flackernde Licht der Leuchtreklame eines gegenüberliegenden kleinen Geschäfts, das dort sehr verloren wirkte. Sie war Kundin dieses Ladens, hatte hier schon öfter Kleinigkeiten gekauft.

Das Glasperlenspiel an der Ladentür klimperte.

„Hallo?" Die Kundin trat durch die Tür und musste dabei ein paar vereinzelt stehende Windlichter mit den Füßen beiseiteschieben.

Am Boden des Geschäfts türmten sich Kartons, Klarsichttüten mit Glitzersteinen und Dekoblüten für die neue Schaufenstergestaltung.

„Hallo", rief sie noch einmal, „Frau Loh?!"

Kcine Antwort. Stattdessen erschrak sie über ein Gesicht in der verspiegelten Rückwand des Verkaufsraums.
Es dauerte einen Moment, bis sie erkannte, dass es sich
um ihr eigenes Gesicht unter einer vom Wind zerzausten
Frisur handelte.

Über ihren wenig beglückenden Anblick erschrocken,
bemerkte sie nicht, dass Betty Loh, mehrere Kästen und
einen Stoffballen balancierend aus dem angrenzenden
Lagerraum zurückgekehrt, hinter ihr vorbeiging. Um
Haaresbreite wären die beiden Frauen zusammengestoßen, Betty konnte gerade noch einen Ausfallschritt machen, dennoch fiel die Stoffrolle herunter, brachte eine
Kerzenpyramide zum Einsturz, um dann, sich abwi-
ckelnd, eine lange Bahn bis zum Gläserregal zu ziehen.

Die Frauen hielten die Luft an, starrten auf die Rolle,
als wollten sie sie telepathisch stoppen. Betty Lohs Gesicht verfärbte sich.

Nicht das auch noch, schnaubte sie innerlich. Nicht
ausgerechnet heute!

Die Stoffrolle verlor an Tempo, kam ein paar Zentimeter vor der Gläserdekoration zum Halt.

Es dauerte einen Moment, bis die Kundin sich traute
die Ladeninhaberin anzuschauen. Sie deutete auf die zu-
sammengestürzte Kerzenpyramide, stotterte eine Entschuldigung und begann die Stumpenkerzen einzusammeln.

„Lassen Sie, ich mach das gleich!" Betty setzte die Kartons ab, atmete tief durch: „Was kann ich für Sie tun?"

Die Kundin deutete in Richtung Schaufenster: „Das ‚L'
von ‚LICHTER LOH' flackert. Also, das ‚L' von ‚LOH'.
Manchmal geht es ganz aus. Dann steht da ‚LICHTER

OH'. Und das ‚K' von Kerzen' leuchtet auch nur ganz matt. Das wollte ich Ihnen eigentlich nur sagen", stotterte sie und hob eine mit Strassperlen besetzte Kerze auf. „Es tut mir so leid …"

Betty Loh seufzte. „Das mit der Leuchtreklame weiß ich, Sie sind schon die ich weiß gar mehr wievielte Passantin, die hereinkommt, um mich darauf aufmerksam zu machen. Ist wohl ein Wackelkontakt. Mein Sohn wird jeden Moment kommen, um das zu richten. Der ist technisch begabt."

Dann stutzte sie, murmelte „ich dachte, es sei nur das ‚L', nun auch noch …", und öffnete die Ladentür. Draußen betrachtete sie die defekten Schriftzüge über dem Schaufenster: „LICHTER OH", darunter, „ERZEN und WOHNDESIGN".

Der Wind fuhr stoßweise durch Betty Lohs fuchsrote, sorgfältig hergerichtete Lockenmähne, was sie noch wütender machte. Wütend auf Jan, der nie auftauchte, wenn man ihn brauchte, war sie schon seit Stunden, und sie war wütend auf diesen Tag, an dem sie wegen der flackernden Buchstaben andauernd gestört wurde und kaum etwas geschafft hatte. Wenn die Störenfriede wenigstens den mageren Umsatz gesteigert hätten, aber außer ein paar Teelichtern war bis jetzt nichts über den Ladentisch gegangen.

Betty hatte einen Hass entwickelt auf diese Billigartikel. Teelichte in Restaurants, in Cafés, überall nur noch diese fantasielosen Dinger. Ein Jammer, hier ging ein gutes Stück festlicher Esskultur verloren. Candlelight Dinner, bei denen Kerzen in schönen Chandeliers mit ihrem schmeichelnden Licht zur Stimmung beitrugen, waren so

gut wie ausgestorben, es gab nur noch popelige Teelicht-
dekorationen.

In die mit glitzernden Steinen besetzten Stumpenkerzen hatte Betty große Hoffnungen gesetzt. Mit fahrigen
Bewegungen versuchte sie die Pyramide wieder aufzubauen. Diese Modelle waren nicht billig, aber von bester
Qualität, langsam brennend, vor allem nicht tropfend.
Kleine Metallsets in passenden Farben reichten als Untersetzer. Dazu, hatte sich Betty ausgemalt, würde sie
noch die passenden Servietten und Tischtücher verkaufen. Aber auch dieser wunderschöne Tischschmuck ver-
staubte – genauso wie die elegant schmalen, von Hand
gezogenen Kerzen, von den wunderbar duftenden Bie-
nenwachskugeln ganz zu schweigen. Die gingen nicht
mal mehr in der Adventszeit. Alles totes Kapital, das in
den Regalen stand.

Stöhnend stemmte sich Betty aus der Hockstellung
hoch. Was man sich so alles erträumt, dachte sie, und
dann kommt es ganz anders. Bei der Eröffnung von
„LICHTER LOH" hatte sie in Erwartung bombiger Um-
sätze sogar in Erwägung gezogen, ihre Schwester Irene
stundenweise als Hilfskraft einzustellen. Die Wirklich-
keit sah so aus, dass die Einnahmen kaum zum Leben
reichten.

Ein schiefes Lächeln zuckte durch Bettys Gesicht. Seit
Jan in seine WG gezogen war, blieb noch mehr Arbeit an
ihr hängen.

Sie schaute auf die Uhr. Normalerweise würde sich
Klosterfeld jetzt schon im Laden zu schaffen machen.
Normalerweise! Sie spürte, wie ihre Hände feucht wur-
den. „Und seit Monaten liegen seine gottverdammten

Gardinen hier herum", fluchte sie vor sich hin, während sie den Stoffballen vorsichtig vom Gläserregal wegzog und wieder aufrollte. Schwule sollten doch angeblich ganz besondere Ästheten sein, aber sogar Irene wunderte sich über die verblichenen Lappen an seinen Fenstern.

Nein, nein, nein. Sie wollte jetzt nicht an Klosterfeld denken. Das zog sie alles zu weit runter.

Betty kletterte seufzend ins Schaufenster. In den Ecken lagen vertrocknete Fliegen und Staubfussel. Der Belag sah fleckig aus. Staubsaugen würde nichts mehr bringen.

Es klopfte an der Scheibe. Eine Frau deutete gestikulierend auf die Leuchtreklame und ließ sich auch von Bettys Handzeichen nicht davon abbringen, weiter wild herumfuchtelnd in die Höhe zu zeigen.

„Ich bring sie um", knirschte Betty mit den Zähnen, „die war heute Morgen doch schon mal da." Es blieb ihr jedoch nichts anderes übrig, als hinauszugehen und mit der Frau zu sprechen.

„Da oben, schauen Sie, Frau Loh, ist das nicht der Verteilerkasten für die Elektrodrähte? Da hängen ja kleine Zweige heraus. Und hier unten, das ist doch Vogelschei-, also, das sieht ganz so aus, als würde da ein Nest sein."

Ja, dachte Betty, ganz richtig, das ist Scheiße! Oberscheiße! Wahrscheinlich muss ich sogar einen teuren Elektriker bezahlen. Jan bekommt womöglich einen Schlag, wenn er da rangeht.

„Sie müssen sofort einen Elektriker holen", insistierte die Frau und betrat den Laden, „die Tierchen könnten ja umkommen! Ich hätte dann noch gerne ein paar Teelichte. Aber rufen Sie nur bloß erst den Elektronotdienst."

Notdienst, die spinnt doch. Betty tat so, als würde sie eine Telefonnummer suchen.

„Handwerker", Betty hielt den Hörer in Richtung der Kundin, „da läuft um diese Zeit nur der Anrufbeantworter. Aber ich versuche es nachher gleich noch einmal bei einer anderen Firma." Sie stopfte eine Packung mit Teelichtern in eine Tüte und komplimentierte die Frau aus dem Laden.

Ihr Blick fiel wieder ratlos auf den alten Bodenbelag des Schaufensters. „Das geht nicht mehr", murmelte sie. Entschlossen schnappte sie sich die Rolle mit Klosterfelds Gardinenstoff. Rubensroter Samt, das würde passen. Mit einem Schwung warf sie eine Stoffbahn über den alten Belag und betrachtete lächelnd die zufällig entstandenen Falten. Kreativ musste man sein, die Unordnung nutzen. „Das Kind schielt nicht, das soll so schauen", kicherte sie.

Und auf diesem dekorativen Faltenwurf ordne ich die Stumpenkerzen an. Da könnte man auch die Warensendungen problemlos unterbringen. Wenn es noch welche geben sollte. Gab es ein unauffälligeres Versteck? Sie dachte an die geniale Kurzgeschichte, in der die Polizeibeamten die Tatwaffe nicht finden konnten, weil die eisharte, aber inzwischen aufgetaute und geschmorte Lammkeule köstlich duftend zwischen Kartoffel- und Gemüseschüsseln auf dem Tisch zum Essen einlud.

Tja, ging es Betty wieder durch den Kopf, kreativ muss man heutzutage sein.

Warum war das mit Klosterfeld so wahnsinnig schiefgegangen? Eigentlich eine Superidee von mir, ihn im Haus gegenüber der Wohnung meiner Schwester unterzubringen. Da weiß ich immer, was er so treibt. Dachte ich wenigstens. Irene ist ein guter Wachhund, hat ja bis auf das bisschen Callcenter nichts zu tun. Ansonsten keinen blassen Schimmer und einfallsreich wie ein Stockfisch. Und wenn sie schon mal etwas macht, endet das prompt in einer Katastrophe. Dass Manfred sie verlassen hat, kann man wirklich verstehen ... Trotzdem: Das mit Patrick Klosterfeld hätte nicht passieren dürfen.

Bei dem Anblick der gelungenen Fensterdekoration hellte sich Bettys Miene merklich auf. Es wird schon alles gut gehen, dachte sie. Bald kommen bessere Zeiten. In diesem Moment gab das Glasperlenspiel wieder Laut.

Durch die Ladentür steuerte ein schnauzbärtiger Mann mit kraftvoll federnden Schritten auf den Verkaufstresen zu, wobei er sich den Regen von der Sakkoschulter wischte. Er stemmte die Hände auf den Tresen und warf Betty einen finsteren Blick zu.

„Und?"

„Was und?"

„Wo ist er? Und vor allem: Wo sind meine Kerzen?"

„Das weiß ich doch nicht!"

„Du wolltest dich schon vor zwei Stunden melden!"

„Schon klar, aber solche Sachen laufen nun mal nicht nach Bundesfahrplan. Einfach ein bisschen Geduld haben!"

„Geduld, ja?"

„Mensch, Radoslav, du schnaufst wie eine alte Dampflok. Wieder der Bruch, ja?"

Zur Antwort hob der Mann die Schultern und fasste sich an die auffallend gekrümmte Nase, deren Rücken glutrot schimmerte.

„Warte mal, ich hab was! Nehme ich immer für meine geschwollenen Knöchel."

Betty griff unter den Tresen und förderte einen Tiegel aus Braunglas zu Tage.

„Beinwell. Ob's wirklich hilft, weiß ich nicht. Aber schaden kann es auf keinen Fall!"

Sie schraubte den Behälter auf, tippte ihren Zeigefinger in die weiße Paste und zerrieb sie vorsichtig auf der Nase des Mannes, der ihr über den Tresen hinweg folgsam das Gesicht entgegenreckte.

„Vielleicht noch ein bisschen ..."

Als sich ihr cremebeladener Finger ein zweites Mal seinem Gesicht näherte, schlug er grob ihren Arm zur Seite. Ob er wohl das Zittern in ihren Fingern bemerkt hatte?

„Jetzt ist aber gut mit dem Schmus! Ich will meine Kerzen!"

„Was soll ich denn da machen?", antwortete Betty mit einer Stimme irgendwo zwischen fauchend und jämmerlich. „Das Ganze war doch deine Idee. Was sind wir denn schon? Deine Durchreiche, deine Handlanger, sonst nichts!"

„Gegen gutes Geld!"

Der Mann beugte sich über den Tresen und schob seine drohende Miene nah an Bettys Gesicht. „Mir ist völlig egal, was du mit Klosterfeld angestellt hast ..."

„Angestellt? Wieso soll ich was mit ihm angestellt haben?"

Oh Gott, dachte Betty. Das war viel zu hastig, viel zu verräterisch.

Der Mann ließ ein unangenehmes, vielleicht wissendes Lächeln seine Mundwinkel auseinanderziehen.

„Heute Abend will ich wissen, wo die Kerzen sind!"

🐘 7 🐘

Ein altes Stadttor mit Rundbogen. Darüber zwei Wachtürme und eine Kirche. Schön stark und fest, mittelalterlich. Dazu noch eingefasst von den Umrissen eines Kampfschildes. So ritterlich. Eigentlich passte es zu ihr. Wahrscheinlich hatte sie es deshalb bisher immer gemocht. Das Wappen von Hamburg. Diesmal leider im Briefkopf der Polizeidirektion.

Der Bescheid über ihre Suspendierung und den weiteren Ablauf des Verfahrens. Seit Wochen lag der Brief auf dem Fußboden vorm Schlafsofa. Immer, wenn Rosas Blick darauf fiel, öffnete sich der Vorhang zu ihrem Kopfkino. Die unerträglichen Wortgirlanden ihrer Vorgesetzten. Blablaba, dass man sich außerdem vorbehalte, auf das Vorliegen einer Tötungsabsicht zu ermitteln, blablabla.

Diese Schreibtischpenner! Tötungsabsicht. Sie hatte den zweiten Dan in Jiu-Jitsu und den ersten in Karate. Dazu ein paar Medaillen im Sportschießen. Auch Großkaliber.

Hätte sie eine Tötungsabsicht gehabt, würde es auch einen Toten geben. Diese Bürokratenweichtiere waren noch nicht einmal willens oder fähig, ihre Kampfstärke anzuerkennen.

Na gut, sie hatte selber Fehler gemacht. Als sie ihr die Fotos hinschoben, die die Beamten in der Notaufnahme gemacht hatten, war ihre Antwort: „Na und? Sieht doch gut aus!"

Hätte sie vielleicht nicht sagen sollen. Auch wenn sie recht hatte. Dass sich bei Nasenbeinbrüchen unglaubliche Blutergüsse unter den Augen bilden können, weiß man ja nun. Sie hatte im Dienst mehr als eine durchgeprügelte Frau gesehen. Feine, hübsche Gesichter. Und mittendrin diese Farbexplosion. Da hatte sich jedes Mal irgendetwas in ihrer Brust verkrampft. Aber bestimmt nicht bei Radoslav Gratanovic.

Unwillig ächzend warf sie sich aufs Sofa. Außer ein paar Hanteln in einer Zimmerecke, einer Stereoanlage und dem überdimensionierten Flachbildfernseher mit der Xbox an der Nabelschnur das einzige Möbelstück im großen, hohen Altbauzimmer – abgesehen vom Poster, das fast die gesamte Längswand einnahm: die Harley Davidson in der Wüste von Nevada. Route 66.

Sie verschränkte die Hände hinter dem Nacken und richtete den Blick auf die Zimmerdecke, wo sich die Pseudostuckleiste aus Kunststoff zu lösen begann.

Vorhin beim Headshop waren ein paar uniformierte Kollegen aufgekreuzt. Was wollten sie da? Zu Enrico? Jedenfalls hatte sie den Hinterausgang benutzen müssen. Wenn ihr Dienstherr erfuhr, dass sie auch noch während ihrer unfreiwilligen Auszeit in der Sache rührte, würde man ihr endgültig das Fell über die Ohren ziehen. Über Enrico musste sie sich keine Gedanken machen. Seine

Beziehung zu ihrem Verein war eher frostig. Außerdem hatte er viel zu viel Schiss vor ihr. Aber ob sie dieser Irene und diesem Jan ausreichend hatte klarmachen können, die Polizei rauszuhalten?

Ja, mein Gott, sie hatte Fehler gemacht. Aber nicht nur sie. Angefangen hatte der ganze Krampf, als sie von den Drogen zur illegalen Beschäftigung versetzt wurde. Angeblich, um irgendwelche personellen Löcher zu stopfen, in Wahrheit aber mit Sicherheit, weil der alte Börnsen mit ihrer Art nicht klarkam.

Der Dienst war öde. Immer nur irgendwelchen rumänischen Maurern und Zimmermännern auf den Zahn zu fühlen, stellte auf Dauer keine Erfüllung dar.

Aber dann drehte sich der Wind. Hatte sie zumindest gedacht. Denn immerhin war bei den Vernehmungen nach der letzten Razzia einmal auch der Name Gratanovic gefallen.

Ihr Vorgesetzter winkte ab. Zu nebulös, nicht gerichtsfest, hatte er gemault. Trotzdem machte sie weiter. Weil sie besessen war vom Erfolg. Weil sie *alles* dafür gegeben hätte, Börnsens Gesicht zu sehen, wie er zugeben musste, seine beste Beamtin auf die Baustellen geschickt zu haben.

Zumindest wurde ihr gestattet, Gratanovic ins Dezernat zu laden. Dieser miese Schieber mit dem verlebten Gesicht und dem widerlich zynischen Grinsen. Bulgare mit serbischen Wurzeln, ehemaliger Geheimdienstler. Seit den frühen Neunzigern aktiv im Hamburger Milieu.

Das Milieu – da gab's Leute, deren Ehrenwort mehr wert war als eine notarielle Beurkundung. Aber Radoslav Gratanovic war ein destruktiver Psychopath. Sie hassten sich seit Ewigkeiten. Und diesen Hass hatte sie unterschätzt. Ihren. Seinen.

Bei dieser Vernehmung war er einfach besser. Gelassen, souverän, zynisch wie immer. Während sie vor Ungeduld platzte. Dann dieses Blitzen in seinen Augen. Das hätte für sie das Stoppschild sein müssen. Er hatte etwas bemerkt. Ihre Schwachstelle, ihre Getriebenheit. Er wurde noch eine Spur mieser. Dürfte ein innerer Höhepunkt für ihn gewesen sein zu beobachten, wie sehr sie darauf ansprang. Dann dieser winzige Moment, kurzes Kopfdrehen, um sich zu vergewissern, dass niemand hinschaut.

Präzise und wohl dosiert spuckte er ihr ins Gesicht.

Die Sportpsychologen sagen, dass eine Bewegung sitzt, wenn sie zehntausendmal geübt wird. Handkantenschläge zum Nasenrücken dürfte sie eher zwanzigtausendmal trainiert haben. Es geht dann ziemlich automatisch. Diese miese Ratte hatte sogar den eigenen Riechkolben aufs Spiel gesetzt, nur um sie fertigzumachen.

Von diesem Moment an gab es zwei Möglichkeiten. Psychologische Gefälligkeitsatteste sammeln, betteln, lieb sein, Reue zeigen, bereit sein, ohne zu Murren ein paar Jahre Strafrunden zu drehen in der Provinz, im Archiv oder sonst wo. Oder: jetzt erst recht. Da Rosa sich selber gut genug kannte, war ihr ohne große gedankliche Umwege klar, dass eine dieser Möglichkeiten ausschied.

Das Ding *musste* sie einfach selber in die Hand nehmen. Ganz einfach war das nicht, da sie nach der Suspendierung nun mal gezwungen war, die Füße stillzuhalten. Aber schließlich gab es ja noch Brinker, ihren alten Kollegen von den Drogen. Da er wieder einmal wild entschlossen war, seiner schwellenden Plauze den Kampf anzusagen, war es nicht allzu schwer gewesen, ihn zu überzeugen, ein paar Stunden im Fitnesscenter zu nehmen. Und zwar in der komischen Muckibude, in der sich Gratanovic ständig herumtrieb.

Was Brinker hatte herausfinden können, war gar nicht so wenig. Im Gym trainierte auch so ein Schönling, Patrick Klosterfeld. Offensichtlich vom anderen Ufer. Wenn er mit Gratanovic mauschelte, schien es um Lieferungen zu gehen, die Klosterfeld von irgendeiner Jekaterina empfing und dann weiter an Gratanovic schleuste.

Das hörte sich zwar nicht unbedingt nach illegaler Beschäftigung an, dafür aber nach einem anderen mächtig illegalen Ding. Deshalb hatte sie sich Klosterfelds Adresse durchgeben lassen und dem Guten einen Besuch abgestattet.

Tja, und was war dabei herausgekommen? Diese komischen Elefantenkerzen!

Ob die eine heiße Spur abgeben könnten? Zu blöd, dass sie im Headshop so schnell die Kurve hatte nehmen müssen. Aber was zum Teufel sollte diese Sache mit Patrick Klosterfeld bedeuten? Wieso überall Blut in der Wohnung? Na klar, einmal hatte sie hingelangt. Aber das war sozusagen voller Zartgefühl gewesen. Im Vergleich dazu hätte sich Gratanovic geradezu geküsst fühlen können. Igitt, widerlicher Gedanke.

Brinker hätte sicher nichts dagegen, in einer unbeobachteten Minute im Rechner nachzuschauen, ob irgendeine Polizeimeldung zum lieben Patrick aufgelaufen war. Trotzdem: Auch wenn es riskant war, sollte sie die Wohnung vielleicht selber noch einmal unter die Lupe nehmen. Vielleicht, dass Jan einfach nur Quark erzählte? Oder dass Patrick selber irgend so einen Zauber veranstaltet hatte? Oder es gab noch einen weiteren Besuch – direkt nachdem sie gegangen war. Ziemlich verdreht das Ganze.

Fest stand nur eins: Irgendjemand wollte sie da ganz gewaltig verarschen.

🐘 8 🐘

Es war die Nacht vor Allerheiligen, und der Herbstwind hatte mit hartem Griff das Laub von den mürben Zweigen gezogen. Es säumte die lange Straße, die sich träge mäandernd in der Dunkelheit verlor.

Jan schaute verträumt lächelnd in die fast kahlen Baumkronen und dachte an seine Phantasien, wenn er als kleiner Junge mit Tante Irene zu dieser Zeit durch die Straßen ging. So wie damals wiesen schwache Lichtkegel hier und da den Weg. Damals malte er sich aus, sie wären auf Reisen. Er war der treu sorgende Knappe, an dessen Arm die ängstlich dreinblickende edle Dame Halt suchte. Er war der blonde Jüngling, der sie sorgsam führte und vor bösen Geistern beschützte.

In Erinnerung an seine Kinderwelt phantasierte Jan noch ein wenig weiter. Es machte ihm Spaß, nur, dass jetzt keine Märchenstunde war. Irene ging es wirklich nicht gut. Ritter Enrico mit dem grauen Zopf folgte ihnen in gemessenem Abstand und tat jeden Schritt mit bedeutungsschwerem Ausdruck. Nach jeder Elle hielt er inne und stellte wieder die Frage, die ihm auf der Seele brannte.

Diesmal drehte sich Knappe Jan ihm zu und sprach: „Wer kiffen kann, kann auch laufen! Und es ist nicht mehr weit. Da vorn ist es, wo es so flackert."

Schließlich erreichten die Wanderer das schaurige Tor, über dem bunte Blitze ein mystisches „OH" bildeten. Doch es war verschlossen.

„Verdammt, wieso hat sie den Laden zugemacht? Es ist doch noch kein Feierabend? Mama!!"

Der Knappe Jan hatte die freie Hand erhoben und schlug ohne Furcht gegen die verhexte Pforte, bis Funken auf ihn niederregneten. Die Edeldame erschrak und warf sich in die Arme des grauen Ritters.

„Sorry, Tante Irene. Aber wenn sie hinten im Lager ist, hört sie mich sonst nicht."

Jan hämmerte weiter auf die Tür ein und nach einigen außergewöhnlich langen Augenblicken öffnete sich die Ladentür zögerlich. Das Glockenspiel erklang und Betty Loh erschien im Türspalt.

„Trick or treat! Nein, Quatsch … Mama, ist alles okay? Warum sperrst du zu?"

„Jan … Irene? Was macht ihr denn hier? Ich hab – ich war hinten, und – also, es ist wegen der Elektrik. Zu gefährlich." Sie deutete nach oben.

„Zu gefährlich? Blödsinn. Das hängt doch schon seit einer Woche so. Und gerade zu Halloween machst du zu?

Wann wolltest du denn die Fledermausfackeln verkaufen, hm? Zu Nikolaus?" Jan deutete auf die Auslage im Schaufenster. „Lass uns mal rein. Wir brauchen deine Hilfe. Ist auch verdammt ungemütlich hier draußen."

Betty trat einen Schritt zurück. Jan und Irene verstanden dies als Aufforderung einzutreten; Enrico stolperte verlegen hinterher.

„Hast du Klosterfeld gesehen?"

Hatte sie wohl nicht. Oder doch? Ihr Blick war unergründlich. Und ... starr. So wie damals, als er mit dem blauen Brief aus der Schule nach Hause kam. Dem letzten, bevor er dann die Schule wechseln musste.

„Ich habe ihn schreien gehört, als ich ihm sein Päckchen bringen wollte!", mischte sich Irene ein.

„Ein Päckchen?", fragte Bettina.

„Ja, das ist auch merkwürdig. Aber jetzt nicht wichtig. Ich war in seiner Wohnung. Da war er weg, und alles war voller Blut", antwortete Jan.

„Aber Rosa war es nicht!", warf Irene ein.

„Das Blut??"

„Das Monster, Betty! Das Monster, das so etwas tut!"

Jan legte seiner Tante beruhigend die Hand auf die Schulter: „Lass mich lieber reden, Tante Reni." Seiner Mutter erklärte er: „Wir müssen also befürchten, dass ihm etwas Schlimmes passiert ist."

„Aha."

„Bettina!" Wieder mischte Irene sich ein. „Verstehst du nicht, was Jan sagt? Es geht um deinen Mitarbeiter!"

„Patrick ist nicht mehr – er hatte nur noch gelegentlich hier zu tun. Er ist eigentlich schon raus aus dem Geschäft. Ich hab ihn länger nicht gesehen."

„Ehrlich? Na, vielleicht ist das gut so. Übrigens dachten wir, dass es besser ist, wenn Irene heute hier schläft. In meinem alten Zimmer."

„Nein! Das ... das geht nicht. Alles voll. Mit Ware. Tut mir leid. Du weißt, Saisonartikel."

„Bettina, bitte!" Irene hatte sich inzwischen auf einem Samtpodest im Schaufenster niedergelassen. Verzweifelt sah sie zu ihrer Schwester herauf. „Ich kann doch jetzt nicht in meine Wohnung gehen, wenn ich weiß, dass nebenan alles voller Blut ist!"

„Jetzt komm, das ist ein Notfall! Du kannst sie doch nicht dorthin zurückschicken. Und wenn du so viel Stress hast ... Ich mach dir einen Vorschlag: Ich repariere das Leuchtschild draußen – noch diese Nacht, wenn du willst. Dann bist du die Sorge los, und morgen kann der Laden wieder laufen. Dafür machst du hinten Platz. Das dauert doch nicht lange!"

Bettina Loh seufzte ergeben. „Also gut. Aber wartet hier, ich muss das Zimmer frei räumen."

„Ich helf dir, Mama!"

Enrico hatte die merkwürdige Familienkonferenz stumm beobachtet. Die gute Frau Loh verbarg etwas, da war er sich sicher. Sie druckste herum, als ob sie ein paar Kilo Kokain im Hinterzimmer lagern würde.

Verstohlen sah er sich im Halbdunkel um, als er plötzlich über einen Kürbis mit grausiger Fratze stolperte und bäuchlings in eine Kerzenpyramide kippte. Fluchend drehte er sich herum. Nun lag er wie ein Käfer auf dem Rücken und wagte nicht sich aufzurichten aus Furcht, dabei etwas zu zertreten – wenngleich der eiserne Kerzcnhalter, der sich schmerzhaft in seine Hüfte bohrte, nicht sehr zerbrechlich wirkte. Enrico sah auf und traf auf Bettys Blick. Zu seinem Erstaunen wirkte sie erleichtert. Sie streckte die Hand aus und zeigte auf ihn.

„Räum du lieber deinen Freund hier weg. Wer ist das eigentlich?"

Jan streckte ebenfalls die Hand aus. Er reichte sie Enrico, um ihm aufzuhelfen. „Das, Mama, ist mein neuer Chef!"

Doch Betty war schon auf dem Weg in die hinteren Räume. Ritter Enrico hatte recht, es gab ein dunkles Geheimnis: Sie beherbergte einen Halunken. Und den galt es nun flugs in das Kellergewölbe zu verfrachten. Sie stieß die Tür zu seinem Versteck auf.

„Steh auf. Du musst nach unten umziehen. Aber geh über die Außentreppe."

🐘 9 🐘

Wilm Nachtigall saß in seinem Hausmeistersouterrain in Nummer acht über der Mopo. Seine Stimmung war hinlänglich zufrieden, er wusste das. Die Umstände, die den Unterschied zur völligen Zufriedenheit ausmachten, waren ihm auch bekannt, wiewohl er sich momentan weigerte, sie zur Kenntnis zu nehmen. Es waren erstens die Kaninchenlöcher vor ihm auf dem Rasen rüber zu Nummer zehn – so auf Augenhöhe sahen sie wirklich dreist aus – und zweitens – na ja. Das war irgendwie schon lange so. Und davon weigerte er sich eben Kenntnis zu nehmen. Aber der Junge, dieser Jan, wenigstens, der schien gar nicht so schlecht zu sein. Klebstoff, sieh mal einer an!

Da der Tag sich schon etwas entwickelt hatte, war Wilm inzwischen beim täglichen Kreuzworträtsel angekommen. Sonst war er auch immer sehr schnell durch mit der Mopo. War ja nichts Besonderes, Senat pleite, Queen Mary wieder da, jugendlicher U-Bahn-Schläger gesucht.

Zu all diesen Ereignissen hatte Wilm seinen Kommentar in Form dezenter kleiner Fettflecken auf dem Zeitungspapier hinterlassen, und mehr war dazu auch nicht zu sagen. Im hinteren Teil wurden die Fettflecken weniger, weil Wilm da von Butterstulle zu Streuselkuchen gewechselt hatte wie immer. War schon etwas eintönig, das.

Eine Frau würde vielleicht ... aber da war keine Frau, und darum machte er sich jeden Morgen seine Butterstulle und kaufte jeden Morgen ein Stück Streuselkuchen beim Bäcker. Klar, er hätte auch mal was anderes kaufen können, nicht dass der Bäcker nicht auch Bienenstich gehabt hätte. Aber jetzt hatte er so lange Streuselkuchen gekauft, dass es ihm peinlich gewesen wäre, die Sorte zu wechseln, wie das Eingeständnis eines Irrtums. So blieb das, und von allem anderen weigerte er sich Kenntnis zu nehmen.

Also das Kreuzworträtsel, lass doch mal sehen. Hauptstadt von Vietnam, na das weiß doch jeder. Wilm schrieb mit lässiger Sorgfalt *Haneu* in die Kästchen. Der Anfang war gemacht. Frucht der Buche, waagerecht, neun Buchstaben. *Buchecker*. Und da gleich senkrecht am drittletzten Buchstaben: Verwandte des Hasen, auch neun Buchstaben, da musste er nicht lange nachdenken. Das waren die verdeubelten *Kaninchen*. Er blickte auf. Keins zu sehen.

Ich muss die Tür machen, dachte Wilm. Und: Wann Irene wohl wiederkommt? Um diese Zeit ist sie sonst nie arbeiten. War gestern ziemlich holterdipolter aus dem Haus. Und sie war noch nicht wiedergekommen. Ob sie da war, wusste Wilm eigentlich immer, wenn er auch sonst nicht genau wusste, welcher Mieter gerade zuhause war.

Wieso schaffe ich es eigentlich nie, sie anzusprechen? Dabei hat sie mir gestern fast das Leben gerettet. Hat mir das Leben gerettet. Dieser Ast ... hab ich mich erschrocken! Da wollte ich ja mit ihr reden, mich dafür bedanken, dass sie mich gerettet hat. Aber das hätte sie sowieso getan, für jeden, für sie bin ich nur der Hausmeister. Sie ist einfach weggegangen, sich bedanken ging doch gar nicht. Ach was Wilm, du alter Stockfisch, alles nur Ausreden, hast wieder die Zähne nicht auseinandergekriegt. Sie hält mich für ausländerfeindlich. Für primitiv. Ob sie überhaupt meinen Namen kennt?

Beschämt sah er wieder auf das Kreuzworträtsel. Wilm Nachtigall, wer will denn schon so einen Namen kennen? Der im Souterrain sitzt und dem sogar die Kaninchen den Arsch zukehren?

Na ja. – Ein Kaninchenkopf tauchte in seinem Sichtfeld auf, und um seine Gesundheit zu schonen, sah er schnell weg. Man soll sich nicht unnötig aufregen.

Hier, waagerecht, Mannschaft, vier Buchstaben, wieder so ein Selbstgänger. *Tiem*. Dazu passte das hier, senkrecht, Fußball-Bundestrainer, vier Buchstaben. Wilm wollte *Loew* schreiben, aber das ging nicht. Wo das o hingehörte, stand das e von *Haneu*. Erbost starrte er das Blatt an. Welche Bundestrainer mit vier Buchstaben hatte es noch gegeben?! Helmut Schön? Passte nicht. Berti Vogts? Ein Buchstabe zu viel, und auch ein o als zweiter Buchstabe. Bundestrainer, Bundestrainer mit kurzen Namen und e ...

Sein Blick glitt nach Bundestrainern suchend in die Leere des schmalen Fensters. Oha, was kam da denn für ein Schrank zu Nummer zehn? Kein Bundestrainer, oder höchstens im Ringen. Mannomann, war das am Ende eine Frau? Bewegte sich so – so – elegant. (Was kann man noch sagen, du Kreuzwortmeister? Anmutig, graziös – traf es aber irgendwie nicht.)

Sie ist eine Fremde, dachte Wilm schwerfällig, vielleicht sollte ich wirklich mal die Tür von Nummer zehn so trimmen, dass sie nur auf Summer aufgeht ... Diese Typen vom Hermes-Versand oder wie die alle heißen müssen dann eben unten vor der Haustür wieder umkehren, und ihre Kunden, der Klagge aus dem zweiten Stock und die Rulfs, diese ewigen Paketbesteller, müssen zur nächsten Filiale pilgern, statt sich ihre Sachen beim Nachbarn abzuholen ... Aber dann geht das Gemecker wieder los.

Die Bundestrainerin schlüpfte durch die Tür zu Nummer zehn. Jetzt war Wilm endgültig entschlossen, die Tür auf Summer einzustellen, und zwar gleich morgen. Solche Schlägertypen – Schlägertyperinnen – Schlägerinnentypen, da wusste man nie, und bei wem würden sie am Ende alle meckern?

Siehste.

Erst mal wieder geschah nichts, das Kaninchen fraß mit kurzen Ruckbewegungen Gras und zeigte Wilm jetzt seine rundliche Kehrseite, was ihn irgendwie noch mehr beleidigte als die lustigfreche Visage, aber man konnte nichts machen.

Wilm nippte an seinem ziemlich ausgekühlten Kaffee und fühlte sich leer, bis plötzlich ein Geistesblitz diese Leere durchzuckte. Was hatte noch Onkel Kalle selig immer gesagt? „Otto Nerz, das war der Beste!" Und geschwärmt von der WM '34 in Italien, bei der er irgendwie dabei gewesen war, ganz jung noch, nicht als Spieler, nee, irgendwas mit Stiefelputzen oder so, aber er war dabei gewesen. „Die WM in Italien!" Das war für Onkel Kalle lebenslang 1934, nicht 1990.

Sehr zufrieden mit seinem phänomenalen Gedächtnis und seiner Allgemeinbildung trug Wilm *Nerz* in die vier Kästchen für den Bundestrainer ein und wandte sich dem nächsten Problem zu. Singvogel mit zehn Buchstaben, der vierte ein h. Ha, das kannte er. So hieß er ja selbst. Mit seinen kleinen, sauberen, leicht geneigten Buchstaben schrieb er *Nachtigall* in die Kästchen.

Er musste etwas geträumt haben. Denn schon wieder hatte sich jemand bis auf ein paar Schritte Eingang Nummer 10 genähert. Ein alter Langhaariger mit Zopf. Wen der jetzt wohl besuchen wollte? Trug eine von diesen neumodischen Riesenumhängetaschen über der Schulter. Wollte am Ende doch nichts klauen?

Summer, ich sag's ja! Fünf Leute in Nummer zehn hatten ja neue Fernseher, zwei sogar Plasma, wahnsinnig teuer. Seit die Dinger so leicht zu tragen waren, konnten Diebe … Wilm grinste, wenn er daran dachte, wie viel die Leute für so was bezahlten. Wo die doch im Freihafen oft „vom Laster fielen". Artjom konnte jederzeit an welche ran. Wilm hatte immer gesagt, nein, er wolle so was nicht, und wenn Artjom gesagt hatte, du Wattebäuschchen, hatte Wilm gesagt, die Dinger haben schließlich keine Garantie!

Also für sich wollte er keins, aber *sie* hatte noch so ein altes Ding. Wenn er ihr nun eines Tages einen nagelneuen Plasmafernseher … einfach so, vor die Tür, ohne zu verraten … nur zu sehen, wie sie sich freut … *wenn* sie sich freut … Er würde es nie tun, er kannte sich, aber er nahm die Werbedoppelseite des Mediamarktes aus der Mopo, sah auf die Fernseher und begann zu träumen.

Die Sonne kam immer weiter rum, und *sie* kam nicht wieder.

🐘 10 🐘

Ein Sicherheitszylinderschloss der alten Schule, keine große Sache. Es machte einmal „Klick" und die Tür war offen. Hastig zog Rosa den Pick aus dem Schloss und verschwand in Irenes Wohnung. Natürlich hatte sie vorher geklingelt und an der Tür gelauscht, hinter der sich nichts regte. Trotzdem blieb das Unternehmen riskant. Zu riskant dafür, dass sie eigentlich gar nicht wusste, was sie hier wollte. Sie war mit anderen Absichten gekommen.

Sich mit einer Hand an der Wohnungstür abstützend, zog sie sich Kunststoffüberzieher über ihre mächtigen Schnürboots und begann, die Zimmer auszukundschaften.

Die unscheinbar graue Auslegware im Wohnzimmer, der Fernseher auf dem Sideboard, die peinliche Ordnung. Sie hasste das Killerwort. Das, mit dem sich Popanze und Chaoten, die ihr Leben selber nicht auf die Reihe bekamen, über normale Leute lustig machten. Aber hier drängte es sich einfach auf. Irenes Wohnung war spießig. Punkt.

Allerdings fehlte die Kitschkomponente. Eher ein Fall von Ordnungsspießigkeit. Alles wirkte sehr schlicht und zurückgenommen. Fast schon schüchtern. Was war eigentlich das Gegenteil von spießig? Spaßig?

Außerdem schien die Gute ein wenig hinter der Zeit. Noch nicht einmal ein Anrufbeantworter, der sich abhören ließe. Eine kuriose Anwandlung, gemischt mit etwas Rührung, überkam Rosa, als ihr Blick auf Irenes Hausschühchen unter der Garderobe fiel. Sie hob das Bein und hielt den kunststoffverpackten Stiefel direkt über einen der Pantoffel, der es nur auf knapp mehr als die halbe Länge brachte. Mit dem Rest eines Lächelns steuerte sie das Schlafzimmer an.

Doppelbett, sonst nichts Auffälliges. So viel sie wusste, war Irene getrennt lebend, wie es auf Bürokratisch hieß. Mit wem sie die ausladende Schlafstatt jetzt wohl teilte? Wahrscheinlich höchstens mit einem Haufen Sorgen, ein paar Tränen und kleinen Sehnsuchtsträumchen. Warum hatte sie in den letzten Tagen so oft an ihr Gesicht denken müssen? Auffallend blass, eher die Breite betonend, sehr feine Züge, etwas müde und traurig. Und gut versteckt darin eine Ahnung von großem Lebenshunger.

Rosa gab ein Brummen von sich, wie um einen Strich zu ziehen. Zeit, sich um ihren Hauptjob zu kümmern. Klosterfelds Bleibe befand sich direkt gegenüber. Nachdem sie für einen Moment hinter Irenes leicht geöffneter Tür in den Korridor gelauscht hatte, huschte sie hinüber zu Patricks Wohnungseingang.

Die Tür war geschlossen, wahrscheinlich hatte Jan sie zugezogen. Wie sie erwartet hatte, derselbe Schlosstyp. Sie konnte den Pick wie bei Irene benutzen, der hier seinen Dienst ähnlich schnell erledigte.

Die Hände auf dem Rücken, drückte sie die Tür hinter sich ins Schloss. Nach ein paar Schritten befand sie sich im Wohnzimmer. Na, das war doch mal eine spaßige Wohnung.

Nicht so spaßig allerdings die riesigen roten Flecken auf dem Teppich, die es beim letzten Besuch noch nicht gegeben hatte. Spritzer bis hinauf zur Sofadecke. Sogar die Stofftiere – Teddybären in zünftigen Westen und kurzen Lederhosen – waren nicht verschont geblieben. Neben dem Sofa in einem Topf mit klassisch griechischen Mäandern ragte ein Kunststoffbaum empor, dessen Äste gleichmäßig mit Ostereiern, Weihnachtssternen und Halloweenkürbissen aus Plastik geschmückt waren.

Vom großen Fleck in der Mitte gingen die Spritzer mehr oder minder sternförmig in alle Richtungen. Irgendwie wirkte es ein wenig melodramatisch. Sie kniete sich hin und schnupperte vorsichtig. Ein charakteristisches Aroma. Allerdings nicht der süßliche Geruch des

Todes, sondern eher der nach Früchten. Brombeeren vielleicht.

Sie kramte in ihrer Jackentasche, holte eine kleine Spritzflasche hervor und besprühte ein Stück roter Kruste vor ihren Knien. Aus derselben Tasche fischte sie den Schnellteststreifen, den sie sich mit spitzen Fingern vor die Augen hielt, nachdem sie ihn für ein paar Sekunden auf die feuchte Stelle gepresst hatte. Nicht die Spur einer Verfärbung. Sie hatte es doch gleich gewusst: Brombeeren bluten nicht.

Schwungvoll richtete sie sich auf, stemmte die Fäuste in die Hüften und gönnte sich ein triumphierendes Grinsen. Sie war ganz nah dran. Beim letzten Besuch hatte sie eine ziemliche Welle gemacht. Wenn ihr Auftritt ihrer sonstigen Art auch nicht gerade zuwiderlief, hatte sie ihn doch ziemlich dramatisiert. Aber immerhin hatte sie goldrichtig damit gelegen, dass Patrick bei Drohungen und Gewalt einknickt. Ganz schön hoch gepokert. Von Brinker wusste sie ja nur, dass er mysteriöse Lieferungen von irgendeiner Jekaterina entgegennahm. Aber was soll's: Bingo, recht gehabt. Die Sauerei hier war der beste Beweis. Panikreaktion. Dass sich die Polizei durch so einen Hokuspokus nicht reinlegen ließ, sollte sogar einem Dünnbrettbohrer wie Patrick klar sein. Dürfte eher als falsche Fährte für seine Auftraggeber gedacht sein. Allerdings: Wer so viel Panik auslösen konnte, war vielleicht nicht ganz ungefährlich.

Knarzend wurde die Wohnzimmertür aufgeschoben. Ein scharfer Adrenalinimpuls machte Rosa bereit zum Angriff.

„Oh!"

Enricos „Oh" klang eher genervt als überrascht. Für ein, zwei Sekunden starrten sie sich wortlos an, während Rosa beiläufig ihre Fäuste öffnete.

„Rico-Schätzchen, sag bloß, du bist hier die Haushaltshilfe?"

Enrico, wie immer in seiner braunen, abgeschabten Lederjacke, trug eine Reisetasche am Schulterriemen. Seine verkrampften Gesichtszüge entfalteten sich so mühsam, dass man es fast knistern hören konnte. Schließlich gelang ihm ein niederträchtiges Lächeln, das seine nicht gerade makellos weißen Zähne freigab.

„Und ich dachte, *du* bewirbst dich auf den Job. Wo es doch, ähm, gewisse berufliche Veränderungen bei dir gab."

Rosa überhörte diese Anspielung. „Und? Was treibst du dich hier rum?"

„Och, ich kenne jemanden, der einen Zweitschlüssel hat für die Wohnung. Sollte einfach mal nach dem Rechten sehen."

„Und nebenbei die Zimmer leerräumen?" Sie deutete auf die Tasche, die an seiner Seite baumelte.

„Quatsch, die ist nicht für hier!"

„Sondern?"

„Sondern, sondern, sondern! Bin ich im Verhör? Ich sollte für Irene noch ein paar Sachen mitnehmen. Sie wohnt gerade woanders."

„Ah ja? Und wo?"

„Honolulu, Seychellen, Grönland, wer weiß? Ich werd's dir nicht sagen, Rosa! Und du solltest nicht versuchen, es aus mir rauszubekommen. Dazu bist du momentan einfach nicht in der richtigen Position."

Sie verschränkte die Arme vor der Brust und trommelte mit den Fingern auf den Oberarmen.

„Und hier?" Er spähte an ihr vorbei auf die Flecken auf dem Teppich. „Alles in Ordnung?"

„Was soll denn nicht in Ordnung sein? Kleiner Unfall mit Nahrungsmitteln, würde ich sagen. Hör zu, Rico!"

Sie setzte ein übertrieben freundliches Gesicht auf und klimperte komikerhaft mit den Augenlidern. „Ich werde ganz lieb zu dir sein. Du musst überhaupt keine Angst vor mir haben. Ich werde dich nicht hauen, ich werde dir nicht den Arm umdrehen, ich werde dich nicht in den Schwitzkasten nehmen, noch nicht einmal irgendwelche Fragen werde ich dir stellen. Nur eines."

Ihr Gesicht wurde ernster. „Versprich mir, dass du Irene für ein Weilchen aus der Schusslinie bringst. Sollte vorerst nicht hierher zurückkommen. Bringst du das fertig?"

„Darauf kannst du Gift nehmen. Was so und so keine schlechte Idee wäre." Er schien um ein, zwei Zentimeter zu wachsen. „Irene steht unter meinem persönlichen Schutz!"

„Du Held! Hast dich in die Kleine verschossen, wie?"

Darauf wieder Enricos Niederträchtigkeitsgrinsen. „Und du?"

11

Erschrocken fuhr Betty hoch aus ihrem Dämmerschlaf und stieß mit dem Kopf gegen die Kante des Nachttisches, der eigentlich keiner war, sondern der dafür viel zu hohe Tip-top-Table von Tante Else. Längst hätte sie ihn zum Flohmarkt gegeben, aber Irene und Jan hatten immer protestiert, dass es eines der wenigen Familienerbstücke sei. Leise fluchend tastete sie nach dem Wecker und würgte den lauten Piepton ab. Einen Moment lang lauschte sie.

Stille.

„Gut so", murmelte sie, „Irene scheint noch zu schlafen."

Sie griff nach ihrer Kleidung, nahm frische Unterwäsche aus einer Kommodenschublade und schlich leise durch den dunklen Flur ins Badezimmer. Katzenwäsche. Duschen fiel aus an diesem Morgen. Das Rauschen des Wassers in den alten Rohren wäre zu laut gewesen.

Im Hinausgehen öffnete Betty vorsichtig die Tür zu Jans Kinderzimmer und spähte in Richtung Bett. Da rührte sich nichts. Irene schlief tief und fest.

Draußen auf der Straße fegte Betty feuchter Wind in die Haare. Gut, dass sie sich heute auch das Kämmen geschenkt hatte. Ihr entfuhr ein gequältes Lachen. Zuhausebleibwetter. Da würden sich kaum Kunden ins Kerzenimperium verirren. Aber sie brauchte das Geld. Dringend. Wenn das so weiterginge, käme sie in Teufels Küche. Gratanovic kannte keine Gnade, das war klar.

Betty schauderte. Sie hatte erlebt, wie er Geschäftspartner, die nicht spuren wollten, auf den Grill legte. Sie mochte sich gar nicht ausmalen, was er in ihrem Laden veranstalten würde, wenn nicht endlich die Ware auftauchte. Wo war das verdammte Päckchen?

Während Betty mit schnellen Schritten zum Bäcker ging, fragte sie sich, wie lange sich Irene bei ihr einnisten wollte. Sie musste zurück in ihre Wohnung, so schnell wie möglich. Durch diese Nervensäge von einer Schwester würde sie noch mehr in Schwierigkeiten geraten. So naiv wie Irene manchmal erschien – dumm war sie nicht. Sie kennt mich durch und durch, sie hat den siebten Sinn. Sie wird merken, wie nervös ich bin. Betty entfuhr ein gepresstes Stöhnen. Dieser Enrico hatte sie auch so forschend, beinahe lauernd, beobachtet. Undurchsichtiger Kerl. Kein guter Einfluss für Jan, fand Betty.

Kein guter Einfluss?! Sie lachte gequält. Das muss ausgerechnet ich sagen.

Am dringendsten war, dass Irene Jans Zimmer wieder frei gab. Irgendetwas Überzeugendes musste Betty einfallen. Sie könnte behaupten, Jan bräuchte das Zimmer, müsse ihr bis spät nachts helfen mit der Ware: Auszeichnen, einsortieren und so weiter.

Nein, das war keine gute Idee, da würde womöglich Irene Hilfe anbieten und noch länger bleiben. An welchen Tagen arbeitete sie eigentlich in diesem Callcenter?

Betty stopfte die Brötchen unter ihren Mantel, damit die Tüte vom Nieselregen nicht aufweichte, und hetzte zurück zum Laden. Erst einmal schnell Frühstück machen.

Noch im Mantel setzte sie die Kaffeemaschine in Gang, holte einen Becher aus dem Schrank, schnitt eins der Brötchen auf. Milch und Zucker? Honig oder Käse? Egal.

Er musste es nehmen, wie es kam.

Im dunklen Flur hinter den Geschäftsräumen erscholl ein Schrei.

Beinahe wäre sie mit Irene zusammengestoßen, die schlaftrunken in Richtung Bad tapste.

„Meine Güte, hast du mich erschreckt, warum machst du denn kein Licht an?", rief Irene. Sie blinzelte, schaute zuerst erstaunt auf das Tablett mit dem Brötchen und dem Kaffeebecher, dann in Bettys Gesicht. „Du wolltest mir Frühstück ans Bett bringen ...?"

Betty brachte nur ein abgebrochenes Grunzen heraus, dass entfernt wie ‚guten Morgen' klang. Musste die blöde Kuh ihr ausgerechnet jetzt über den Weg laufen.

„Du kannst auch erst duschen, wir frühstücken dann zusammen. Handtücher sind im Regal."

Irene nickte und verschwand noch immer erstaunt lächelnd im Bad.

Betty lauschte. Sobald sie das Wasser rauschen hörte, schlich sie das Tablett balancierend die Kellertreppe hinunter, so schnell es ihr möglich war.

Gemeinsam frühstücken. Wie gemütlich es klang, wenn jemand in der Küche hantierte. Irene dachte daran, an wie vielen unzähligen Tagen sie nun schon morgens alleine am Tisch hockte, seit Manfred, den Koffer in der Hand, die Wohnungstür hinter sich ins Schloss hatte fallen lassen.

Sie zog sich langsam an, schaute sich um. Jans Zimmer. Die Poster mit Wildpflanzen und Pilzarten hingen wellig an vergilbten Klebestreifen. Der kleine Janni. Er hatte schon als Kind jedes Blatt von der Erde aufgeklaubt. Deshalb hatte es Irene nur logisch gefunden, dass er lieber in einem Ökoladen arbeiten wollte als im Laden seiner Mutter.

Unter einem Ökoladen hatte sie sich allerdings etwas ganz anderes vorgestellt, als diese Drogenteehöhle. Ach Jan, was wollte er da bloß … Ihr Blick blieb an einer martialischen Bikerjacke hängen, die neben einem leeren Terrarium auf der Erde lag. Irene hob die Jacke auf, betrachtete sie intensiv. Dieses klobige Ding mit den vielen Nieten kam ihr irgendwie bekannt vor. Und die Größe, das war eindeutig eine Männerjacke. Also, Betty gehörte sie nicht und Jan auch nicht. So etwas würde er nie anziehen.

„Kommst du?!" Bettys Stimme klang ungeduldig: „Ich habe nicht ewig Zeit."

So gemütlich, wie von Irene erhofft, verlief das gemeinsame Frühstück dann doch nicht. Ihre Schwester kaute einsilbig an einer Brötchenhälfte, starrte immer wieder geistesabwesend vor sich hin. Irene hatte noch nicht einmal einen Becher Kaffee leer getrunken, da sprang ihre Schwester schon auf.

„Bettina, was ist denn, was hast du …?"

„Ich muss gleich noch mal los", unterbrach Betty sie. „Und was ist mit dir? Musst du nicht ins Callcenter?"

„Nein, heute nicht. Ich bleibe hier und kann dir helfen. Soll ich den Tisch abdecken und abwaschen? Wann bist du denn zurück? Was ist, wenn Kunden kommen?"

„Ach", Betty machte eine wegwerfende Handbewegung, „es kommt sowieso keiner. Also, so früh, meine ich, und dann das schreckliche Wetter. Da jagt man ja keinen Hund vor die Tür", fügte sie hinzu, als sie Irenes irritierte Miene bemerkte. „Wenn du schon unbedingt noch bleiben willst, könntest du die Kerzenpyramide wiederaufbauen. Aber bitte in der Ecke da hinten, sonst rattert gleich wieder irgendein Idiot dagegen. Ich hole eben den Kassenschlüssel von hinten. Viel ist sowieso nicht drin."

„Okay." Irene betrachtete wenig begeistert das Durcheinander der Kerzen am Boden und rieb ihre verschränkten Oberarme mit den Händen, um sie etwas zu erwärmen. Auf den kalten Fliesen herumkriechen, da würde sie auch noch eisige Füße bekommen. „Hast du vielleicht eine warme Jacke für mich, Bettina? Es ist ja lausekalt hier im Laden. Ist die Heizung kaputt?", rief sie in Richtung der hinteren Räume.

Jacke.

Bei diesem Stichwort fiel Irene das Lederding wieder ein. Sie ging in Jans Zimmer, griff das ungewöhnliche Teil und hielt es ihrer Schwester hin. „Sag mal, wem gehört denn dies hier? Jan doch bestimmt nicht. Mit so etwas würde er nicht mal im Dunkeln über'n Hof gehen."

Irene stutzte. „Was hast du denn?"

Beim Anblick der Jacke war Betty regelrecht zusammengezuckt.

„Ach sooo", Irene stupste ihrer Schwester lachend in die Rippen. „Hast du schon wieder einen Neuen? Sag schon, wer ist es, kenn ich ihn, hab ich ihn schon mal gesehen? Hier im Laden vielleicht? Die Jacke kommt mir irgendwie bekannt vor."

Betty stand stumm. Wie paralysiert.

74

„Verstehe", Irenes fröhliche Miene verfinsterte sich, „ist wahrscheinlich wieder so ein unmöglicher Typ vom Kiez, passen würde es ja. Zur Jacke, meine ich. Darf man den Herrn deshalb nicht kennenlernen?"

Wie war das? Neuer Lover?! Plötzlich kam wieder Leben in die starrstumme Betty. Da hatte sie sich den Kopf zerbrochen, wie sie Irene loswerden konnte, und dann lieferte ihr Schwesterherz selbst die perfekte Ausrede.

„Meine Güte, Irene!" Betty tat so, als sei es ihr peinlich darüber zu sprechen, während sie ihr die Jacke abnahm und auf Jans Bett warf. Dann ging sie zurück in den Laden, wohin Irene ihr wie erwartet an den Fersen klebend folgte. „Vor dir kann man wohl gar nichts geheim halten. Ja, verdammt, das hast du richtig geraten. Da wohnt manchmal jemand – also, nur vorübergehend, bis er ...", Betty starrt auf einen Karton mit Teelichten, „also, also – bis er hier eine Wohnung gefunden hat. Deswegen muss ich dich auch bitten, heute Nacht wieder bei dir zu Hause zu schlafen. Dafür hast du ja wohl Verständnis."

„Er kommt von außerhalb?" Irenes Wangen liefen rot an. „Nun erzähl doch mal. Wie heißt er? Wie sieht er aus, wie alt ist er?"

„Du musst ja nicht alles wissen." Betty griff ihren Mantel und öffnete die Ladentür. „Ach, übrigens, vom Kiez kommt er nicht. Lass mal deine Vorurteile, liebe Schwester!"

Dem Impuls, Betty eine der Kerzen hinterherzuwerfen, konnte Irene gerade noch widerstehen. „Vorurteile kommen nicht von ungefähr, Bettina", rief sie enttäuscht und wütend, obwohl ihr bewusst war, dass dies draußen nicht mehr zu hören war. Warum machte Bettina auch so ein Geheimnis aus diesem Mann? Da musste man ja stutzig werden.

Na denn. Die Pyramide. Sollte sie die Kerzen nach Farben geordnet oder bunt durcheinander auftürmen? Irene entschied sich für durcheinander. Schwer waren diese Stumpen. Und so viele. Irene stöhnte, aber wenigstens wurde ihr von den vielen Kniebeugen langsam etwas wärmer. Außer den summenden Leuchten unter der Decke heizte hier gar nichts.

Kommt von außerhalb, muss sich in Hamburg erst eine Wohnung suchen. Wo hatte Bettina nun schon wieder eine neue Bekanntschaft aufgetan, grübelte sie und hob den Kopf.

Rauschte da nicht Wasser? Es klang nach Toilettenspülung. War die auch defekt? Hier musste wirklich einiges getan werden. Wenn der Neue wenigstens Handwerker wäre.

Irene musste lachen, rappelte sich vom Fußboden hoch und streckte ihre Beine. Ein Kaffee wäre jetzt gut. Bettina und ein Handwerker, undenkbar. Seine Jacke sah auch nicht gerade nach einem soliden Mann aus.

Auf dem Weg in die Küche machte Irene einen Schritt in Jans Zimmer. Sollte sie? So etwas tat man nicht, in den Sachen fremder Leute herumschnüffeln.

Die Bikerjacke war nicht mehr da.

12

„Deine Zeit ist abgelaufen. Ich hoffe, du hast sie genossen."

„Das waren nie und nimmer zehn Minuten!"

„Es waren sogar zehn und eine halbe!" Mit besorgniserregendem Ächzen rappelte sich Enrico vom Frühstückstisch auf, wobei er mit dem Oberschenkel gegen die Tischkante stieß. Das löste in Jans Müsli-Cornflakes-Schüssel eine Schockwelle aus, die ein paar Milchtropfen über den Rand beförderte.

An Jans Rücken vorbei schlurfte Enrico auf den kompakten CD-Player zu, der auf dem Hängeschrank über der Küchenspüle platziert war.

„Und bitte erst auf Stopp drücken, nicht gleich auf Auswurf. Sonst verschluckt sich das Gerät wieder!", rief ihm Jan über die Schulter zu, während er in der „Science" neben seinem Teller blätterte.

Mit tiefster Missbilligung fasste Enrico das Abspielgerät ins Auge, das in diesem Moment damit beschäftigt war, in weitgehend ungedrosselter Lautstärke *Locust* von Machine Head wiederzugeben. Schrille, sich in immer größere Höhen spiralisierende Gitarrensequenzen, ein Schlagzeug wie ein heiß gelaufenes Getriebe, dazu das dumpfe Grunzen des Sängers.

„Musik des Untergangs. Kali Yuga!"

„He, nichts gegen Heavy Metal", protestierte Jan mit vollem Mund. „Ich mag's jedenfalls. Und Leute *meines* Alters gehören zur Zielgruppe, wenn du weißt, was ich meine. Lass doch das Stück wenigstens zu Ende laufen."

„Leider unmöglich. Die weise Gesetzgebung unserer Wohngemeinschaft sieht im Falle unvereinbarer Musikgeschmäcker vor, dass jedem Bewohner exakt zehn Minuten für eigene Musikwünsche zustehen." Enricos Stimme nahm einen theatralischen Klang an. „Und genau dieses Gesetz ist es, Jan, verehrter Freund und Mitbewohner, was zwischen uns und Willkür, Barbarei und Anarchie steht."

„Wow. Ich find's toll, dass du nie große Worte machst."

Die Musik riss ab. Während sich Jan einen weiteren Löffel Cornflakes in den Mund schaufelte, hörte er das Scheppern einer CD-Scheibe, dann das Geräusch wie von einem festgefahrenen Autoreifen.

„Die CD muss *richtig* eingelegt werden, dann Auswurf, was in diesem Falle Einwurf heißt, dann Start. Die Reihenfolge ist nicht beliebig", dozierte er ohne hinzusehen. Er wollte noch etwas nachsetzen, wurde aber durch den Einsatz von Bläsern und Streichern unterbrochen.

„Oh, etwas Klassisches!", rief Jan nach kurzer Pause in übertrieben gespielter Begeisterung. „Lass mich raten! Intro: Schrumm, schrumm, schrumm. Dann zweiter Satz, meistens etwas langsamer: Schrumm, schrumm, schrumm, dann dritter Satz, lebhaft: Schrumm, schrumm, schrumm, und danach natürlich großes Finale: Schrumm, schrumm, schrumm. Mann, ich kann's gar nicht abwarten!"

Grinsend setzte sich Enrico wieder an den Tisch. „Flegel! Du weißt gar nicht, wie uneigennützig ich bin. Schließlich möchte ich dir nur etwas Bildung nahebringen. Was wir da hören, ist die *Symphonie fantastique* von

Hector Berlioz, 5. Satz. Gleich kommt die Totenglocke und dann das Dies-Irae-Motiv. Und genau dieses Motiv hat Stanley Kubrick für den Vorspann von *Shining* benutzt – du erinnerst dich doch, oder? Der Flug im Helikopter durch die Rocky Mountains."

„*Shining*? Hmm, da klingelt gerade nichts bei mir. Ich steh nicht so auf alte Filme."

Alte Filme. Aua. Jan liebte es, ihn wegen seines Alters aufzuziehen. Aber diesmal hatte er es wahrscheinlich sogar ernst gemeint. *Shining*: Höhepunkt und tiefste Höllenfahrt des modernen Horrors. Was hatte er sich ein Bein ausreißen müssen damals in der DDR, bis er das Video zum ersten Mal in Händen hielt – eine gnadenlos überteuerte Raubkopie in mieser Qualität, natürlich aus dem Westen. Und jetzt? Für die jungen Leute ein alter Hut, ungefähr auf derselben Stufe wie Karloffs Mumie. Okay, lieber das Thema wechseln.

„Was hast du vor für heute?"

„Nadine kommt gleich mit dem Auto."

„Nadine?"

„Na, Mensch, du wirst ja wohl Nadine noch kennen! Mit der war ich zusammen. Im Winter. Die Kleine mit den rosa Puschelkopfhörern!"

Rosa Kopfhörer, klar. Blond, niedliches breites Gesicht. Natürlich konnte sich Enrico erinnern. Aber Nadine? Oh, Hilfe, diese Ruine von Namensgedächtnis in seinem Schädel. War schon komplett überfordert, diesen Andrang von Nichten und Neffen auseinanderzuhalten, wenn er mal im Osten zu Besuch war. Wie sollte es da bitte schön noch Jans rasant häufig wechselnde Freundinnen bewältigen? Konnten die nicht einfach alle Namensschilder tragen? Er wurde wirklich alt. Oder er kiffte zu viel.

„Und dann?"

„Dann werde ich mein Kellerlaboratorium bei Irene räumen. Das wird mir einfach zu heiß da."

„Du hast mir nie verraten, was du da eigentlich köchelst."

„Na, Psilos." Jan hielt ihm.die „Science" vor die Nase. „Kennst du doch bestimmt. Kleine Psycho-Pilze aus heimischen Gefilden.

Schon mal was von David Nutt gehört? War vor ein paar Jahren oberster Drogenexperte der britischen Regierung. Der hat eine Riesenstudie über die Schädlichkeit von was weiß ich wie vielen Stoffen durchgeführt. Und? Was denkst du? Pilze sind das Harmloseste vom Harmlosen! Besser als Beruhigungspillen. Kein Vergleich zu Koks, Alkohol oder Morphin. Ungefähr so schädlich wie Pfefferminztee. Würden die Leute mehr auf Pilze als auf all diese Herz-, Hirn- und Leberkiller abfahren, wäre doch allen geholfen! Die experimentieren damit mittlerweile sogar als Schmerztherapie und Antidepressivum!"

„He, du hast ja eine richtige Mission!"

„Mission?" Jan ließ ein verschämtes Grinsen aufblitzen. „Na ja, wohl eher so wie in den *Zwei Missonaren*. Aber *du* wärst dann Bud Spencer!"

Sein Gesichtsausdruck begann, wieder in einen sachlichen Aggregatzustand zu wechseln. „Außerdem mal lieber nicht zu hoch greifen! Ich bin gerade dabei, eine Linie mit milder Wirkung und möglichst geringen Konzentrationsschwankungen zu züchten. Demnächst lade ich dich mal zu einer Probe ein."

„Aber du hast nicht vor, sie bei uns unterm Ladentisch zu verkaufen, nicht wahr?" Enricos Gesichtsausdruck war nachdenklich geworden. „Du weißt: Es ist ein netter, kleiner Headshop, nichts weiter. Wir sind die Glasmacher. Nicht die Brauer und nicht die Schnapshändler!"

„Keine Panik. Ich werde überhaupt nichts heimlich bei dir verticken. Ich habe da einen Kontakt in Mexiko, Jorge. Der hat einen richtigen Internetvertrieb. Und er hat Interesse an Nachschub deutscher Qualität! Kommt der Nachfrage kaum hinterher."

Enrico zog die Augenbrauen hoch: „Mafia, oder was?"

„Nein, das soll da ganz legal gehen! Und hier wird es auch irgendwann so sein. Es ist doch lächerlich: Jeder Fünfzehnjährige kann in den Supermarkt gehen und sich einen Hirnschaden ansaufen. Aber wenn jemand lieber seinen eigenen harmlosen Stoff genießen möchte, dann gibt es Blaulicht, Razzia und Knast – nur weil kein Konzern daran verdienen kann. Na ja. Die Zeiten ändern sich. Mittlerweile wird Hasch sogar als Medizin eingesetzt. Vielleicht springt ja auch bei mir ein Patent raus!"

„Wie es aussieht, kennst du dich gut aus mit solchen Dingen. Willst du das nicht vielleicht doch noch zu deinem Beruf machen?"

Natürlich hatte Jan mehr als einmal daran gedacht, Biologie zu studieren. Aber an der Uni könnte man Studenten begegnen. Und Professoren. Im weiteren Umfeld sogar Juristen und BWLern. Dazu fühlte er sich noch nicht reif.

Als Enrico den Widerwillen in Jans Gesicht bemerkte, konnte er ein Schmunzeln nicht unterdrücken. Der Junge ließ sich von niemandem dreinreden. Zog einfach sein Ding durch. Einzelkämpfer. Ehrgeizig und selbstbewusst bis zur Arroganz. Das gefiel ihm. Trotzdem würde er ihm irgendwann einmal sagen, wie ähnlich er seiner Mutter war.

„Du willst also deine kleine Plantage auflösen. Bedenken wegen Rosa? Dann kann ich dir eines sagen: Die hat vor der Polizei mindestens so viel Angst wie du."

Jan kräuselte die Augenbrauen. „Ich denke, die ist selber von diesem Trachtenverein? Woher kennst du sie eigentlich?"

„Sie war früher beim Drogendezernat. Kannst dir ja denken, wie wir Bekanntschaft gemacht haben. Aber die Spatzen pfeifen von den Dächern, dass sie momentan suspendiert ist. Eigentlich haben wir sie in der Hand und nicht umgekehrt."

„Aber was will sie von uns? Und von Irene? Und was ist das für ein Zirkus mit Klosterfeld?"

„Wie gesagt: Rosa glaubt, dass das kein Blut war in der Wohnung. Am besten, wir setzen uns bei nächster Gelegenheit mit der guten Irene zusammen. Vielleicht hat sie ja noch das eine oder andere Informationshäppchen für uns. Irgendwie scheint die ganze Sache mit diesen komischen Kerzen aus dem Päckchen zusammenzuhängen."

Mit diesen Worten wandte er sich wieder seiner Mahlzeit zu. Jan liebte es, ihm beim Frühstücken zuzusehen.

Der Mann war ein fürchterlicher Messie – sein Zimmer eine einzige Halde aus alten, teilweise nicht besonders gut riechenden Büchern. Einmal hatte er sogar die

Idee gehabt, im Laden eine Ecke fürs Antiquariat einzurichten. Nur mit Mühe konnte Jan ihn davon überzeugen, dass Bücher auf ein bestimmtes Kundensegment eher abstoßend wirkten. Besonders, wenn sie stanken.

Aber beim Frühstück – da entwickelte der Mann echte Lebensart! Hantierte virtuos mit dem gerundeten Käsemesser, der Fruchtpresse, dem Zwiebelschneider, pumpte hingebungsvoll am Milchschäumer, wählte bedächtig zwischen diversen Brot- und Schinkensorten, Tartar, Camembert und Brie.

Fasziniert beobachtete er, wie Enrico mit der Gabel einen breiten Streifen Kochschinken auf eine Brotscheibe drapierte und einen herzhaften Bissen nahm. Nachdem er ausgiebig gekaut hatte, fragte er wie beiläufig: „Wieso ist deine Tante eigentlich nicht verheiratet?"

„Irene? Verheiratet ist sie schon. Allerdings mehr auf dem Papier."

Er registrierte das Interesse, das sich in Enricos Gesicht spiegelte.

„Eine traurige Geschichte übrigens. Ihr Mann hat sie verlassen. Weil sie ihn bei der Steuer verpfiffen hat."

„Junge!"

„Aus Liebe, verstehst du? Aus lauter Liebe. Manfred – ihr Mann – war Versicherungsmakler. Hat gut verdient. Zu der Zeit musste Irene auch nicht arbeiten. Jedenfalls nicht offiziell. Sie hat sich aber um seine Buchhaltung gekümmert, auch wenn sie anfangs kaum Ahnung davon hatte.

Und dabei ist sie immer häufiger auf Dinge gestoßen, die vom Gesetzgeber so nicht gedacht waren. Mit dem Steuerberater war nicht zu reden. Der schien eher die treibende Kraft zu sein. Wollte offensichtlich den mächtig blauäugigen Manfred in dubiose Sachen ziehen und nebenbei sein Honorar aufpumpen.

Und da hat sie Angst bekommen. So hat sie es mir jedenfalls erzählt, und ich habe absolut keinen Grund, ihr das nicht zu glauben. Sie wollte einfach nicht, dass ihr Manfred auf die schiefe Bahn gerät.

Deshalb hat sie sich einen Termin beim Finanzamt besorgt. Eigentlich hatte sie nur vor, sich beim Beamten ganz harmlos und allgemein zu erkundigen, was noch erlaubt war und was nicht.

Aber der hat natürlich den Braten gerochen und sie nach Strich und Faden ausgequetscht. Na ja. Irene und die Autoritätspersonen."

„Was für eine Tragödie!"

„Die Steuernachforderung war brutal. Deshalb mussten sie auch in diese kleine Butze umziehen.

Manfred ist okay, hinter seinen Mauscheleien stand ja auch vor allem das Bedürfnis, ihr etwas zu bieten. Und wahrscheinlich hatte er bis dahin gedacht, mir ihr könne er Pferde stehlen. Jedenfalls hat er das Ganze als Riesenverrat gesehen."

„Katastrophe!"

„Du sagst es, Bruder!" Mit dem Finger schob er die letzten aufgeweichten Cornflakereste auf den Löffel. „Aber um auf die Kerzen zurückzukommen – was immer es mit denen auf sich hat: Wir sollten sie in Sicherheit bringen. Die stehen doch noch im Laden, oder?"

Es klingelte an der Wohnungstür.

„Das wird Nadine sein!"

„Wer?"

Enrico prustete vor Lachen, als er Jans entgeistertes Gesicht sah. „Keine Angst, war nur ein Witz!"

🐘 13 🐘

Hristomir, der Studioleiter, drehte die Anlage richtig auf. Dann zog er zum x-ten Mal am Bund seiner Trainingshose, bis dieser halb unter den Achseln klemmte, bückte sich wieder und schleuderte schwungvoll die nächste Kiste „Burn extreme" auf den Tresen. Er stellte die Dosen zuerst neben die Saftbar und räumte sie dann ins Regal. Mit Musik ging alles besser.

Heute war nicht viel los. Die Stammkundschaft im ausgeblichenen Feinripp stemmte wortlos die Eisen. Nahe dem Halleneingang hüpften ein paar Mädchen auf den Laufbändern. Seitdem das Studio als „Geheimtipp" für effektives Bodyworkout in einer Frauenzeitschrift lanciert worden war, mischte sich immer mehr von diesem Volk unter die Kundschaft. Hristomir war noch unschlüssig, ob dieser Hype vorübergehen würde oder ob er in weitere Laufbänder investieren sollte.

Endlich kam Petar vom Parkplatz zurück.

„Wo bleibst du? Solltest doch nur die Proteinriegel reinholen!"

„Hab mir den Schlitten von Gratanovic angesehen. Ist das ein Protzer."

„Stell den Karton dahin. Und sortier die Riegel gleich in den Dispenser. Mit welchem Wagen ist er heute gekommen?"

„Na, ist so ein Geschoss ..." Petar schob eine Handvoll Riegel in die Auslage, während sein Blick in die Tiefen des Studios zur Hantelbank hinwanderte.

„Ach, der Spyker. Die alten Riegel kommen nach vorn, Mensch!", fuhr Hristomir ihn an.

Dann folgte er Petars Blick und entdeckte Radoslav Gratanovic, der mit zum Zerreißen gespannten Muskeln am Rand der Hantelbank saß, den Oberarm gegen das Bein gestützt, und konzentriert seinen Bizeps bearbeitete.

„Wenn er weiter so pumpt, wird er bald nicht mehr auf den Vordersitz passen."

Aus den Boxen dröhnte jetzt *Bettina, zieh dir dir bitte etwas an* von Fettes Brot. Die beiden Männer am Tresen stellten sich breitbeinig nebeneinander auf und warteten auf den Refrain, um ihn mit hochgerissenen Armen mitzugrölen.

Gratanovic hatte die kleine Hantel zur Seite gelegt und sich rücklings auf der Bank ausgestreckt. Er fasste eine Langhantel eng und ließ sie über dem Gesicht ein Stück nach hinten sinken.

„Was macht er jetzt?", fragte Petar mit professionellem Interesse.

Hristomir warf einen prüfenden Blick in den Raum. „Ein paar Nosebreaker", antwortete er.

Beide sahen sich an und versuchten vergeblich, das Lachen zu unterdrücken.

„Die muss er wohl üben, seit Rosa ...", prustete Petar, doch da schlug ihm Hristomirs gerade Linke vor die Brust, dass er keine Luft mehr bekam.

„Nicht diesen Namen erwähnen! Nicht hier!"

„Pah!", machte Petar verächtlich, stellte sich dann aber wieder pflichtbewusst an die Kiste mit den Powerbars.

„Lass die mal stehen. Ich hab hier noch eine Benachrichtigung vom Zoll. Da ist eine Lieferung hängengeblieben, die kannst du abholen."

Hristomir kramte im Postkorb, ging dann an die Kasse und zog ein paar Fünfziger heraus. „Das dürften die Supplements aus Hongkong sein. Musst wahrscheinlich noch die Meerschweinchensteuer abdrücken. Ist immer ein Ärger mit diesen Paketen", brummte er.

Petar sah verstohlen in Richtung Gratanovic und zögerte. Er senkte seine Stimme.

„Gratanovic soll da ganz eigene Vertriebswege haben. Vielleicht könnte er dir helfen, leichter an das Zeug zu kommen?"

„Mit dem im Boot wird das Geschäft bestimmt nicht leichter! Mafia an der Backe haben, nein danke. Außerdem ist sein Netzwerk praktisch wertlos, seit er ... was auf die Nase bekommen hat, das weiß doch jeder."

Jetzt sah Petar seinen Chef triumphierend an. „Dann weißt du nicht alles! Er hat neue Verbindungen aufgebaut, heißt es! Komplett unverdächtig!"

Hristomir grinste müde. „Die Hausfrauen-Connection. Weiß doch jeder. Glaubst du, das nimmt irgendwer ernst in der Szene?! Und jetzt fahr los, beim Zoll ist pünktlich Feierabend."

Als Petar weg war, zog Hristomir noch einmal am Bund seiner Hose, die erneut der Schwerkraft nachzugeben drohte. Dann ging er zur Anlage und drückte die Wiederholungstaste. Wieder wummerte *Bettina* aus den Boxen. Beschwingt brummelte er im Takt.

Plötzlich stand Gratanovic am Tresen. Bevor Hristomir wusste, wie ihm geschah, wurde er am Handtuch über die Resopalplatte gezogen und wortwörtlich zur Brust genommen.

Aus der Mitte der knittrigen, schweißüberströmten und doch eiskalten Visage des Stammkunden funkelten ihm zwei tiefliegende Augen direkt in Mark und Bein: „Mach die Musik aus! Mach diese verdammte Musik aus!"

Mit zitternden Fingern griff Hristomir zum Regler, während sein Blick am Pflaster festklebte, das sich quer über Gratanovics Nase zog. „Tiiiii..." quietschte die Anlage, bevor sie verstummte.

Im Studio herrschte angespannte Ruhe. Alle Geräte standen still. Gratanovic schien nachzudenken.

Dann ging er langsam zurück an seinen Platz, nahm sein Handtuch und die Trainingsjacke und zog, als er schon Richtung Ausgang ging, aus der Jackentasche ein Mobiltelefon hervor.

Hristomir atmete tief auf und beugte sich zur letzten Kiste, die noch einzuräumen war. Als er wieder hochkam, stand Gratanovic am Tresen, und Hristomir rutschte das Herz in die Hose.

Wollte der doch noch etwas kaputt machen?

Doch Gratanovic hielt im nur sein Handy unter die Nase: „Der Akku ist leer." Wieder sah er dem Studioleiter bedrohlich in die Augen: „Ich muss telefonieren. Sofort."

„Äh? Ja, klar. Kein Problem. Hier hinten in meinem Büro steht ..."

Aus dem Stand sprang der Besucher über den Tresen. Ohne ein weiteres Wort trat er durch die Tür, hinter der sich das Büro in einem kleinen, fensterlosen Verschlag befand. Er schloss sie hinter sich und ließ die Jalousie vor dem Fenster herunter.

Hristomirs Hand griff mechanisch zum Lautstärkeregler der Stereoanlage, zuckte dann aber zurück. Stattdessen öffnete er das CD-Fach, nahm die Scheibe mit noch immer zittrigen Fingern heraus und fragte sich, was er nun einlegen sollte.

Im Büro musste Gratanovic mit dem Unterarm einen Wust von losen Rechnungen, Pappboxen für chinesisches Fastfood und leere Getränkedosen auf eine Seite des Schreibtisches schieben, bis das Telefon freigelegt war.

Er sah sich um. An der gekalkten Wand hing ein Poster, das ein Mädchen mit schwellenden Muskeln und schwellenden Titten zeigte. Sie stützte sich keck auf eine hochgestellte Langhantel und streckte ihren Jeansarsch raus. Daneben hatte dieser selbstverliebte Idiot Hristomir einen schmalen Spiegel aufgehängt.

Während sich Gratanovic den Hörer ans Ohr hielt, betastete er mit der freien Hand seinen heißen, geschwollenen Bizeps. Er blickte in den Spiegel. Auch wenn ihm das Training in den letzten Jahren schwerer fiel, war er immer noch verdammt gut in Form.

Als nächstes musterte er sein Gesicht. Wie Charles Bronson würde er aussehen, hatte irgend so ein Schleimer mal gesagt. Aber im Vergleich zu seiner zerknitterten Visage war Bronson höchstens ein zartes Nönnchen. Und das war okay so. In Bulgarien beim Komitee für Staatssicherheit war es von Vorteil gewesen, unauffällig zu sein.

Hier lief das Spiel anders. Geradezu ein Plus, dass er mit der ramponierten Nase in Zukunft noch gefährlicher aussehen würde. Besonders bei den Deutschen wirkte das Wunder. Ein komisches Volk. Groß und gut gewachsen, aber schreckhaft wie die Rehe.

Eigentlich war Rosa der letzte deutsche Mann. Ein Grund mehr, dass sie wegmusste.

Am anderen Ende der Leitung machte sich eine Stimme bemerkbar.

„Warum hast du dich nicht gemeldet, glaubst du, ich mache Witze?", grollte er in die Sprechmuschel.

„Entschuldigung. Hier ist so viel los, ich weiß gar nicht ..." Die Stimme klang zittrig. Wie ein loses Brett im Fußboden, das hin und her schwang.

Angst.

Gratanovic spürte einen leichten Erregungsschub in seinen Adern.

„Du hast es nicht leicht gehabt damals. Ganz allein mit dem Jungen." Seine Stimme klang bedeckt, sinnierend und bedrohlich zugleich. „Ich finde es gut, wie du deine Chance genutzt hast. Sehr gut!"

„Warum sagst du das jetzt?" Die Stimme hatte an Fassung gewonnen.

„Betty!" Er ließ den überrumpelnd scharfen Klang ein, zwei Sekunden nachhallen. „Hör zu! *Ich* bin deine Chance. Deine letzte! Also – wo bleibt die Lieferung?"

„Ich komme einfach nicht an Patrick ran. Auch am Telefon nicht. Ich glaube, da ist was passiert in seiner Wohnung."

„In zwei Tagen ist die Lieferung bei mir."

„Aber wie soll ich das denn machen, wenn ..."

Ohne ein weiteres Wort legte Gratanovic den Hörer auf die Gabel und fuhr sich beiläufig mit dem Finger übers Nasenpflaster.

Was zum Henker war da in der Klosterfeld-Wohnung passiert?

🐘 14 🐘

Geistesabwesend hantierte Jan in den Glasvitrinen hinter dem Tresen des Headshops herum und fluchte leise vor sich hin: „So eine Scheißunordnung. Was für ein Scheißwuling."

Im Hintergrund lief *Ghetto Supastar* von Pras.

Jan drehte die Musik lauter und versuchte die verhedderten Wasserpfeifenschläuche in der Vitrine zu entwirren, ohne die dazwischen herumkullernden neonfarbenen Glasröhren hinunterzustoßen.

„Hast du schlechte Laune? Was ist los mit dir, verehrter Freund und Mitarbeiter?" Enrico schüttelte den Kopf. „Und stell endlich das pseudoreligiöse Rapgequake von dem Dreadlockheini ab."

„Halleluja", knurrte Jan, quetschte den Wust von Schläuchen zusammen und schob die Glastür der nächsten Vitrine auf. Das hier aufgetürmte Sammelsurium aus

Tabakdosen, Drehpapier, Kerzen und Parfümflakons besserte seine Laune auch nicht gerade.

Er dachte an Irene, stellte sich vor, welch ein Schock die Sache mit Klosterfelds Wohnung für sie gewesen sein musste. So etwas möchte niemand erleben, ging es ihm durch den Kopf, schon gar nicht direkt gegenüber vom eigenen Apartment.

Und um Betty machte er sich auch Sorgen. Die kriegt es mal wieder nicht hin, seufzte er innerlich. Und ich darf das dann wieder mit ausbaden. So wie während meiner ganzen verschissenen Kindheit.

„Jan, könntest du bitte antworten. Ich habe gefragt, was dich bedrückt!"

„Hier hast du deine Antwort!" Ein Knäuel indischer Tücher landete in Enricos Gesicht. Jan löste eins der Plakate, auf dem die Pflanzenblütenmotive mit den schmalen, gezackten Blättern schon reichlich verblasst waren, von der Wand und drapierte es über den Tresen. Darauf knallte er einen Haufen mit Honig und Rohrzucker gesüßte Körnerriegel und Ökoteegebäck. „Willste das alte Zeugs noch irgendwann mal verkaufen oder soll der Süßkram total vergammeln?"

Für einen Moment sah Enricos Gesicht so aus, als er wüsste er nicht, ob er sich ärgern sollte. Dann betrachtete er das Süßigkeitenarrangement auf dem Tresen und grinste: „Da kommen wohl Mama Bettys Dekogene durch, was?"

Wieder keine Antwort. Nur ein genervtes Grunzen. Jan stellte den MP3-Player aus, zurrte seinen Rucksack auf und förderte kleine Jutebeutelchen in verschiedenen

Farben zu Tage. „Hier, die sind um Gras aufzubewahren. Vollkommen lichtundurchlässig und gut gegen Schimmelbefall. Jute belüftet hervorragend. Sind doch geil – oder? Die Beutel kommen jetzt in die Vitrine." Er hielt Enrico die neuen Verpackungen unter die Nase.

Enricos Miene verfinsterte sich. „Hey, nun mal langsam, mein Freund. Bestimmst du jetzt, wie es hier aussieht? Dies ist immer noch mein Laden. Jutesäckchen. Hast du jetzt auch noch eine Nähmaschine in deinem Pilzkeller?"

„Die hat Nadine genäht. Ist doch 'ne supersüße Idee. Verschiedene Farben für verschiedene Sorten. Genial. Auch so als Verschenkidee. Hier, sieh mal, da kann man sogar den Namen draufschreiben."

„Wer ist Nadine? Die mit den Zöpfchen? Super Idee? Süß? Dass dies kein Girlyshop ist, dürfte dir nicht entgangen sein."

„Mann, Alter, geh mal mit der Zeit. Die Hippiezeiten sind Historie. Und wie oft soll ich es dir noch sagen, Nadine ist meine Freundin. Wir sind wieder zusammen. Das hab ich dir schon heute Morgen erzählt. Rosa Kopfhörer. Klingelt es jetzt?"

„Ah, man ist ausnahmsweise mal richtig verliebt. Glüht da doch noch Leidenschaft? Aber nicht, dass ich mir jetzt dauernd euren Liebestaumel anhören muss."

„Ach, leck mich doch! Konnte ich mir ja denken, wie du sturer Bock reagieren würdest. Bist doch nur neidisch, weil du keine Alte zum Flachlegen hast! Ich hau jetzt ab."

Jan schnappte seinen Rucksack und wandte sich zur Tür. Enrico ging kurz in sich und legte ihm dann seine

Hand auf die Schulter. „Nun komm, war doch nicht so gemeint. Hättest mich ja mal vorher fragen können, bevor du hier einfach alles umkrempelst. Und deine muffige Stimmung ... Ich dachte immer, Verliebte seien gut gelaunt. Jetzt bleib hier. Dann sprechen wir noch mal über die Idee mit den Jutedingern. Ich glaub ja nicht, dass die hierherpassen. Aber wenn Nadine eine künstlerische Ader hat, kann ich vielleicht was vermitteln. Hier im Viertel gibt es einigen Bedarf an Kreativen." Leicht zweifelnd sah er noch einmal auf die Beutelchen.

„Nee, lass mal. Ich mach mir Sorgen um Irene. Die war ja vollkommen verängstigt. Und außerdem war meine Mutter so komisch drauf. Ich geh jetzt zu ihr. Helfen."

„Was willst du denn jetzt bei Betty? Deine Tante Irene ist doch bei ihr zum Helfen. Außerdem befürchte ich, dass die beiden noch einen geschwisterlichen Disput auszutragen hatten. Da lag etwas in der Luft. Und wenn die sich streiten, können die dich wahrlich nicht gebrauchen.

Komm, ich mache den Laden dicht. Wir bauen uns eine schöne Tüte und machen es uns gemütlich. Ich habe da etwas ganz Besonderes aus Amsterdam mitgebracht."

Enrico ließ die Rollladen herunter. Auf dem „KOMM REIN" – Schild hinter der Glastür stand jetzt „HEUTE NICHT".

Widerstrebend setzte Jan seinen Rucksack ab und sah zu, wie Enrico eine Flasche Genever und zwei Gläser verschmitzt grinsend auf dem Tisch platzierte. Er holte Stühle aus dem Hinterzimmer, richtete alles gemütlich her und klopfte auf die Sitzfläche. „Komm, setz dich. Hier hast du schon mal ein Bier und dazu einen köstlichen Gruß aus Holland. Zum Wohl!"

Enrico hob das Glas und kippte den Genever in einem Zug hinunter. Er lächelte Jan aufmunternd zu und schenkte nach. „Nun, was liegt dir auf der Seele?"

„Hab ich doch schon gesagt. Tante Irene, ich sollte jetzt bei ihr sein. Und bei meiner Mutter. Ich glaub, der steht das Wasser bis zum Hals. Sie spricht ja nicht darüber, aber ich seh doch, wie sie an allem spart. Die dreht nicht mal mehr die Heizung auf und die Rechnungen türmen sich. Dann das Theater, dass Tante Irene nicht bei ihr schlafen sollte. Da stimmt was nicht."

„Hm. Hier nimm mal einen kräftigen Zug." Enrico reichte ihm erneut den Joint und sog den Wacholdergeruch aus seinem Glas ein: „Ist das ein Duft? Da schwinden die Sorgen wie vom Winde verweht. Viel besser als deine Muffelpilze, nicht wahr?"

Er lehnte sich zurück und überlegte. „Was du vermutest, könnte allerdings zutreffend sein. Das Geschäft deiner Mutter läuft wohl nicht gerade gut. Nur, ihre finanziellen Probleme wirst du heute Abend nicht lösen können. Und um deine Tante kannst du dich morgen kümmern. Heute nächtigt sie gewiss noch bei Betty.

Sag mal, die Irene, wie ist sie eigentlich wirklich? Geriert sie sich nur so naiv oder ist das ihr echtes Naturell?"

„Ich mag meine Tante. Die ist lieb. Die hat es auch nicht leicht. Du weißt ja, ihr Mann ist abgehauen. Dabei hat sie es nur gut gemeint. Wollte ihm helfen. Die Geschichte mit dem verschissenen Steuerberater kennst du ja. Das war doch nicht ihre Schuld."

Für eine Weile war es still. Die Männer rauchten und tranken schweigend.

„Wie wäre es mit ein paar Entspannungstönen?" Enrico kramte in einer Schublade unter dem CD-Player herum.

„Leg bloß nicht wieder die Symphonie oder was das war von diesem Hector mit seiner Totenglocke auf. Damit hast du mir schon das Frühstück versaut."

Saxophontöne erklangen. Enrico lauschte. „Toll, nicht? Das ist Garbarek. Der war Autodidakt. Unglaublich. Hat John Coltrane im Radio gehört und sich alles selbst beigebracht. Er heißt übrigens mit Vornamen genau wie du Jan. George Russell nannte ihn die originärste europäische Stimme seit Django Reinhardt."

Enrico hielt die CD-Hülle unter die Lampe. „Hier steht, er war 1968 der norwegische Vertreter auf dem Festival der European Broadcasting Union. Er spielte dort unter anderem *Naima* von Coltrane. Und zu den Eröffnungs- und Abschlussfeierlichkeiten der Olympischen Winterspiele von Lillehammer in Norwegen 1994 komponierte und spielte Garbarek die Musik ..."

Jan verdrehte die Augen und nahm einen tiefen Schluck aus der Flasche mit dem hochprozentigen Wacholdergesöff. „Noch so 'ne Mumie. Jetzt kommst du mir mit Weltmusik. Willst du mich einschläfern?"

„Womit habe ich diese Ignoranz verdient?" Enrico griff theatralisch seufzend eine neue Bierflasche, hielt den Flaschenhals an die Tischkante und schlug mit Handballen den Kronkorken ab. „Prost, du Banause! Das ist keine Weltmusik, also wenigstens keine richtige. Der Mann kommt vom Jazz. Hör doch mal richtig zu."

Er nahm noch einen Schluck und presste die Lippen zusammen. Improvisationen eines weiteren Blasinstruments ertönten.

Jan beugte sich vor und schaute ungläubig, was Enrico mit Kehlkopf und vibrierenden Lippen an Tönen fabrizierte. „Wahnsinn. Wo hast, hast – du denn das gelernt?", fragte er mit schon leicht alkoholschwerer Stimme.

„Ich bin auch Autodidakt. Und ein Freund von mir konnte unglaublich beeindruckend auf allem herumtrommeln, was ihm unter die Hände kam. Damit haben wir ganze Kneipen unterhalten und jede Mengen Freibier gab es auch. Damals."

Enricos Blick bekam etwas melancholisch Verträumtes. „Es war ja nicht alles grau in der alten Tante DDR. Wir hatten auch unseren Spaß", murmelte er und fing wieder an Garbareks Saxophon zu begleiten.

Beim dritten Stück fand Jan trotz aller Begeisterung, dass es nun genug sei.

Er richtete sich auf, streckte das Kinn in die Luft und stieß immer lauter werdende und schrecklich verrutschte Trompetentöne aus.

„Guter Freund, halt die Luft an! Du klingst ja wie ein zahnloser Elefantenbulle." Enrico streckte die Hand über den Tisch, um Jan den Mund zuzuhalten.

„Zahnlos. Von, von – wegen. Das ist original, original – Elefanten-Jazz! Lang mal die Tüte rüber, ich brauch noch 'n Zug. Dann kann ich's noch besser." Jan verzog die Lippen und stieß einen blechernen Tarzanschrei aus. „Das hab ich, also, das hab ich – mir auch selbst beigebracht.

Schon als ich, als ich noch ganz klein war. Da war ich mit Tante Irene im Zoo und hab einen Elefanten gestreichelt. Na, war, war – wohl mehr ein Kratzen. Die haben vielleicht 'ne borstige Haut. Aber der mochte, mochte mich, das, das – sag ich dir. Wie der den Kopf zu mir hingedreht und mich angesehen hat von da oben mit seinen kleinen Augen. Hat mit sei'm Rüssel geschlackert und mich so abge-, na, so abgerüsselt. Toll war das, sag ich dir. Der Wärter hat mich dann sogar 'ne Runde auf ihm reiten lassen. Und als wir gingen, hat der Elefant ganz laut hinter mir hertrompetet. Das hab, hab – ich mir gemerkt und zu Hause geübt ..."

„Jo! Da war deine Mutter wohl schwer begeistert. Du hast aber jetzt auch schon ziemlich kleine Augen. Na denn, Prost auf die Jugendzeit! Hast ganz schön einen in der Birne, was?!"

Enrico ließ einen kräftig rollenden Rülpser hören und stand leicht taumelnd auf. „Upps!"

„Prost! Du aber auch, Alter." Jan fing erneut an zu tröten, um sich gleich wieder zu unterbrechen: „Was willst du beim Kühlschrank, hier is, is – noch genug Bier und Sch...aps, du Saufnase."

Enrico fuchtelte mit dem erhobenen Zeigefinger in der Luft herum: „Ele-lefanten. Ich sage nur Ele-lefanten. Die Dinger wollte ich mir schon die ganze Zeit näher ansehen. Hier hat die rabiate Dame Rosa sie doch irgendwo hingestellt." Er wühlte schwankend auf dem Regal neben dem Kühlschrank herum.

„Ah, da sind sie ja!" Zwischen Kaffeedosen und Teebechern zog er zwei kerzenartige Figuren hervor und stellte sie vor Jan auf den Tisch.

„Da, du Ele-lefantenkenner, was kommt dir angesichts dieser Merkwürdigkeiten in den Sinn?"

„Sehen aus wie Zirkustiere mit ihren komisch in die Luft gereck- gereckten Rüsseln. Nicht so wie mein Elefant damals." Jan drehte eine der Figuren hin und her. „Da guckt auch noch ein Faden aus dem Rüssel. Was soll, soll – das denn?"

„Sieht aus wie ein Docht. Kerzen? Was wollte Rosa denn damit?" Enrico kratzte sich am Kopf. „Wie die abrupt das Weite gesucht hat, als die Polizei, die Elefanten, ha, ha, die Bullen kamen. Weißer Ele-lefant, äh", er dachte angestrengt nach, „die Engländer sagen glaube ich weißer Ele-lefant zu einer Sache, die Ärger macht oder so. Den kann sie haben. Lang mal das Feuerzeug rüber."

„Mensch, Enrico, hör auf damit! Bist du vollkommen zugedröhnt? Du lallst ja schon. Was meinst, meinst du – was die Alte mit dir macht, wenn du die Dinger abfackelst. Die kommt doch bestimmt wieder, so scharf, scharf – wie sie auf die Dinger war."

„Aua!" Enrico ließ einen der Elefanten auf den Tisch fallen.

„Siehste, jetzt verbrennst du, du dir noch die Pfoten."

Die Männer starrten auf den Docht, der eigenartig roch, sich aber nicht anzünden ließ.

„Vielleicht sind das gar keine Kerzen." Jan fummelte einen Leatherman aus der Hosentasche, klappte eins der Messer heraus und kratzte an der Oberfläche. Er tippte ein paar der abgeschabten Krümel mit der Fingerkuppe auf und hielt sie Enrico an die Lippen. „Hier, probier mal."

Enrico schüttelte nachdenklich den Kopf. „Du glaubst, das ist Koks? Lässt sich Kokainpulver denn überhaupt derart fest zu Formen zusammenpressen?"

Vorsichtig leckte er an den Bröseln. „Schmeckt eher wie Farbe. Oder Gips." Er schwankte zum Werkzeugkasten, wühlte einen Hammer hervor.

„Hör, hör – auf Mann, bist, bist – du lebensmüde!" Jan riss ihm den Hammer aus der Hand.

Er griff sich an den Kopf. „Mir ist, ist – schlecht, verdammte Scheiße. Ich, ich – seh schon alles doppelt."

„Doppelt?! Du siehst doppelt? Das sind doch wirklich zwei, du Hornochse. Oder siehst du vier? Aber, du hast recht, lieber nicht kaputt hauen, die Tierchen. Weiße Elelefanten machen nur Ärger. Vielleicht sind sie unter der Farbe doch aus Wachs.

Sag mal, deine herzallerliebste und angeblich so arglose Tante I-Irene, die hatte das Päckchen mit den Dingern doch in der Tasche. Du hast doch bestimmt ihre Handynummer. Dazu würde ich sie gerne noch einmal näher befragen."

🐘 15 🐘

„Wie, du kannst nicht? Sie muss gleich hier sein!"

Enrico sprang auf und wechselte das Handy zum anderen Ohr. Aber die Botschaft blieb dieselbe:

„Nee, echt. Ich hab's Nadine versprochen. Heute Abendessen bei ihren Eltern. Das gibt echt Stress, wenn ich jetzt noch abspringe."

„Hier gibt's auch gleich Stress! Heute Abendessen mit deiner Tante. Blut ist dicker als Wasser. Außerdem bin ich dein Chef! Sag Nadine, es wäre was Berufliches dazwischengekommen."

Jans Grinsen war durchs Telefon zu hören. „Nee, das zieht nicht. Dazu hab ich schon zu viel von dir erzählt. Und jetzt entspann dich doch mal. Wo ist denn das Problem? Du gibst ihr was aus, ihr chillt ein bisschen, alles easy."

„Nichts ist easy!" Enricos Panik wechselte zu Wut. „Du wolltest ein Programm machen! Hansatheater und so! Wo soll ich denn mit ihr hin? Was soll ich denn mit ihr reden?"

„Hansatheater? Echt? Mann, Rico", Jan kicherte, „wir waren richtig blau gestern, oder? Ich erinner mich null. Aber was soll's. Fragst du sie halt, wo sie hinwill. Und von wegen reden – das war deine Idee! Du Superbulle. Ich weiß eh nicht, was das noch bringen soll. Sie weiß nichts. Und wenn sie was beobachtet hat, dann weiß sie nicht, dass es wichtig ist. Hätt sie mir sonst längst erzählt."

Enricos Blick fiel auf die Geneverflasche auf dem Kühlschrank. In seinen Schläfen pochte es. In den Schläfen? Nein, an der Tür.

„Schiet, da ist sie schon! Was machen wir denn jetzt?"

„Du, ich muss jetzt auch los. Nadine wartet. Macht euch einen schönen Abend."

Klick.

Nun pochte es doch in Enricos Schläfen. Er spürte eine ungewohnte Hitze aufsteigen. So musste es in der Hölle beginnen. Tief schnaufend tappte er durch den

Perlenvorhang in den Verkaufsraum. In der Dämmerung erkannte er Irenes Silhouette hinter der Glastür.

„Joooo, wen haben wir denn da?", rief Enrico, sich selbst Mut machend, als er schwungvoll die Ladentür öffnete. Fernöstliches Klingelgebimmel untermalte seinen Singsang.

Irene Mewes, frisch frisiert und mit beiden Händen den Gurt ihrer Umhängetasche umklammernd, blickte ihn gleichermaßen stumm wie fragend an. Ihr Kopf deutete eine suchende Drehung zur Seite an, der Enrico zuvorkam, indem er seine Hand auf ihre Schulter legte und sie durch den Laden in Richtung Küche dirigierte. Dabei versuchte er, mit seiner Körperbreite möglichst viel Ladenfläche zu verdecken. Dass Jans Tante nicht wirklich etwas mit dem Warenangebot in diesem kleinen Krämerladen anfangen konnte, war ihm nicht verborgen geblieben. Schließlich schritten sie durch den Perlenvorhang und der nikotingefärbte Finger seiner freien Hand wies ihr den Stuhl zu, auf den sie sich dann leicht überrascht drücken ließ.

„Jaaa, da wären wir dann also!" Enrico rieb sich die freigewordenen Hände.

„Wo ist Jan?" Irene klammerte sich weiterhin an den Taschengurt.

„Jaa, Jan ... das ist der Punkt." Enrico griff sich einen Stuhl, schwang rücklings das Bein über die Sitzfläche und kam mit der Lehne vor der Brust zum Sitzen. „Der Junge hat gerade ein Problem."

Bestürzt ließ Irene die Tasche auf den Boden sinken. „Dann handeln Sie also doch mit Drogen?"

„Was?? Nein, also ich meine, nein, das meine ich nicht. Hier ist alles in Ordnung, meine Liebe, aaalles roger, nich? Haha! Der Jan und ich sind ein Superteam. Es ist nur so, tja ...", Enrico zog sich am Pferdeschwanz, als wolle er damit sein Sprachzentrum anregen, „also er hat quasi gerade Schwiegereltern."

„Jan hat geheiratet?!"

„Nein, er musste nur zum Vorstellungsgespräch bei den Eltern seiner neuen Freundin. Und sie plant wohl schon, ihm irgendwann ein bisschen ihre Heimat zu zeigen."

Irene staunte: „Etwas Ernstes? Das wird ja auch Zeit!"

„Ich weiß nicht ... Sie hat rosa Kopfhörer, wissen Sie?"

„Oh." Irene versuchte, ein betroffenes Gesicht zu machen.

Dann schaute sie über den Tisch, auf dem noch das Brotbrett von Enricos Mittagspause neben einem ungeleerten Aschenbecher lag. „Na, ein bisschen schade ist es schon. Wie Sie sagten, ein Abend ganz für mich – da hab ich mich wirklich gefreut: einmal weg aus dem Kerzenladen – raus aus Jannis Zimmer ... ich bin meiner Schwester ja dankbar, aber sie behandelt mich wie – wie ein überzähliges Hausmädchen. Ich glaube, ich bin ihr nur im Weg."

Enrico sah, wie sich Irenes Augen plötzlich mit Tränen füllten.

Donnerwetter! Was war denn nun los?

„Ich glaube, sie hat einen Freund. Und das sollte mich freuen, aber sie kann es nicht abwarten, mich loszuwerden, aber in meinem Zuhause ist all das Blut ... Ich habe kein Zuhause mehr. Ich habe keinen Mann mehr, keine

Familie, keine Ruhe. Die Polizei sucht mich und selbst Eichhörnchen greifen mich an. Für mich gibt es einfach keinen Platz mehr!"

„Nunu. Nununu." Enrico hatte ein schlechtes Gewissen, als er daran dachte, dass sie auch heute nur unter einem Vorwand willkommen geheißen wurde.

Er reichte ihr ein Taschentuch – eigentlich ein Batikkopftuch mit Silberfäden und goldenen Pailletten am Rand – und klopfte unschlüssig ihre Schulter, während sie sich vernehmlich schnäuzte.

Noch vernehmlicher knurrte ihr Magen. Enrico schlug sich gegen die Stirn.

„Sie sind hungrig? Natürlich! Wir wollten ja längst irgendwo gemütlich am Tisch sitzen. Was meinen Sie, wir gehen schnell hoch zum Italiener ...", er blickte unschlüssig in Irenes derangiertes Gesicht, „... oooder bleiben einfach hier. Ich habe Brot und Wein. Kein indischer Wein, versprochen! Und einen ausgezeichneten Käse. Was meinen Sie, ein französischer Imbiss hier in meiner kleinen Küche?"

Irene strahlte ihn aus roten Augen an. „Ich könnte mir nichts Besseres vorstellen."

Der Tisch vor ihr deckte sich im Eiltempo. Enrico lief wieder zur Höchstform auf. Er hatte gläserne Kerzenhalter zu Weingläsern umfunktioniert und alles aus dem Kühlschrank auf den Tisch gestellt, was er am Morgen auf dem Markt besorgt hatte und eigentlich fürs Frühstück mit nach Hause nehmen wollte. Der kleine Campingtisch bog sich förmlich. Aus dem alten Gettoblaster tropfte bittersüß ein französisches Chanson.

Genüsslich schob sich Irene ein fingerdickes Stück Brie in den Mund, ließ ihm einen wohldosierten Schluck Rotwein folgen und schloss die Augen. Enrico sah es mit Entzücken und legte ihr noch ein Stück Brot auf den Teller. Irene seufzte.

„Fehlt noch etwas, meine Liebe?", fragte er besorgt.

„Wenn ich die Augen schließe, sehe ich Kerzenschein", erklärte sie.

Enrico sprang auf. „Atmo! Natürlich! Das ist ja kein Licht hier. Wir haben hinten welche, bin gleich wieder da." Er verschwand in den Tiefen des Ladens.

Als er mit einer Handvoll Stumpenkerzen wieder in die Teeküche kam, sah er Irene eingehend eine der beiden Elefantenkerzen betrachten, die sich auf dem Tisch hinter der Rotweinflasche versteckt hatten.

„Sie haben sie angezündet?", fragte sie.

„Versucht! Aber die brennen nicht. Komische Dinger. Schade, wär vielleicht besser, wenn die sich einfach in Rauch auflösen würden."

„Der Docht ist verkehrt herum eingegossen worden. Darum brennt sie schlecht. Eigenartig, so eine aufwendige Figur und dann so ein Fehler."

„Sie wissen aber gut Bescheid!" Enrico staunte ehrlich.

„Na ja, ich habe bei meiner Schwester im Laden ein bisschen was gelernt ... Das hätte Janni aber auch sehen können."

Enrico dachte an Jans gestrigen Konsum stimulierender Substanzen und konzentrierte sich lieber schweigend darauf, seine mitgebrachten Kerzen zu entzünden.

„Wenn wir die Dochte mit etwas Wachs von ihren Stumpen beträufeln, könnte es klappen", sagte Irene.

„Sie wollen die Kerzen aus dem Päckchen abbrennen? Und wenn Rosa wiederkommt? Schätze, das ist nicht ungefährlich!"

„*Sie* haben doch versucht, sie anzuzünden, oder?"

„Och, das war nur Spaß!" Enrico zuckte mit den Schultern.

Irene sah ihn irritiert an. „Spaß? Für mich ist alles kein Spaß mehr, seit dieses Päckchen aufgetaucht ist. Der Empfänger ist vermutlich tot. Zur Polizei kann ich es nicht bringen, das verbietet mir – diese Polizistin. Das ergibt doch alles keinen Sinn. Es ist wie verflucht. Vielleicht brechen wir diesen Fluch, wenn wir es schaffen, diese Kerzen abzubrennen."

Enrico sah zu, wie sie vorsichtig etwas flüssiges Wachs auf die Dochte träufeln ließ, und war unschlüssig, ob er sie lieber zurückhalten sollte.

Wie eine Hohepriesterin, dachte er.

Und tatsächlich gelang es Irene, die Kerzen zu entzünden. Die dünnen Rüssel der Elefanten begannen elfenbeinfarben zu schimmern und schmolzen sogleich herunter. Enrico hatte das Gefühl, etwas sagen zu müssen.

„Wussten Sie, dass in einer Kerzenflamme Millionen von Diamantenpartikeln entstehen?"

„Nein!" Irene staunte. „Das wusste ich überhaupt nicht."

Er grinste. „Die verbrennen aber gleich wieder. Schade, sonst wären wir ja bald reich!"

„Dann wollen wir auf all diese kostbaren Momente anstoßen."

Irene hob ihr Glas und sah Enrico gelassen in die Augen. Und er hatte das Gefühl, dass nun ein Bann gebrochen war.

Eine Weile schwiegen sie einträchtig und starrten in die Flammen.

Nachdem die Rüssel heruntergebrannt waren, fingen die Dochte wieder an zu flackern und blakten bald kräftig. Das Wachs schmolz unregelmäßig. Es bildeten sich große Tropfen, die langsam an den Elefantenbäuchen heruntersanken, aber ihre Form nicht änderten. Schließlich fielen die ersten von ihnen auf den gläsernen Untersetzer – ohne dort zu zerfließen.

„Enrico", flüsterte Irene, „was ist das?"

🐘 16 🐘

Mit jeder Minute, die Enrico über seinem Kaffee saß, verstärkten sich die Zweifel. Ob Café Jürgensen wirklich die richtige Idee gewesen war?

Die ovalen Tische, die mithilfe einer Zeitmaschine direkt aus den Fünfzigern importiert schienen, die gestreiften Plüschsessel und die gestickten Tischdecken, die aussahen, als seien sie aus demselben Stoff wie die Schürzen der Kellnerinnen. Vor allem die Gäste: Der Altersdurchschnitt dürfte eher bei siebzig als bei sechzig liegen.

Was würde Irene denken? Dass er der Meinung war, sie passte perfekt hierher?

Ach was, der Kuchen würde sie überzeugen. Wenn sie käme. Wenn sie das Kärtchen, das er gestern bei Betty durch den Türschlitz eingeworfen hatte, überhaupt registriert hatte. Anrufen war nicht in Frage gekommen. Keine Lust auf eine Begegnung mit Betty. Die Frau war ihm kreuzunsympathisch.

Irene betrat das Café, grüßte mit einem schüchternen Lächeln und trat an seinen Tisch.

„Die Einladung gilt doch noch?" Sie legte ihm das Kärtchen auf die Tischdecke.

„Selbstverständlich. Ich hoffe, der Laden gefällt Ihnen. Es muss ja nicht immer Headshop sein."

„Nein, es macht doch alles einen sehr netten Eindruck. Sie sind wohl häufiger hier?"

Auch das noch. Dachte sie etwa, dass *er* perfekt hierher passte?

„Gelegentlich."

Er erhob sich, um ihr aus dem Mantel zu helfen. Nachdem sie sich gesetzt und die Handtasche unter dem Tisch verstaut hatte, steckte sie ihre Nase in die hohe schmale Menükarte.

„Sie sollten unbedingt den Nusskuchen probieren." Er selber konnte sich nicht zwischen Obsttorte und Kaiserschmarrn entscheiden. Am Ende bestellte er beides.

Nachdem das Gewünschte an den Tisch gebracht worden war und Irene ihre Gabel im Kuchen versenkte, beugte er sich weit über den Tisch und raunte: „Von unserem Abenteuer mit den Kerzen haben Sie aber doch niemanden erzählt, oder?"

„Selbstverständlich nicht! Wo denken Sie hin?"

„Das ist gut. Das ist sehr gut!", murmelte er im Zu-rücklehnen.

„Hören Sie, Enrico!", sagte sie in überraschend festem Tonfall. „Wenn es wirklich Edelsteine sind und wenn sie Klosterfeld gehören und wenn Klosterfeld tot ist, dann müssen wir sie jetzt unbedingt der Polizei übergeben. Egal, was diese, diese ..."

„Rosa."

„... was diese Rosa sagt. Ganz nebenbei würde ich mich wieder etwas sicherer fühlen. Irgendwann möchte ich nämlich zurück in meine Wohnung, falls Sie das ver-stehen können!"

„Natürlich, natürlich. Was immer es auch ist: Ich wer-de es heute noch den Behörden übergeben."

Er dachte zurück an ihr abendliches Tête-à-Tête vor zwei Tagen. Nachdem Irene den Headshop verlassen hatte, war es noch ziemlich hektisch geworden. Er hatte die Kerzenreste zusammengerafft und zuhause in seinen vergilbten Büchern über Mineralien gestöbert. Dann rief er einen Bekannten an, der mit dem Internet umgehen konnte, und stellte ihm beiläufig die eine und andere Fra-ge aus dem Gebiet der Kristallographie. Anschließend löste er mit einer Pinzette die Kristalle einen nach dem anderen aus den Wachsresten und stellte den kompletten Haufen auf seine Apothekerwaage, die er früher zu an-deren Zwecken genutzt hatte.

Wenn es Diamanten waren, und daran bestand für ihn kein Zweifel mehr, dann befanden sich in seiner Woh-nung Klunker zu einem Preis, für den fünf Nullen nicht ausreichten. Es gab Menschen, die dafür eine Dummheit begingen.

Wohlgefällig beobachtete er, wie Irene Ministückchen vom Kuchen abtrennte, um sie in zierlicher Bewegung zum Mund zu führen. Sie ging also davon aus, dass Klosterfeld tot war. Für einen Moment kam ihm der Gedanke, ihr von seinem eigenartigen Zusammentreffen mit Rosa in Klosterfelds Wohnung zu berichten. Aber diese Idee strich er schnell wieder. Im Gegenteil, vielleicht wäre es am klügsten, die Ahnungslosenmasche auf die Spitze zu treiben.

„Verstehe, Sie wollen zurück nach Haus. Leben Sie allein?"

„Im Moment ja. Mein Mann und ich ... wir machen gerade eine kleine Nachdenkpause."

Es rührte Enrico, wie sie immer wieder gegen den Impuls ankämpfte, den Blick zu senken. Das Thema schien sie zu peinigen. Nachdenkpause! Seit fünf Jahren. Wollte sie nicht raus mit der Wahrheit, oder redete sie sich das tatsächlich ein?

„Ich kann Sie gut verstehen, Irene. Aber ich fürchte, die Sache ist etwas komplizierter.

Sie haben selber gehört, wie Rosa mit Klosterfeld umgesprungen ist. Das sieht nun wirklich nicht so aus, als ob er der unbestrittene Eigentümer wäre. Dahinter steckt mit Sicherheit mehr. Und es könnte um sehr viel Geld gehen. Ich fürchte, dass Sie noch nicht völlig außer Gefahr sind."

„Sie meinen, da könnte noch immer jemand etwas von mir wollen? Und dass ich erst einmal bei Betty bleiben soll?" Sie seufzte tief.

Enrico dachte an den gemeinsamen Abend und machte sich seinen eigenen Reim darauf.

„Sicher ist sicher! Ich könnte Ihnen sonst einen Vorschlag machen: Warum ziehen Sie nicht einfach ein paar Tage zu uns? In Jans Zimmer? Der treibt sich die nächsten Tage auf einem Doom... auf so einem Festival im Badischen rum."

„Zu Jan? Also, ich weiß nicht. Ohne ihn zu fragen?"

„Hinter dem Angebot stehen natürlich nur die allerehrenwertesten Absichten!", erwiderte er, wobei er die flache Hand auf die Herzgegend presste. War jetzt vielleicht etwas übertrieben, dachte er.

„Vielen Dank, ich werde es mir überlegen."

„Sie sagten, dass Sie sich nicht besonders wohl bei Betty fühlen?"

Ihre Antwort bestand in einem wortlosen Schulterheben.

„Von der unglücklichen Wohnsituation abgesehen – Ihr Verhältnis ist wohl auch sonst nicht das Allerbeste?"

„Es könnte besser sein – zwischen Schwestern. Sie hat so eine Art, alles an sich zu reißen, wissen Sie?" Ihr Gesichtsausdruck bekam etwas Verschmitztes. „Dabei kann man ja beim besten Willen nicht behaupten, dass sie im Leben alles im Griff gehabt hätte!"

„Nicht?"

„Na ja. Erst das mit Jan. Eigentlich ist er ja ein Fehltritt. Bitte nicht verraten, dass ich das so gesagt habe. Er ist so ein toller Junge geworden! Und dann die Sache mit dem Cadiz!"

Enrico wurde hellhörig. Der Name sagte ihm etwas. „Cadiz? Hat ihr der Laden mal gehört?"

„Gehört?" Irene war vollends in einen leicht erregten Plauderton verfallen. „Gekellnert hat sie da! Als alleinstehende Mutter!" Sie streckte ihren Arm ungefähr auf Brusthöhe aus. „So groß war der Kleine gerade mal. Toller Laden! Preise wie im ... na ja. Aber außen hui, innen pfui. Die ganzen schweren Jungs von der Reeperbahn sind da immer rein. Mit Porsche und Ferrari vorgefahren. Brillanten an den Fingern, in der Nase und sonst wo. Anfangs war Betty sogar richtig stolz drauf. Hat mir immer mit der Zeitung vors Gesicht gefuchtelt, wenn einer ihrer *Gäste* mal wieder einen Auftritt vor Gericht hatte. Also, mir war das immer unheimlich. Da kann man ja richtig froh sein, dass sie jetzt zwischen ihren Kerzen sitzt."

Sie schwieg für einen Moment, während sie einen ernsten Blick in seine Richtung sandte. „Ich mag diese Gaunersachen einfach nicht. Und wie ist das mit Ihnen, Enrico? Verkaufen Sie wirklich keine verbotenen Sachen in Ihrem Geschäft? Entschuldigen Sie, wenn ich da so nachbohren muss. Aber diese Rosa hat ziemlich eigenartige Andeutungen gemacht."

„Nun, ich gebe zu, da gab es Jugendsünden! Aber längst verjährt. Nicht nur vor Gericht, auch vor der kosmischen Gerechtigkeit. Tempi passati!"

„Und Jan? Sie bringen den Jungen doch nicht auf die schiefe Bahn?"

„Für den lege ich meine Hand ins Feuer!"

Sie lächelte entspannt. „Gut, ich nehme Sie beim Wort! Können Sie zwei denn gut leben vom Geschäft?"

„Leben ja, gut würde ich nicht sagen. Ich mache ja außerdem noch in Büchern. Modernes Antiquariat. Vielleicht eröffne ich dafür auch noch ein Geschäft. Aber wissen Sie – die Gewinnspannen ..."

„Dann wollen Sie also richtiger Geschäftsmann werden?"

„Nur vorübergehend. Bis das nötige Kleingeld zusammen ist. Und dann das wirkliche Leben starten."

„Und wie würde Ihr wirkliches Leben aussehen?"

„Reisen. Endlich mal nicht nur in Büchern. Einen VW-Bus kaufen – ich hab nämlich Führerschein. Von der Nationalen Volksarmee. Den habe ich mir auf die Bundesrepublik umschreiben lassen. Und dann auf Tour! Indien, Goa, Madras. Auf den Spuren von Hesse und C. G. Jung wandeln. Na ja, zur Übung vielleicht erst einmal an die Algarve."

„Und wie sieht es bis dahin aus? Brauchen Sie vielleicht noch eine Verkaufshilfe?"

Auf Enricos Gesicht legte sich ein breites, überraschtes Lächeln. „Das könnte Sie tatsächlich interessieren?" Im Augenwinkel nahm er den Schatten einer vorbeihuschenden Kellnerin wahr.

„Ach, Fräulein, bringen Sie uns doch bitte noch zwei von Ihren köstlichen Obstlern!"

🐘 17 🐘

Das Dickicht in dem Wald wurde immer dichter. Irene kämpfte sich trotz der Dunkelheit weiter voran. Es roch modrig. Sie zitterte, ihr war kalt. „Ich muss aus dieser Hölle herausfinden, mir einen Weg suchen in diesem Gewirr von Ästen und Zweigen", flüsterte sie mit fast erstickter Stimme.

Da! Sie glaubte etwas Helles gesehen zu haben. Sie tastete sich von Baum zu Baum. Nach ein paar Schritten meinte sie einen schwachen Schein zu erkennen.

Sie stolperte weiter. Dann – plötzlich – stand sie auf einer Lichtung und erkannte ihre Umgebung. Der Wind hatte den Mond kurzfristig von Wolken befreit; zwischen Laub, das am Boden vermoderte, und auf Mooskissen leuchteten flackernde Teelichte, hunderte kleine Flammen.

Irene betrachtete die Szenerie. Eigentlich bot sich ihr ein wunderschönes romantisches Bild, aber die Stimmung war nicht friedlich, sie war bedrohlich. Das Rascheln des Laubs klang tückisch. Es knackte unter ihren Füßen „Das Feuer wird die dürren Äste am Boden entzünden", dachte sie schaudernd. „Gleich brennt hier alles lichterloh."

Vorsichtig hielt sie ihre klammen Hände über einen der brennenden Dochte, viel half es nicht. Ihr war so schrecklich kalt, und sie hatte Angst. Also weiter! Weg von hier!

Irene bahnte sich vorsichtig einen Weg, um gegen keines der Teelichte zu treten. Sie horchte auf das Knacken der Äste unter ihren Füßen. Dann hörte sie noch etwas anderes.

Sie lauschte. Es war ein Plätschern. Erst war es kaum zu vernehmen, dann schwoll es mehr und mehr an zu einem Rauschen.

Das Wasser stürzte aus großer Höhe herab, breitete sich am Boden aus, formte sich zu Bächen. Und es verfärbte sich. Es wurde rot. Blutrot. Ein Schwall von Blut ergoss sich zu Irenes Füßen.

Sic schrie auf. Sie wollte laufen. Es ging nicht. Irgendetwas hielt ihre Füße umschlungen.

Dann, endlich, hatte sie sich befreit, sprang und landete krachend auf dem Boden. Irene schlug die Augen auf und fand sich neben dem Bett wieder. Die Haare klebten ihr an der Stirn, die Bettdecke hatte sich um ihre Beine geknotet. Erst jetzt hörte das Rauschen auf. War das kein Traum gewesen? Sich aufrappelnd, stieß sie noch immer benommen die Decke beiseite, stolperte zur Tür, drückte die Klinke zum Flur hinunter und prallte mit einem tropfnassen Mann zusammen, der gerade aus der Dusche stürzte.

„Ach du Sch…" Patrick Klosterfeld prallte mit einem kleinen Hüpfer zurück. „Was ist denn los mit Ihnen?! Warum schreien Sie so? Frau Mewes, beruhigen Sie sich!"

Klosterfeld nahm Irenes Arm, wollte sie in Jans Zimmer zurückführen.

Betty kam um die Ecke geschossen und zischte Klosterfeld leise an, er solle sich verdrücken.

Es war zu spät. Irene starrte auf den nackten Mann: „Sie hier?! Ich dachte, Sie wären …"

Das Wort „tot" verkümmerte zu einem Piepsen. Sie stammelte: „Geträumt. Ich hatte einen schrecklichen Traum. Es soll ja alles voller Blut gewesen sein. Wie in Ihrer Wohnung, Herr Klosterfeld. Da soll ja auch alles blutverschmiert gewesen sein", fügte sie schaudernd hinzu. „Was, wieso –?! Was, machen Sie hier bei meiner Schwester?"

„Da." Betty klaubte das Badehandtuch vom Boden und hielt es Klosterfeld hin.

„Und du, Irene, bist ja ganz nass geschwitzt. Nimm eine Decke. Du erkältest dich sonst noch. Was hast du denn so Schreckliches geträumt, dass du das ganze Haus zusammenschreist?! Geh in die Küche, da ist es wärmer. Und mach schon mal die Kaffeemaschine fürs Frühstück an."

Betty senkte die Stimme, schob Klosterfeld zurück ins Bad. „Zieh dich an und verschwinde von hier, Patrick. Und zwar ein bisschen plötzlich. Mit dir hab ich nichts als Ärger."

Langsam verblassten die Horrorbilder des Albtraums vor Irenes innerem Auge, dennoch hatte sie Mühe, das Kaffeepulver in den Filter zu löffeln. Ihre Hände zitterten, sie fühlte sich wie vereist und sackte auf einen Stuhl am Küchentisch.

Ihre Schwester kam herein und machte sich auffallend umständlich und langsam am Kühlschrank zu schaffen.

„Also, was war das für ein Traum, Irene", fragte sie endlich, „du hast ja geschrien wie am Spieß."

„Was ich geträumt habe? Erzähl du mir lieber, was der Klosterfeld bei dir zu suchen hat. Wohnt der hier?" Irene spürte, wie sich die Wärme des Kaffees in ihrem Körper ausbreitete und wie sie langsam zu sich kam.

„Ja, verdammt, der ist für ein paar Tage bei mir eingezogen. Den Gefallen muss ich ihm ja tun. Schließlich hat er für mich gearbeitet bis – also – bis ich ihn gar nicht mehr bezahlen konnte. Das war ja nicht seine Schuld ..."

„Was war nicht seine Schuld? Dass du so pleite bist, dass man hier erfriert in dem ungeheizten Eisstall, oder das Massaker in seiner Wohnung? Ich will jetzt endlich von dir wissen, was los ist, Betty. Erst quartierst du den Mann ein in dem Haus, wo ich wohne, dann sieht sein Apartment aus wie ein Schlachthaus, jetzt schläft er bei dir. Warum musst du ihm einen Gefallen tun? Was bist du ihm schuldig? Geld? Ich sage dir, Betty", Irene straffte sich, „ich lasse mich nicht länger von dir verschaukeln."

„Patrick, also Herr Klosterfeld, hat Angst, in seine Wohnung zurückzugehen. Du weißt ja selber, was da los war."

„Ja", Irene schauderte, „Wer macht denn so was? Das viele Blut. Davon habe ich eben geträumt. Grauenhaft. Ich dachte, der Herr Klosterfeld ist – aber es scheint ihm ja wieder besser zu gehen. Weiß er, wer das war?"

Betty schaute zur Seite und zuckte mit den Schultern. „Keine Ahnung. Auf jeden Fall geht es ihm dort schlecht, da muss man doch helfen."

„Kann ich noch mehr Kaffee haben? Ich friere noch immer." Irene hielt ihre Tasse hoch. „Und dein neuer Bekannter, hat der nichts dagegen, wenn du hier Herrenbesuch hast?"

„Neuer Bekannter?" Betty schaute Irene irritiert an. „Äh, ach so, ja. Das ist schon wieder vorbei. Der war nicht der Richtige, außerdem habe ich jetzt andere Sorgen, als mich um einen Kerl zu kümmern."

„Nicht der Richtige! Schon wieder. Ach Betty, erst lässt du dich von einem Hallodri schwängern, der dich prompt sitzen ließ, dann dieser schreckliche Kneipenwirt vom Kiez, für den du dich in seinem Bürokabuff und am Tresen abgeschuftet hast ..."

„Wann hörst du endlich auf damit, Irene?! Das habe ich nun wirklich oft genug von dir gehört. Harro hat keine Kneipe, sondern ein nobles Restaurant. Das ist noch immer Kult auf der Reeperbahn. Da gehen die Promis ein und aus."

„Ach komm, Betty, und wegen der vielen prominenten Gäste hat der halbseidene Herr dich für eine andere sitzen lassen. Warst du ihm nicht mehr fein genug, oder was?"

„Irene, lass gut sein. Musst du die uralten Kamellen immer wieder aufwärmen? Brauchst du das, weil du nur noch alleine und frustriert in deiner Bude hockst, seit Manfred abgehauen ist?"

Irene knallte die Kaffeetasse auf den Tisch. „Alte Kamellen sind das also? Ja, vielleicht siehst du das so, aber ich nicht! Meine Hilfe hast du ja immer gerne in Anspruch genommen. Wer hätte sich denn sonst um den kleinen Janni gekümmert, als du deine Lehre gemacht hast? Ohne mich wär das doch gar nicht möglich gewesen. Und den Jungen dann in diese Spelunke zu holen, wo er sich bis spät in die Nacht herumdrücken musste, was war denn das für eine Kindheit? Unverantwortlich war das."

„Hör endlich auf damit", schrie Betty ihrer Schwester ins Gesicht. „Ich habe Jan von dir weggeholt?! Ach ja?! Deinem Manfred hatte es doch von Anfang an nicht gepasst, wenn Jan bei euch gewesen ist. So war das doch. Wie lange muss ich dir eigentlich noch dankbar sein ..."

Betty stockte, ihre Augen folgten Irenes Blick. Klosterfeld stand in der Küchentür und zeigte auf die Kaffeemaschine.

„Nein! Merkst du nicht, dass du störst. Frühstück gibt's für dich heut später!"

Irene zitterte vor Empörung, sie war aufgesprungen und sah Klosterfeld hinterher. „Ach, sieh mal an, daher kenne ich die Jacke, die in Jans Zimmer lag. Die kam mir gleich irgendwie bekannt vor. Du hattest gar keinen neuen Bekannten, Betty. Stimmt's? Du hast mich mal wieder angelogen. Die Jacke gehört dem Herrn Klosterfeld. Mit dem hast du ja sicher nichts. Wie lange will er denn hierbleiben? Willst du mir nicht endlich sagen, vor wem er solche Angst haben muss? Was soll die Geheimnistuerei?!"

„Patrick hat Angst, weil er ein Päckchen nicht bekommen hat. Er weiß nicht, wo das verdammte Ding abgeblieben ist. Es ist bei euch im Haus abgegeben worden." Betty hatte sich vor ihrer Schwester aufgebaut. „Weißt du etwas? Hast du es vielleicht angenommen?"

„Nein, hab ich nicht. Lass mich durch Betty, hier bleibe ich nicht länger. Keine Minute. Und überhaupt, dir sage ich gar nichts mehr!"

🐘 18 🐘

Beim Packen stellte Irene fest, dass ihre Reisetasche durch das viele Zeug, das ihr Enrico und Jan nachgebracht hatten, nicht mehr ausreichte. Betty, die ihr schweigend über die Schulter hinweg zugesehen hatte, verschwand für einen Moment. Als sie zurückkam, warf sie mit unbewegtem Gesichtsausdruck ihren eigenen Riesenshopper neben die noch nicht verstauten Sachen aufs Bett.

Warum machte sie das? Wollte sie zeigen, wie froh sie war, dass Irene endlich auszog? Oder sollte es so etwas wie ein Friedensangebot sein? Egal. Irene wollte nicht mehr reden. Nur noch raus hier.

Und sie wollte nicht heulen.

Betty bot ihr an, ein Taxi zu rufen. Aber sie lehnte ab. Sie hatte keine Lust zu warten. Weder im Haus noch draußen an der Straße, um dann von der Schwester durchs Fenster beobachtet zu werden.

Den Weg zur Bushaltestelle wollte sie eigentlich nutzen, um sich darüber klar zu werden, was sie gerade erlebt hatte. Aber zum Denken blieb ihr keine Gelegenheit. Der Gurt der Reisetasche wollte ihr fast die Schulter auskugeln, und der Shopper war so schwer, dass sie ihn immer wieder mit beiden Händen packen musste. Gott sei Dank war der Bus fast leer. Sie verstaute ihr Gepäck auf der Ablagefläche und ließ sich auf den Nachbarsitz fallen.

Was um alles in der Welt trieb Klosterfeld bei Betty? Ob die beiden doch was miteinander hatten? Eigentlich undenkbar. Für sie war Patrick ohne Schatten eines Zweifels schwul. Sie fand das Wort zum Schütteln hässlich, auch wenn es in letzter Zeit so unerhört modern geworden war. Aber ihr fiel kein besseres ein. Wie dem auch sei: Die beiden waren jedenfalls *kein* Paar.

Aber wieso war Klosterfeld dann nicht in seiner Wohnung? Weil man ihn dort bedroht hatte? Überhaupt Wohnung! Wie kam das Blut dahin? Und warum lebte er dann noch? Und warum hatte er nichts dagegen getan, dass seine Diamanten mittlerweile bei der Polizei gelandet waren?

Moment! Glaubte Enrico nicht, dass die Diamanten gar nicht ihm gehörten?

Enrico, ja! Wahrscheinlich war er jetzt in seinem Geschäft. Sie würde ihn nicht fragen, ob sie bei ihm unterkommen könnte. Sie bräuchte nur jemanden zum Reden. Allein dadurch kommen einem oft die besten Ideen. Aber – vielleicht würde er ja von sich aus seinen Vorschlag wiederholen. Trotzdem: Was er wohl sagen würde, wenn sie bepackt wie ein Maulesel so mir nichts, dir nichts vor ihm stand?

Sie fühlte ihren Mut sinken. Das Ganze könnte doch eine zu peinliche Szene werden. Als der Bus in der Mönckebergstraße hielt, zwängte sie sich mit ihrem Gepäck ins Freie, zwischen die Menschen, die links und rechts in hektischen Turbulenzen an ihr vorbeistromten. Starrten die sie etwa an? Eine Flut chinesischer Touristen trieb sie von der Mitte des Gehsteigs weg an den Rand, wo sie entlang der hanseatischen Kontorhäuser weiterlief und fast über den Verkäufer des Straßenmagazins stolperte. Er war besser frisiert als sie. Wahrscheinlich gab sie eine lächerliche Figur ab.

Am liebsten würde sie sich verstecken, aber sie hatte kein Versteck mehr.

Am Hauptbahnhof gäbe es Schließfächer, aber solange sie überhaupt keinen Plan hatte, wollte sie sich nicht von ihren Sachen trennen. Sie blieb vor dem Eingang einer Einkaufspassage stehen. Zu gern würde sie dort jetzt etwas schlendern, sich umschauen, auf andere Gedanken kommen. Aber sie traute sich nicht.

Nachdem sie ein paar Schritte gegangen war, fiel ihr Blick auf eine Bettlerin. Nicht mehr die Jüngste, dunkelhäutig, die Haare unter einem blauen Kopftuch verborgen. Auf Knien sitzend hielt sie in der einen Hand das Pappschild mit Krickelkrakelschrift, mit der anderen den Plastikbecher.

Irene gehörte zu denen, die selten der Versuchung widerstehen konnten, ein Eurostück in den Becher klimpern zu lassen und ein schüchternes „Bitteschön!" zu murmeln. Aber diesmal störte sie etwas. Es war das *Gepäck*. Es waren die blauen Kunststoffsäcke und prallen Wolldeckenrollen, zwischen denen sich die Alte eingenistet hatte. Rasch ging sie weiter. Ob man auch sie tatsächlich für eine Bettlerin halten könnte?

Sie hatte das Gefühl, unter den Blicken der Passanten zu schrumpfen.

Sie blieb stehen und ließ den Shopper vor ihren Füßen zu Boden rutschen. Das ging zu weit. Schämte sie sich mittlerweile, auf der Welt zu sein? Hatte sie das verdient? Hatte sie denn etwa Schuld an diesem ganzen Wirrwarr? Alle Welt um sie herum schien plötzlich verrückt geworden zu sein. Ihr fielen Jans Worte ein, als sie sich im Laden getroffen hatten. „Und ich dachte, ich bin hier der Chaot!" Und deswegen durfte sie sich nicht mehr in Geschäfte trauen? Warum? Immerhin war sie immer noch Irene. Dieselbe wie vor einer Woche, einem Monat, einem Jahr. Nein. Weglaufen ging nicht mehr. Das war eine Sache, durch die sie einfach durchmusste. Und zwar erhobenen Hauptes.

Sie packte den Shopper und machte kehrt. Als sie die Bettlerin erreichte, hätte sie ihr am liebsten einen Euro spendiert – wenn es nicht zu umständlich gewesen wäre, die Hände frei zu bekommen.

„Beim nächsten Mal!", rief sie ihr zu, während sie bereits den Eingang der Einkaufspassage ansteuerte. Hier herrschte ziemlicher Betrieb. Menschentrauben schoben sich durch die Gänge, durch die mehrstöckigen Galerien über ihr und über die Treppen, die zu den unteren Ebenen führten. Sie nahm Kurs auf die Parfümerie, wo sie von der jungen Verkäuferin mit geübtem Lächeln begrüßt wurde.

„Ich habe kürzlich eine Werbung gesehen. Etwas neues Blumiges für tagsüber und abends. Jil Sander. Oder war's Versace? Können Sie sich vielleicht vorstellen, was ich meine?", fragte sie, während sie versuchte, über den Blick hinwegzusehen, den die Verkäuferin über ihre Taschen gleiten ließ.

„Ja, natürlich. Da kann ich Ihnen gern weiterhelfen. Aber probieren Sie doch erst einmal das hier! Das wird Ihnen mit Sicherheit gefallen. Was es ist, verrate ich Ihnen dann gleich."

Sie zielte mit dem Zerstäuber auf Irenes dargebotenen Handrücken, die ihn sich nach der Verabreichung mit geschlossenen Augen vor die Nase hielt. Der Geruch ging ihr nah. Er war nicht schmeichelnd. Viel eher wohlmeinend, freundlich, verwöhnend. Wie etwas, was ihr im Moment sehr fehlte. Es duftete nach besonderen Anlässen, nach Abenden unter Menschen. Ein, zwei Sekunden später hatten sich die Eingebungen zu einem festen Entschluss gefügt.

„Sehr schön!", sagte sie hastig. „Ich werde bestimmt darauf zurückkommen, aber jetzt muss ich los!"

Mit gerunzelter Stirn schaute die Verkäuferin dieser eigenartigen Kundin hinterher, die trotz ihrer Riesenta-

schen geradezu fluchtartig dem Hauptausgang entgegen-
hastete. Vorsichtig schnüffelte sie am Zerstäuber und
hob die Schultern.

Auf den Bus nach Altona musste Irene nur ein paar Minuten warten. „Was Enrico wohl sagen würde?", äffte sie
sich selber in Gedanken nach. Tja. Wenn sie das wirklich
wissen wollte, dann sollte sie einfach zu ihm gehen. Im
Gefühl der Genugtuung über ihre neue kämpferische
Stimmung grinste sie den älteren Herrn auf dem Sitz-
platz gegenüber an, der sich irritiert wieder hinter seiner
Zeitung versteckte.

Vom Altonaer Bahnhof kämpfte sie sich durch die engen Nebenstraßen. Das unebene Kopfsteinpflaster ließ
sie fast stolpern. Sie spürte, dass die Taschen im Begriff
waren, ihr den Rest zu geben, und setzte sie für einen
Moment ab.

Ein bulliger Kerl kam ihr entgegen, weshalb sie vor-
gab, interessiert die halb verblichenen Plakate am Tele-
fonkasten vor sich zu studieren. Nicht, dass Reggae ihr
Fall wäre. Dennoch fühlte sie sich hier weniger fehl am
Platze als eben auf dem Präsentierteller der Hansestadt.
Als der Kerl um die Ecke verschwunden war, griff sie
wieder nach dem Gepäck.

Und wenn niemand im Laden war? Dann würde sie
sich die nächste Bank suchen und nur noch sitzen, sitzen, sitzen. Bis das letzte Laub fiel, bis der Winter kam.

Erfreulich allerdings, wie gut sie sich an den Weg erinnern konnte. Deshalb dauerte es nicht allzu lange, bis
sie vor dem Headshop stand und die paar Stufen ins Souterrain nahm. Die Tür ließ sich unter einem unangeneh-

men Quietschen öffnen. Wie beim ersten Mal saß Enrico auf einem Klappstuhl vor dem Verkaufstresen. Er legte das fleckige Taschenbuch, in dem er gelesen hatte, in den Schoß und schaute auf.

„Wow!"

🐘 19 🐘

„Hast du dich beruhigt? Es ist gleich neun Uhr dreißig. Zeit, den Laden aufzumachen!"

Betty sah erstaunt vom Frühstückstisch hoch. Klosterfeld stand vor ihr und klatschte dynamisch in die Hände.

„Bist du jetzt hier der Boss, oder was?", fauchte sie ihn über die Kaffeetasse hinweg an. „Hatte ich dich nicht gerade weggeschickt?"

Am liebsten würde sie das Geschäft heute gar nicht aufmachen, aber das war derzeit nicht drin. Eigentlich nie.

Klosterfeld war zusammengezuckt. „Mein ja bloß! Mensch, ich werde noch verrückt hier. Irgendwas muss ich doch tun."

„Geh das Lager aufräumen!"

„Schon wieder?!" Er sah sie fassungslos an.

Schaf, dachte Betty. „Dann räum die Ware um. Stell die Leuchter nach unten in die breiten Regale. Wegen der Statik."

„Das hab ich doch schon vorgestern gemacht!"

„Dann stell sie halt zurück! Himmel!! Merkst du nicht, dass du schon wieder störst?!", brüllte sie ihn an.

Klosterfeld wurde blass und verschwand ohne weitere Widerworte im Keller.

Irenes letzter Kaffee brannte vorwurfsvoll in Bettys Magen. Sie stand auf und stellte die leere Tasse in die Spüle.

Wohin ihre große Schwester wohl so schnell verschwunden war? Sie hatte doch niemanden.

Der Weg in den Verkaufsraum führte am Garderobenspiegel vorbei. Betty warf einen prüfenden Blick hinein, bevor sie sich der sehr wahrscheinlich nicht eintreffenden Kundschaft präsentieren wollte.

Was ihr entgegenblickte, gefiel ihr nicht. Ihre Haut war so wächsern und blass wie ihre schlimmsten Ladenhüter. Die Partie unter den Augen sah aus, als hätte sie dort versehentlich Ruß verwischt. Sie kam sich vor wie der Schlachter, der sich mit seiner Schinkennase und seinem Schweinsnacken irgendwann nicht mehr von seiner Auslage abhob.

Im Cadiz hatte sie keinen Spiegel gehabt. Doch, es gab einen. Aber sie brauchte ihn damals nicht. Sie sah in Harros Augen, dass alles saß.

Mit einem tiefen Atemzug ging sie zur Tür und öffnete den Laden. Es stand tatsächlich schon eine Kundin vor der Tür. Wann hatte es das zuletzt gegeben?

„Guten Tag! Haben Sie nachhaltige Spitzkerzen?"

„Ähm, was meinen Sie? Nachhaltig? Also, wir haben Kerzen mit bis zu vier Stunden Brenndauer für normale ..."

„Nein, ich meine nachhaltig angebaut! Also ökologisch! Aber auch kein Parafüm."

„Paraffin." Betty versuchte zu lächeln, aber vor ihr stand genau der Typ Kunde, den sie zu verachten gelernt hatte. Sie wusste, worauf dieses Verkaufsgespräch hinauslaufen würde. Und das versprach keinen nennenswerten Umsatz. Irene könnte solche Gespräche führen, fiel ihr plötzlich ein. Sie selbst sehnte sich nach dem Publikum im Cadiz.

„Wir haben noch eine Kollektion von Stearinkerzen. Sind gerade eingetroffen, dort hinten."

Betty wies auf das Regal. Die Kundin sah sich lange um.

„Und Sie sagen, die sind aus Sojaöl? Ist das vegan?"

„Wie? Nein, ich sagte Stearin!"

„Das kommt doch aus dem Regenwald? Aber das geht ja gar nicht!" Empört legte die Kundin die Kerzen zurück in die falschen Fächer. „Und warum sind die alle so teuer?"

Betty hatte nur darauf gewartet. Jetzt würde die Frau noch ein paar unentschlossene Schritte in der Mitte des Ladens machen und dann ...

... zu den Teelichten greifen. Den günstigen im Display neben dem Tresen.

„Dann kann ich ja auch gleich die hier nehmen!", sagte sie in leicht vorwurfsvollem Ton zu Betty.

„Gern! Darf ich sie Ihnen in eine Tüte packen?"

„Nicht nötig!" Die Umwelt, wissen Sie?" Umständlich kramte die Frau in ihrer Geldbörse und legte einen Haufen Münzen auf den Tisch. „Müsste so stimmen. Guten Tag!"

Kurz nachdem die Kundin gegangen war, ging ein weiteres Mal die Tür. Was war nur los heute Vormittag?

„Ja, bitte sehr?", fragte Betty ohne aufzusehen, da sie noch das Wechselgeld der letzten Kundin einsortierte.

Keine Antwort. Stattdessen hörte sie, wie die Jalousie der Ladentür herabschnurrte. Betty sah hoch und blickte sehr schutzlos in sehr dunkle, sehr tiefe, sehr böse Augen. Gratanovic.

„Hallo, Betty. Ich komme meine Lieferung abholen."

„Es hat sich noch nicht wieder angefunden. Tut mir leid." Sie versuchte verzweifelt, ihre Stimme kühl und abweisend klingen zu lassen.

„Das sollte es auch! Es könnte dir sogar bald richtig weh tun. Wir wissen, dass das Päckchen im Haus abgegeben wurde. Das ist dein Terrain. Du hast es. Du wirst es mir geben! Hast du das kapiert?!"

„Du kennst doch Patrick! Der lügt doch nicht! Das traut der sich doch gar nicht! Der traut sich ja nicht einmal in seine Wohnung zurück!" Betty wich zurück, als Gratanovic zu ihr hinter den Tresen trat.

„Patrick lügt nicht. Aber du."

Mit ihren mittlerweile butterweichen Knien ließ sie sich widerstandslos von Gratanovic auf den kleinen Hocker vor der Kasse drücken. Langsam fasste er in seine Jackentasche und holte ein Feuerzeug hervor. Damit entzündete er zwei fliederfarbene Stumpenkerzen aus der Frühjahrskollektion, die auf dem Tresen standen, uns stellte sie links und rechts hinter Bettys Kopf. Dann packte er ihr Kinn und drückte sie nach hinten. Betty entfuhr ein mühsam unterdrückter Schrei.

„Was schreist du jetzt schon, ich hab doch noch gar nichts gemacht", knurrte Gratanovic. Sein Blick bohrte sich in ihre Augen. „Sag endlich, wo das Zeug geblieben ist. Du weißt, ich kann böse werden. Sehr böse! Und die Leute, die auf das Zeug warten, sind besonders einfallsreich, wenn jemand meint, Geschäfte hinter ihrem Rücken machen zu können."

Er beugte zu ihr hinunter und schwenkte die Flamme des Feuerzeugs langsam unter ihrem Kinn hin und her.

„Es ist heiße Ware, Betty."

„Das waren doch deine Leute in Patricks Wohnung, oder etwa nicht? Frag die doch!", sagte Betty mit gepresster Stimme, das Kinn krampfhaft nach oben gereckt. „Wir wissen nichts. Nicht mal meine Schwester hat ..." Sie hielt erschrocken inne.

Gratanovic drehte den Kopf zur Seite und sah ihr tief in die Augen. Betty bereitete sich darauf vor, dass er gleich etwas besonders Schlimmes tat, doch er dachte einfach nur nach.

„Deine Schwester? Die ihm die Wohnung besorgt hat? Die wohnt noch im Haus?"

„Nein!", wimmerte Betty. „Nein, Radoslav, die hat damit nichts zu tun! Ich meinte nur ..."

Mit einem Klick erlosch das Feuerzeug. Gratanovic pustete die Kerzen auf dem Verkaufstresen aus.

„War sehr interessant mit dir zu reden, Betty. Ich komme wieder." Im Hinausgehen versetzte er dem Teelicht-Display noch einen finalen Karate-Tritt und verschwand dann grußlos.

Zitternd ging Betty zur Ladentür und schloss ab. Sie wollte nach Klosterfeld rufen, aber ihre Stimme versagte. Also ging sie zur Kellertreppe. Ein kühler Luftstrom kam ihr entgegen. Als sie unten war, sah sie, dass die Tür zur Außentreppe offen stand.

„Patrick??"

Sie eilte nach oben in sein Zimmer. Auch hier stand die Tür offen. Klosterfeld war verschwunden.

🐘 20 🐘

Es hatte drei Tage gedauert, bis Irene die Mechanik des Milchschäumers so weit verstanden hatte, dass sie den Aufsatz aufschrauben und hygienisch säubern konnte. Und das tat sie nun ausführlich.

Enrico hatte sich bereits auf den Weg gemacht. Der Laden öffnete zwar erst gegen Mittag, doch er wollte noch, wie er sich ausdrückte, „etwas klar Schiff machen".

Irene schmunzelte. Hatte sie ihn mit ihrer Ordnungsliebe angesteckt? Schaden würde es nicht. Leider war Jan nicht da; zu gern hatte sie ihn gefragt, ob Enrico immer solchen Budenzauber beim Frühstück veranstaltete. Sie hatte Eierschneider und Apfelschäler immer für Verlegenheitsgeschenke gehalten – nun wusste sie, wer sie wirklich verwendete.

Es gab allerdings eine Kehrseite dieser kleinen Marotte, und die schwamm vor ihr im Spülbecken. Enrico hatte ihr nahegelegt, den Abwasch zu ignorieren und es sich heute mit einem Buch auf dem Sofa gemütlich zu machen, seine Sammlung stünde ihr offen.

Doch nachdem sie sich näher mit dem ersten Bücherregal befasst hatte, war sie zu der Einsicht gekommen, dass die Wendung „die Nase ins Buch stecken" hier nicht allzu wörtlich genommen werden sollte. Es mochten antiquarische Schätze sein, die er hier hortete, aber Irene bemerkte in erster Linie ihren olfaktorischen Charakter. Gelesen hatte sie immer gern, immer viel, aber der beste Moment war für sie stets der, wenn die Folie vom Umschlag glitt und das Buch zum allerersten Mal aufgeschlagen wurde.

Druckfrische Bücher gaben ihr immer das Gefühl, das Werk wäre speziell für sie geschrieben worden. Mit Leihbüchereien hatte sie sich daher nie wirklich anfreunden können. In der Zeit, als Manfred scheinbar auf dem Erfolgsweg war, hatte er ihr mit neuen Büchern immer wieder eine Freude machen können.

Heute aber konzentrierte sie sich lieber auf ihr anderes Steckenpferd. Wenn sie am Abend kochen wollte, musste die Spüle ohnehin frei sein.

„Zusammen essen können wir gut", murmelte sie vor sich hin und lächelte, als sie an das improvisierte französische Abendessen im Laden und an ihr Treffen in der eigentümlich heimeligen Omakonditorei dachte. Ob er sie ernst genommen hatte, als sie ihm vorschlug, ihm im Laden auszuhelfen?

Die Flasche mit dem Spülmittel gab nur ein leises Quieken von sich und Irene schaute sich suchend nach Ersatz um, als ihr Blick an dem CD-Spieler schräg über ihr hängenblieb. Musik wäre jetzt nicht verkehrt. Sie stellte sich auf die Zehenspitzen und zog die CD-Hülle herunter, die oben auf dem Gerät lag. Barockmusik. Das sollte doch passen. Irene trocknete ihren Zeigefinger am Handtuch, das sie am Hosenbund befestigt hatte, und drückte dann energisch auf „Play".

Nach etwa fünf Sekunden ahnungsloser Vorfreude erscholl ein infernalisches Bass-Stakkato, gefolgt von einem langgezogenen Schrei, der zweifellos direkt aus der Hölle kam. Irene prallte zurück und stieß mit der Hüfte ordentlich gegen den Küchentisch.

„Verflixt! Was ist das denn?"

Sie rieb sich mit einer Hand den schmerzenden Hüftknochen und stellte mit der anderen den CD-Player aus. Dann nahm sie die Scheibe heraus. Um das Loch in der Mitte wand sich eine Girlande von Totenköpfen, die durch ein Geflecht von schwarzen Schlangen miteinander verbunden waren.

„Na, das ist aber kein Barock", stellte Irene fest. Sie warf einen Blick auf den Namen der Band, doch der war in reich verzierter, schwer zu entziffernder Frakturschrift gehalten. „‚P' ... nein, ‚D' ... ‚E' ... ein ‚A'?", murmelte sie. Dann beschloss sie, dass es nicht lohnte. Wenn so die Musik der jungen Leute klang, wollte sie gern zu den älteren Semestern zählen.

Auf der Fensterbank endeckte sie eine CD-Hülle mit gleichem Girlandenmotiv, nur waren die Schlangen hier rot. Darin steckte, Irene hatte es schon vermutet, die Scheibe mit den Barockklängen.

Gerade als sie die CDs wieder den richtigen Hüllen zugeordnet hatte, klingelte es an der Wohnungstür.

Da es keinen Spion gab, öffnete Irene zögerlich. Im Türrahmen lehnte mit verschränkten Armen ein auffallend schmächtiger Mann in einem viel zu großen Holzfällerhemd und sah neugierig zu Irene hoch.

„Tachchen! Ist Ritschi da?"

„Ritschi? Sie meinen Enrico? Nein, tut mir leid. Kann ich etwas ausrichten?"

„Nöö." Der Mann grinste sie breit an und Irene blickte auf zwei eindrucksvolle, doch unvollständige Zahnreihen. „Es sei denn, Sie geben mir die zweihundert Flocken, die er mir noch schuldet!"

„Also – davon weiß ich leider nichts. Das müssen Sie ihn schon selbst ..."

„Is klar, Schätzchen! Geh ich halt in den Laden. Dachte nur, um diese Zeit wär er noch hier." Der Blick des Karohemdchens glitt nun an Irene herunter und blieb am Handtuch haften, das noch immer in ihrem Hosenbund steckte.

„Aaah! Hat er sich endlich eine Putzfrau zugelegt, der alte Staubbeutel! Wurde auch Zeit." Er beugte sich vor und linste in den Flur. „Eine große Aufgabe. Ich weiß, wie es da drin aussieht! Na, kein Wunder, dass er seine Schulden nicht begleicht. Vorkasse, was? Richtig so!" Verschwörerisch zwinkerte er ihr zu.

„Also, was denken Sie sich? Ich wohne hier!" Irene spürte, wie ihr das Blut in den Kopf schoss.

„Soo?! Ach, dann sind Sie ... seine Freundin?", fragte der Mann erstaunt.

„Ja. Ja, das bin ich", hörte Irene sich sagen.

„Na, guck mal einer an ... nichts für ungut! Ich bin Socke."

Irene schüttelte die ihr angebotene Hand. „Irene."

„Na, guck mal einer an ...", wiederholte Socke, während er ausgiebig und mit erstaunlicher Kraft ihre Hand schüttelte. „Ich geh dann mal in den Laden, Irene. Man sieht sich! Und wie gesagt, nichts für ungut!"

Die Karosocke machte auf dem Absatz kehrt und verschwand im Treppenhaus. Irene schloss die Tür, sank mit dem Rücken in das Jackendickicht an der Garderobe und stöhnte.

Was war nur in sie gefahren? Was hatte sie bloß dazu getrieben, zu behaupten ... Schon zu sagen, sie wohnte hier, war etwas – nun ja, pauschal. Aber zu sagen, sie wäre Enricos Freundin? Ihr war nichts anderes eingefallen, sie wollte nur die Putzfrau loswerden, so schnell wie möglich. Und nun ging dieser Kerl direkt zu Enrico und würde ihn beglückwünschen, oder womöglich würde er ihn eher ...

Irene legte sich die Hände auf die heißen Wangen, um sie zu kühlen. Sie mussten dunkelrot leuchten. Darüber spürte sie die Ponysträhnen an ihrer Stirn kleben. Wütend riss sich Irene das Küchentuch aus dem Hosenbund uns schleuderte es auf die Stiefelparade an der Wand.

Erst einmal musste sie den Kopf klarbekommen. Eine Tasse Tee sollte helfen. Eigentlich, sagte sie sich auf dem Weg in die Küche, war es ja dieser Socke, der das Missverständnis aufbrachte. Wenn sie einfach behauptete, er hätte sie komplett missverstanden? Wenn sie einfach ganz erstaunt tat? Sie konnte bloß nicht so gut irgendwie tun.

Irene wählte einen kräftigen Assam, goss ihn auf und sah auf die Uhr. Gute fünf Minuten sollte er ziehen. Hoffentlich ging nun nicht alles kaputt. Sie könnte so sehr ein paar gute Freunde brauchen. Und Enrico brachte ihr auf seine Weise Vertrauen entgegen. Und Respekt.

Zucker fehlte noch. Sie ging zum Regal, als ihr einfiel, dass Enrico am Morgen den letzten Rest aus dem Weckglas, in dem er den Zucker aufbewahrte, in seinen Cappuccino geschüttet hatte. Einen Vorratsschrank gab es hier nicht, in der kleinen Abseite neben der Küche lagerten nur Bücher. Irene suchte mit den Augen die Küche ab. Dort oben im Eckregal stand eine kleine Zuckerschale aus Porzellan. Sie hatte ein dezentes Streublümchenmuster, einen angestoßenen Goldrand und verblasste etwas vor all den Gerätschaften um sie herum.

Irene stieg auf einen Hocker und angelte sich die Schale herunter. Es gab ein klimperndes Geräusch – dann musste es Kandis sein. Umso besser. Eine ostfriesische Teezeremonie!

Sie setzte sich an den Tisch, nahm die Tülle von der Zuckerschale und steckte den Löffel hinein. Was sie dann hervorholte, hätte sie bis vor wenigen Tagen noch arglos in ihren Tee geschüttet. Aber nun stockte ihr der Atem. Das hatte sie schon einmal gesehen.

Das war kein Kandis.

Vorsichtig nahm sie eines der glitzernden Steinchen zwischen Daumen und Zeigefinger. In der Tat. Es war sogar noch von einem hauchdünnen Wachsfilm umgeben.

Irene fühlte, wie sich alles in ihrer Brust zusammenzog wie im Griff einer stählernen Faust. Sie ließ den Diamanten zurück in die Schale fallen und starrte in den bitteren Tee. Durch ihren Kopf ging ein helles Rauschen.

Als sie vom Tisch aufstand, war der Tee kalt. Oben in der Tasse hatte sich inzwischen ein dunkler Ring abgesetzt. Irene ließ sie unangetastet. In Jans Zimmer sank sie auf dem Bett zusammen.

Sie hatte das Gefühl, in eine Falle geraten zu sein. In eine, in der sie bereits früher steckte.

Wollte Enrico die Steine nicht schon vor Tagen zur Polizei gebracht haben? Nun kam es ihr eigenartig vor, dass er davon nichts mehr erzählt hatte. Aber sie hätte wohl auch nichts hören wollen. Sie vertraute ihm. Einfach so.

Was war denn nur falsch? War es nicht richtig, Menschen zu mögen und ihnen zu glauben? War es, weil niemand sie mögen konnte?

Sie hatte auch Manfred vertraut. Vorbehaltlos. Und als die Probleme unübersehbar waren, wollte sie ihn schützen. Loyal sein. Als sie im Finanzamt vor dem Schreibtisch saß und ohne es zu wollen alles verriet, da hatte sie genau dieselbe Faust in der Brust wie vorhin am Küchentisch.

Irene kicherte in Jans Kissen. Sie stellte sich vor, wie sie mit einer Sonnenbrille getarnt zur Polizei ginge und sich unauffällig erkundigte, ob in den letzten Tagen wohl ein paar Diamanten abgegeben worden waren.

Wo das enden würde, war ihr klar. In der Zelle. Neben Enrico. Was hatte der sich nur gedacht? Was spukte in seinem Kopf herum? Bonnie und Clyde?

Irene war klar, dass sie nicht durchschaute, was um sie herum vor sich ging. Aber sie hatte begriffen, dass sie auf jeden Fall die Letzte wäre, der man die Wahrheit sagte. Sie schien dazu geboren, für dumm verkauft zu werden. Das war die schmerzhafte Wahrheit. Und das wollte sie nicht mehr. Wovor hatte sie eigentlich Angst? Sie konnte es nicht sagen. Nur ihr blindes Vertrauen wollte sie niemandem mehr schenken. Was sollte ihr passieren, wenn sie nur ausreichend Distanz wahrte?

Sie setzte sich auf und sah sich um. Jan – den liebte sie, keine Frage. Aber hier gehörte sie nicht her. Sie hatte plötzlich große Sehnsucht nach ihrem Zuhause.

Irene stand auf und packte in Windeseile ihre beiden Taschen. Als sie an der Küchentür stand und die Zuckerschale auf dem Tisch stehen sah, zögerte sie einen Moment. Dann nahm sie den Hocker und stellte die Schale an ihren Platz hoch oben im Eckregal zurück. Den Tee ließ sie stehen.

Vor der Garderobe blickte sie kurz in den Spiegel. Keine Spur mehr von den roten Bäckchen. Mit der rechten Hand kämmte sie sich die Ponyfransen aus der Stirn. Gefiel ihr besser.

Dann zog sie die Perlenohrringe von den Ohren und legte sie auf das Schlüsselbrett. Sie waren ein Geschenk von Manfred und hatten immer gezwickt. Sollte Enrico sie haben, als Entschädigung für die Mühe, die sie ihm gemacht hatte. Er konnte sie sicher versilbern.

„Damit sind wir quitt", sagte sie und schloss die Tür hinter sich.

„Na ja. Jedenfalls schön, dass Sie wieder hier sind!"

„Oh ja. Gern geschehen!", haspelte Irene verdattert. Gern geschehen! Was redete sie da für einen Unsinn? Aber der Hausmeister, dessen massige Figur den größten Teil des Türrahmens ausfüllte, war der Letzte, mit dem sie gerechnet hatte, als es an der Tür klingelte. Außerdem war sie gedanklich immer noch mit ihren Taschen beschäftigt, die sie auf dem Bett abgestellt hatte und die dringend darauf warteten, ausgepackt zu werden.

„Ein paar Tage verreist, wie?"

„Verreist, genau!" Sie war geradezu dankbar, dass er ihr dieses kleine, passende Allerweltswort zugespielt hatte. Konfus wie sie war, wäre es ihr selber nicht eingefallen. Verreist. Wiedergekommen. Abgereist von Betty. Und Enrico.

Wie hatte sie auf diesen Ganoven nur so reinfallen können? Zum Abschied hatte sie ihm ihre Ohrringe hinterlassen. Nicht, dass er sich am Ende noch bemüßigt fühlte, sie ihr nachzutragen. Vielleicht wäre ein kommentarloser Abgang besser gewesen. Schluss, aus, vorbei. Und nie wieder etwas von diesem Kerl hören müssen.

„Sagen Sie", hob der Hausmeister wieder an, während er sie etwas irritiert zu mustern schien, „ist der Herr Klosterfeld eigentlich wieder im Lande?"

„Herr Klosterfeld?", wiederholte sie den Namen fast erschrocken, worauf Wilm mit einem leichten Hochziehen der Augenbrauen reagierte.

„Na ja. Der war ja offensichtlich auch ein paar Tage außer Haus. Und jetzt sehe ich, dass seine Wohnungstür nur angelehnt ist. Wissen Sie da vielleicht etwas?"

„Ich?" Patrick Klosterfeld. Nackter Mann unter der Dusche. Bei Betty. Nichts verraten, jetzt sich bloß nicht verplappern. Mein Gott, so hatte sie sich das Nachhausekommen nicht vorgestellt.

„Ich frag bloß, weil Sie direkt gegenüber wohnen. Mir wird so etwas ja grundsätzlich nicht gesagt. Bin hier ja bloß der Hausmeister. Aber wahrscheinlich haben Sie auch nicht so die Beziehung zu ihm, nicht?"

Beziehung? Wieso sollte sie eine Beziehung zu Klosterfeld haben?

„Nein, also ich weiß von nichts. Vielleicht sollten Sie selber einfach mal nach..." Blut! Das ganze Zimmer voller Blut! „Oder – wenn ich ihn sehe, sage ich ihm, dass er sich mal bei Ihnen melden möchte."

Langsam schob sie die Wohnungstür in Richtung Schloss. So sachte, dass es nicht zu unhöflich wirkte. Schnell genug, damit er es mitbekam.

„Entschuldigen Sie, aber ich muss jetzt wieder ... äh ..."

„Auspacken!"

„Auspacken, genau! Auf Wiederhören!"

Grinsend wandte sich Wilm Nachtigall von der geschlossenen Tür ab. Die Gute war ja wohl ein wenig durch den Wind. Schade. Aber für ein Pläuschchen würde sich bald eine neue Gelegenheit finden. Und mal sehen: Vielleicht konnte er sie auch einfach mal auf einen Kaffee einladen?

Mit der Klosterfeldsache war er damit allerdings nicht die Bohne weitergekommen. Unter diesem Gedanken schritt er an dessen Wohnungstür und machte Anstalten, sie mit den Fingern aufzuschieben.

„He, mal nicht so neugierig!"

Wilm durchzuckte ein Schrecken, als hätte ihn ein großer Hund angebellt. Im Gang sah er einen untersetzten Mann im schwarzen Mucki-T-Shirt auf ihn zustürzen. Dabei hüpfte der Umzugskarton, den der Mann auf seiner Schulter balancierte, hektisch auf und ab.

„Na, hören Sie mal, immerhin bin ich hier der Hausmeister. Wollen Sie etwa auch zu Klosterfeld? Wissen Sie, ob der überhaupt zu Hause ist?"

„Natürlich ist er das *nicht*. Deshalb wohne ich ja jetzt hier."

Mittlerweile hatte der Fremde Wilm erreicht und schnaufend den Karton abgesetzt.

„Moment, Moment, davon weiß ich aber nichts!"

„Sind auch nur ein paar Tage. Soll halt ein bisschen auf die Wohnung aufpassen."

Wilm inspizierte den anderen genauer. Mit seinem zerknitterten Gesicht und dem schmalen Oberlippenbart erinnerte er ihn an einen von den Daltonbrüdern bei Lucky Luke. Nur nicht ganz so witzig. Der Knick auf der Boxernase schimmerte noch rötlich. Der Bruch dürfte also recht frisch sein.

Vom Klosterfeld erzählte man sich ja so einiges, aber wie ein romantisches Verhältnis wirkte der hier nun nicht gerade.

„Aufpassen? Da können Sie doch auch einfach alle paar Tage nach dem Rechten sehen, oder? Ist das denn wenigstens mit der Hausverwaltung abgesprochen? Wahrscheinlich ja wohl nicht!"

„Hör zu, Kumpel! Der Patrick hat mich gefragt, ob ich das für ihn mache und hat mir seine Schlüssel gegeben. Können ihn doch selber fragen. Passt mir außerdem sehr gut, weil bei mir wird gerade was gerichtet. Und jetzt möchte ich durch, bitteschön!"

Wilm spürte ein unsichtbares, aggressives Beben, das vom anderen ausging. Unwillkürlich betrachtete er die Arme, die aus dem T-Shirt herauswuchsen. Das Bindegewebe in der Unterarmbeuge wirkte schon ziemlich ausgeleiert, aber die Muskeln hatten es in sich. Wie dicke, schläfrige Schlangen zuckten und wanden sie sich unter der Haut.

Was war das überhaupt für ein Zeitgenosse? Um seinen Hals hing ein goldenes Kruzifix. Sehr fein gearbeitet, aber nicht einfach nur ein Kreuz, sondern noch mit einem angedeuteten Jesus dran und darunter ein kurzer schräger Querbalken. Wirkte irgendwie osteuropäisch. Wie nannte sich das noch gleich? In den Kreuzworträtseln wurde doch ständig danach gefragt. Orthodox?

„Gut, meinetwegen. Trotzdem werde ich das mal bei der Verwaltung ansprechen. Und vor allem würde ich mir jetzt gern mal die Wohnung ansehen."

„Mann, Meister, was willst du da jetzt groß rumspannen?"

Als Antwort legte Wilm in betont überheblicher Weise den Kopf in den Nacken und schob die Tür auf.

„Oh, mein Gott!" Nach ein paar Sekunden: „Oh, mein Gott! Was ist denn hier passiert?"

„Na, da fallen dir die Augen aus dem Kopf, wie? Das waren meine Kumpels!"

„Haben die etwa auch neu gestrichen?"

„Quatsch. Die sind von der Gebäudereinigung. Haben so ihre Tricks drauf!"

„Sogar die Fenster geputzt! Alle Achtung!"

Mit tiefstem ästhetischem Wohlgefallen ließ Wilm seinen Blick über die strahlend weißen Wände, das blitzende Wohnzimmerfenster und den Teppich laufen, der so gründlich schamponiert worden war, dass er wie neu aussah.

„Nicht schlecht! Okay, macht einen guten Eindruck!"

„Na siehste, werden wir uns doch noch einig, wie?", sagte der andere, auf dessen Gesicht ein feistes Grinsen detonierte. Sprungfederartig schoss eine geöffnete Hand auf Wilm zu.

„Na, ich bin jedenfalls der Grato!"

Dieses Grinsen: Breit, großkotzig. Verlogen. Mit dem wird's Ärger geben, dachte Wilm, während er die dargebotene Hand schüttelte.

Überraschend schnell zog Gratanovic sie zurück, um mit seinem wurstigen Finger durch die geöffnete Tür und den Flur hindurch auf Irene Mewes Wohnung zu deuten.

„Wissen Sie, ob da momentan jemand wohnt?"

🐘 22 🐘

Jan steckte seine Nase tief in den dampfenden Teebecher. Früher waren ihm diese indischen Gewürztees zuwider gewesen, aber hier unten waren sie gerade richtig, um den Pilzmoder zu übertönen. Ingwer war gut, Süßholz auch. Er nahm sich immer eine Thermoskanne voll mit ins „Labor".

Vom Flur her hörte er Enricos schlurfenden Gang näherkommen.

„Und?"

„Nichts! Kein Mucks. Ich hab zweimal geklingelt." Enrico zwängte sich zu Jan in den Kellerkäfig.

„Sie müsste aber zuhause sein! Ich war vor einer Stunde noch bei ihr oben. Was ist bloß los mit euch? Kann man euch nicht mal ein paar Tage alleine lassen?"

„Aah, nun werd mal nicht putzig, junger Mann! Haben dich ein paar Tage Doom Metal und Hostelpartys plötzlich weise gemacht?"

„Na, immerhin hab ich die hier gefunden." Jan deutete auf die knittrige Papiertüte neben sich. „Eßt mehr Früchte", stand darauf.

„Ich weiß, deine Wunderpilze. Na, dann war dein Ausflug ja nicht nur ein Ohrenschmaus. Und du hast dich nun entschlossen, dein Labor hier unten weiterzuführen."

„Mit ein paar Modifikationen, ja. Darum bist du ja eigentlich hier. Natürlich nur, wenn es dein Seelenzustand erlaubt?"

„Natürlich", brummte Enrico und schulterte die Bohrmaschine. Er war nicht sicher, wie viel Ironie in Jans Anteilnahme steckte. „Wo willst du die Schiene hängen haben? Hier in der Mitte?"

„Ja, in etwa. Meinst du, das hält? Die Kellerdecke ist nicht wirklich eben."

„Der Boden auch nicht! Das könnte es wieder ausgleichen. Im Ernst, wie in der Möbelausstellung wird es nicht aussehen. Halten wird's schon. Aber meinst du nicht, dass so ein Schiebevorhang den Hausmeister erst richtig neugierig machen wird?"

„Ist ja nur für die Zeit, während ich hier hinten das Material ausgebreitet habe. Schnell die Stoffbahnen davorgezogen, Licht aus – dann kann man sie kaum von der Kellerwand unterscheiden. Und in der übrigen Zeit ziehe ich die Vorhänge hinter den Schrank. Das muss fertig sein, bevor ich mit Nadine zu ihren Alten nach Bremen fahre."

Enrico zwängte sich in die Lücke zwischen Schrank und Kellerwand und hüpfte mit ausgebreiteten Armen wieder hervor. „Quasi eine doppelte Wand! So ähnlich muss es der große Houdini gemacht haben. Und die Pilzchen lohnen den Aufwand?"

„Denke schon. Könnten 'ne interessante Zuchtlinie ergeben. Hätte ich nur mehr gefunden ..."

„Na, wenn's die Jugend in Arbeit bringt", rief Enrico und setzte die Bohrmaschine an. „Es geht los. Alles in Deckung!"

Im Nu standen Jan und Enrico in einer kalkweißen Staubwolke. Als der Lärm wieder verstummte, wies die Kellerdecke eine Reihe Unregelmäßigkeiten mehr auf. Zufrieden betrachtete Enrico sein Werk.

„Prä-zi-sion! Das kann heute keiner mehr!"

Dann fing er an zu husten. Auch Jan musste sich den Hals freiräuspern und den Staub aus den Augen wischen. Nun zeigte er auf den weiß verstaubten Boden.

„Guck mal, wie gezuckert. Hätten wir doch Masken mitnehmen sollen im Baumarkt?"

Zucker. Enrico zuckte zusammen und wurde blass, soweit das unter dem Gipspulver auf seiner Haut noch zu erkennen war.

„Was ist?" Jan sah ihn besorgt an. „So schlimm wird es schon nicht werden. Das bisschen Staub."

„Vielleicht war sie an der Zuckerdose?", murmelte Enrico.

„Wer, Tantchen? Kann sein, ihre Vorliebe für Süßes kennt man ja. Wieso kommst du jetzt darauf?!"

„Ach, nichts."

„Sieht aber nicht so aus." Jan musste grinsen. „Sag schon, hattest du da etwa irgendwelchen Stoff geparkt? Meinst du, sie war auf einem schlechten Trip? Das könnte erklären, warum sie so sauer ist."

Enrico schwieg einen Moment und zog dann einen Hocker aus dem Stapel vor ihm.

„Setz dich."

„Wird das eine längere Geschichte?"

„Eigentlich nicht. Aber besser, du sitzt."

Jan hockte sich hin und sah Enrico erwartungsvoll an.

„Ja, ähm. War keine Gelegenheit, es dir zu erzählen, und ich wollte dich auch nicht mit reinziehen. Also, in dem Päckchen, hinter dem die Rosa her ist, waren nämlich Diamanten."

„Hä? Es waren Kerzen, dachte ich."

„Ja, und in den Kerzen versteckt Diamanten. Schmuggelgut quasi. Kam beim Abbrennen heraus."

„Aber wir haben sie doch untersucht! Die brannten doch gar nicht!"

„Deine Tante war da geschickter, Jungchen."

„Tante Irene?!" Jan machte große Augen. „Sie weiß also davon?!"

„Joa. Ließ sich nicht vermeiden. Du kannst dir vorstellen, dass sie Schiss bekommen hat."

„Zu Recht! Da war Rosa also hinterher. Wie kommen die da rein, und wem gehören sie?"

„Kann uns ja eigentlich egal sein. Ich hab deiner Tante versprochen, das Zeug zur Polizei zu bringen."

„Aber du hast sie noch zuhause?" Jan blickte verständnislos zu Enrico, der diesen Blicken durch hektisches Wippen mit dem Oberkörper zu entgehen versuchte. „In der Zuckerdose?"

Enrico zupfte sich den Staub aus dem Zopf. „War noch keine Gelegenheit, sie abzugeben."

„Erzähl mir nichts. Die Wache ist gleich um die Ecke! Was hast du vor?"

„Nachdenken, Jan. Sieh es doch mal so: Wenn ich die Klunker abgebe, haben wir wahrscheinlich gar nichts davon. Wenn man es aber überlegt anstellt ... dann könnte man doch noch einen Schnitt machen."

Jetzt war Jan aufgesprungen. „Moment mal! Das ist offensichtlich illegale Ware. Du willst irgend so 'ne Mafia beklauen? Und meine Tante hängt mit drin? Weißt du was, zieh bitte in eine andere Stadt!"

„Ruhig, Junge! Natürlich nicht beklauen. Bin ich denn lebensmüde? Ich dachte eher daran, dem Empfänger behilflich zu sein. Vielleicht wird man sich ja einig. Finderlohn, verstehste?"

Wütend fauchend ließ sich Jan wieder auf den Hocker sinken. „Gar nichts verstehe ich. Und ich will nichts mehr davon hören. Bring die Diamanten weg. Bring sie zur Polizei. Bis dahin gibst du mir frei. Ich will nicht noch einmal Rosa oder sonst wem in deinem Laden begegnen."

Enrico hob zustimmend die Handflächen nach oben.

Jan dagegen verschränkte die Arme. „Ich zieh hier mein Ding durch. Wenn du alles geklärt hast, können wir ja wieder ins Geschäft kommen. Und lass Irene da raus! Ich denke übrigens nicht, dass sie die Steine entdeckt hat. Die wäre gleich zur Polizei gelaufen. Da könnte sie nicht aus ihrer Haut."

Enrico nickte nachdenklich. „Hast wahrscheinlich recht."

🐘 23 🐘

Radoslav Gratanovic, was ist das für ein krummes Ding, in dem deine dicken Finger stecken?

Irgendjemand liefert Päckchen nach Hamburg. Patrick Klosterfeld spielte den Mittelsmann. Und der ist von der Bildfläche verschwunden, nachdem er diese merkwürdige Brombeerblutspur gelegt hat.

Das war fast schon alles, was sie wusste. Nicht gerade viel und schon gar nicht gerichtsverwertbar. Aber es roch so penetrant nach illegalem Dreh, dass es nur noch um die Frage ging, an welche Stelle der Dosenöffner gehörte.

Rosa setzte den Blinker, um auf die B4 einzubiegen. Frustrierend war allerdings, dass sie allein war, nur ver-

deckt arbeiten konnte und alles und jeden mit Samt-
handschuhen anfassen musste. Vielleicht kämen ein paar
interessante Sachen ans Licht, wenn sie diese Irene genauer unter die Lupe nahm. Und Klosterfeld – wie um
alles in der Welt kam sie an *den* heran?

Um sich darüber den Kopf zu zerbrechen, blieb ihr noch
Zeit, für heute hatte sie sich in ihrem inneren Terminka-
lender notiert, an einer anderen Spur zu schnuppern. Gewissermaßen an dem Punkt, wo alles angefangen hatte.
Der Stellplatz vor dem schäbigen Fabrikgebäude, wo sie
vor ein paar Wochen diesen Trupp Illegaler hochgenom-
men hatten, die für die Containerreinigung oder irgend-
einen anderen Drecksjob vorgesehen waren. Sie kamen
alle aus dem Osten. Bulgarien.
   Bei der Vernehmung hatte einer von ihnen beiläufig
diesen Namen gemurmelt, der in ihrem Hirn Großalarm
auslöste.
Gratanovic.
   Mehr war nicht aus ihm herauszubekommen. Schien
plötzlich alle Sprachen dieser Welt vergessen zu haben.
Aber immerhin war es eine Spur.
   Mittlerweile hatte sie die Veddel erreicht. Nicht gerade ein glorioses Viertel, reines Industriegebiet.
   Weiter im Süden in Wilhelmsburg gab es eine ganze
Menge schöner Ecken. Immerhin war sie dort aufge-
wachsen. Ein Arbeiter- und Multikultistadtteil, der früher als sozialer Brennpunkt galt. Vielleicht nicht gerade
die beste Adresse, wenn man in den diplomatischen
Dienst wollte. Aber perfekt für Polizisten. Außerdem war
er in den letzten Jahren erheblich aufgehübscht worden.

Aber die Veddel? Ein Sammelsurium aus schicken modernen Speditionen mit viel Glas, altem Industrieschrott, Trailerparks wie in den USA, reichlich Grün, Kanälen und stillgelegten Schleusen. Gott sei Dank war sie nie aus Wilhelmsburg weggezogen.

Rechts vor ihr tauchte das rostige Fabriktor auf, nach dem sie Ausschau gehalten hatte. Sie nahm den Fuß vom Gas, schlug das Lenkrad ein und ließ den Wagen vorsichtig über den zerbröckelnden Zement des Werkgeländes rollen, aus dessen Ritzen sich Grasbüschel ins Freie zwängten.

Sie stoppte vor dem finsteren Fabrikgebäude und warf die Fahrertür beim Aussteigen extra laut zu. Niemand sollte denken, sie wolle sich anschleichen. Das Rolltor war so weit hochgelassen, dass sie den Kopf nur leicht einziehen musste. Das Erste, was ihr auffiel, war eine Art Käfig aus Maschendraht in einem sehr großen Raum. Ein wohl vor vielen Jahren intensiv genutzter Schreibtisch voller vergilbter Frachtzettel und Quittungen stand darin, ein altmodisches Telefon mit Wählscheibe und ein Stuhl mit kaputter Lehne. Eine Werkshalle. Lagerhalle. Irgend so was.

Sie erinnerte sich an die Nachforschungen. Offiziell war das Unternehmen nie abgemeldet worden. Aber keine Spur von den Geschäftsführern. Eigentlich ein Fall für die Gewerbeaufsicht.

Ihre Schritte hallten in der Riesenhalle wider. Palettenstapel an den Wänden. Spedition? Draußen war fern ein Tuuut! zu vernehmen. Hafennähe. Aus einiger Entfernung sah sie jemanden an der gegenüberliegenden Wand stehen. Im Näherkommen erkannte sie eine junge

Frau, ziemlich dunkelhäutig, vielleicht 18, vielleicht noch jünger. Sie war damit beschäftigt, einen Plastikeimer unter einem Wasserhahn zu füllen, der mit einem kurzen Gummischlauch verlängert worden war.

„Guten Morgen!"

Das Mädchen trug einen engen Pulli, wie ihn keine Deutsche zu dieser Jahreszeit tragen würde, obendrein völlig ausgefranst und ausgewaschen. Die schlabbrige Jogginghose war auch nicht besser. An den Füßen trug sie billige Flip-Flops, die jedem Mallorca-Touri-Klischee gerecht wurden, und kontrastierend dazu dicke graue Wollsocken. Der Rest von ihr war allerdings ziemlich ansehnlich. Schlank, beweglich und biegsam, wahrscheinlich ihr ganzes Leben hindurch an körperliche Arbeit gewöhnt. Die lockige, pechschwarze Mähne zu einem gewaltigen Pferdeschwanz gebündelt. Und natürlich riesige braune Augen.

Rosa empfand ihre Schwäche für braune Augen geradezu als abartig. Weltweit gesehen hatten über neunzig Prozent aller Menschen diese Augenfarbe. Völlig unmöglich, dass das alles kleine Engel sein sollten. Aber sie konnte nichts dagegen tun. Sie fand sie einfach schön und anrührend.

Der feindselige Blick zur Begrüßung setzte einen Schlussstrich unter diese Gedanken.

„He, keine Angst. Sag mir bloß, wo ich Henk finde."

Das Mädchen schien für ein paar Sekunden zu zögern, machte eine knappe Kopfbewegung und setzte sich in Gang, wobei sie den Eimer mit zwei hängenden Armen vor sich herschleppte. Rosa folgte ihr durch das rückwärtige Stahltor ins Freie.

150

Sie betraten eine verwilderte Grünanlage, deren hohes Gras teilweise mit Büschen und jungen Bäumen gesprenkelt war. In der Nachmittagssonne hätte das Plätzchen ein geradezu idyllisches Bild geboten, würde sich im Hintergrund nicht der gewaltige Bogen der Köhlbrandbrücke wölben.

Vor einer eigenwilligen Zeltkonstruktion aus dunkelgrauen Planen machte sich ein Mann an einem Eisenrost zu schaffen, das auf einem offenen Benzinfass platziert war, um als Grill zu dienen. Er trug einen langen schwarzen Mantel und auf dem Kopf etwas, was vor Jahrzehnten vielleicht einmal ein Anglerhut gewesen war und die wirre graue Mähne nicht nennenswert bändigen konnte. Sein Gesicht war von knapp unterhalb der Augen bis zum unteren Halsrand sehr gleichmäßig mit Pfeffer-und-Salz-Bartstoppeln bedeckt. Er begrüßte sie mit perfektem Pokerface.

„Rosa! Ich kann mir nicht vorstellen, dass dich der Hunger hierhertreibt!"

Mittlerweile hatte das Mädchen den Wassereimer auf den Boden abgestellt und wie um Halt zu suchen die Hand auf den Griff eines Einkaufswagens gelegt, den jemand vorm Zelt geparkt hatte.

Neben ihr hatte sich eine zweite Frau aufgebaut, die der anderen sehr ähnlich war, nur dass sie einen komplett schwarzen Jogginganzug trug. Beide verfolgten die Besucherin mit Blicken, die äußerstes Unbehagen verrieten.

„Tja, Henk, am besten, ich komme gleich zur Sache. Vor ein paar Wochen hatte ich hier beruflich zu tun. Und weißt du was? Beim Rundgang ist mir ein Zelt aufgefallen, das dem hier auffallend ähnlich sieht. Ist es möglich, dass das hier deine neue Wohnanschrift ist?"

„Wen interessiert das? Es hat uns gefallen, unseren Sitz in die Sommerresidenz zu verlegen. Na und?"

„Eine Residenz für jede Jahreszeit? Nicht schlecht für jemanden, der nur besitzt, was er am Leib trägt."

Ob er die Anspielung verstanden hatte? Seine Miene zeigte keine Reaktion. Aber bei einem Profi wie Henk hieß das wahrscheinlich, dass er sehr gut verstanden hatte.

Man erzählte sich, dass er in seinen Mantel Kreditkartenchips in Millionenhöhe eingenäht hatte. Als junger Mann galt er im Milieu als *der* Kandidat für alle Arten von kleinen Jobs. Aber auch jetzt sollte er noch viele gute Verbindungen haben.

„So ist es! Was kann ich für dich tun?"

„Vor allem hätte ich gern gewusst, wie es dem guten alten Radoslav geht!"

Für einen Moment stocherte Henk mit der Grillzange in den Fleischstücken. Dann hob er den Blick in Richtung Mädchen.

„Lamia, Fershte. Ihr könnt jetzt in die Stadt gehen!"

Während er beobachtete, wie die beiden davontrotteten, hatte Rosa ihren Blick weiterhin fest an ihn geheftet. Ungeduldig trommelten ihre Finger gegen die Hosennaht.

„Ja?"

„Tu mir leid. Der Name sagt mir nichts!"

„Das ist schade. Und ziemlich ungünstig für dich. Könnte deinen alternativen Lebensstil in Frage stellen."

„Ach ja? In welcher Weise?"

Seine Antwort klang angriffslustig, während er ein überhebliches Grinsen präsentierte.

„Zum Beispiel könnten meine Kollegen das komplette Gelände räumen und absperren. Ein Anruf genügt."

Das Grinsen hielt.

„Vielleicht würde es sich auch lohnen, noch einmal einen Blick auf die Aufenthaltstitel deiner jungen Assistentinnen zu werfen."

Das Grinsen wurde minimal schmaler.

„Oder wir rollen gleich mit einer Hausdurchsuchung an und stellen ein paar Sachen sicher. Zum Beispiel deinen Mantel!"

Das Grinsen ging in ein breites Lächeln über. „Rosa, Rosa! Was bist du nur für ein garstiges Kind! War die Welt wirklich so schlecht zu dir? Okay, was willst du hören? Mein Namensgedächtnis ist wirklich miserabel. Alles, was ich weiß, ist, dass hier ab und zu jemand aus der Innenstadt auftaucht und ein paar Sachen zwischenlagert. Mehr kann ich nicht sagen. Bin ich jetzt entlassen?"

Rosa spürte, wie ihr das Blut in den Kopf schoss und an den Ohrläppchen kitzelte. Wie sollte sie das Ganze verstehen? Dass Gratanovic diesen Schuppen als Depot nutzte? Das war mehr, als sie erwartet hatte. Wahrscheinlich war er dann auch an der Verschiebung der Illegalen beteiligt.

Obwohl sich Henk sehr verklausuliert ausgedrückt hatte: Wenn sie nur eine Sekunde darüber nachdachte, war absolut klar, was er ihr da gerade stecken wollte. Warum tat er das? Auch in der Hamburger Unterwelt galt so etwas wie das Gesetz des Schweigens. Man verpfiff sich nicht gern gegenseitig. Außer, es sprang wirklich etwas dabei raus. Aber welchen Vorteil könnte er hier wittern? Wollte er das Fabrikgelände für sich allein?

Vielleicht war es sogar Henk selber, der hinter den anonymen Anrufen steckte, die sie damals überhaupt erst auf die Spur der Menschenschieber gebracht hatten, blitzte es in ihrem Kopf auf. Am liebsten hätte sie laut losgelacht. Mit äußerster Anstrengung zwang sie sich zu Coolness.

„Hmm. Ist das alles? Nicht gerade überwältigend für die *gewöhnlich gut unterrichteten Kreise.*"

„Du bist ganz schön anspruchsvoll."

„Okay, lass gut sein. Hier!" Sie kramte in ihrer Jackentasche und zog ein Mobiltelefon hervor, das sie ihm reichte. „Kannst du behalten. Meine Nummer ist schon eingespeichert. Gib Laut, wenn du etwas Interessantes beobachtest. Bin jederzeit erreichbar."

Skeptisch beäugte Henk das Handy in seiner Hand. „Mann, ist ja noch nicht mal ein Smartphone! Musst wohl sparen, wie? "

„Sparsamkeit ist eine Tugend. Wusstest du das nicht?"

„Na ja. Ich werd's den Mädchen geben. Die können soundso besser damit umgehen."

Ein paar Minuten später fädelte sich Rosa wieder auf die Bundesstraße ein. Die Menschen konnten sehr verschiedene Wege gehen, dachte sie. Die einen kamen im durchgestylten Ambiente mit blitzenden Espressomaschinen nach oben, umzingelt von lauter feisten Business-Physiognomien. Die anderen in einem Schrotthaufen, dafür umgeben von braunen Augen. Und wie war das mit ihrer eigenen Karriere? War sie vielleicht zu ehrgeizig? In einer ruhigen Minute würde sie einmal darüber nachdenken. Aber erst einmal musste Gratanovic dran glauben.

🐘 24 🐘

Radoslav Gratanovic ging näher an den Badspiegel heran, zog die Oberlippe hoch und befingerte die abgebrochene Stelle an einem seiner Eckzähne. Das sah nicht gut aus – das sah eindeutig nach Schlägerei aus. Aber er hatte sich immer noch nicht entscheiden können, ob er das fehlende Stück Zahn mit Porzellan oder in Gold ergänzen lassen sollte.

Außerdem hatte er Schiss. Schon der Geruch in Zahnarztpraxen löste bei ihm extremen Widerwillen aus, hörte er dann auch noch das Surren der Bohrer aus den Behandlungsräumen, konnte er Panikattacken nur schwer wegdrücken. Mehrfach war er im Wartezimmer wie fremdgesteuert aufgesprungen und weggerannt. Trauma, Böse, böse Erinnerungen an seine Kindheitstage in Bulgarien. Mit den Bohrern, die dort benutzt wurden, hätte man Betonwände zerlegen können.

„Wann kommt die denn endlich zurück?" Gratanovic knurrte ungeduldig vor sich hin. Kurz nachdem er aufgestanden war, es war so gegen Mittag gewesen, hatte er das Klappen ihrer Wohnungstür gehört und durch den Spion gesehen, wie sie mit eiligen Schritten in Richtung Treppe lief. Er schaute auf seine Rolex. Was machte die Tusse so lange? Gratanovic versuchte fluchend, sich ein

Handtuch um die Hüfte zu binden, was sich als schwierig erwies. Nicht mal anständig große Frotteetücher hatte die Schwuchtel Klosterfeld in ihrer bescheuerten Wohnung.

Diese durchgeknallte Einrichtung! Er hatte schon so einiges gesehen, aber dies hier?! An die letzte Nacht wollte er nicht denken. Nicht jetzt. Er griff sich in den schmerzenden Rücken und ging vom Bad durch den kleinen Flur ins Wohnzimmer. Kaputt war noch untertrieben dafür, wie er sich gestern gefühlt hatte nach dem Tag auf der Veddel. Den ganzen Scheiß ab- und einladen, dem Fahrer der Sendung als er frech wurde eins auf die Fresse geben und dann noch hier in diese Idiotenbude einziehen. Ein paar reichliche Wodka Lemon, eine Hand voll Glückspillen, dann hatte er sich aufs Bett fallen lassen und war gleich wieder aufgesprungen, beziehungsweise hinauskatapultiert worden.

Uuuuuaaah!

In seinem müden und vernebelten Kopf dauerte es eine Weile, bis ihm klar wurde, wo er gelandet war.

Auf dem beschissenen Sofa hätte er erst recht nicht liegen können. Herzform! Aalglatter Seidenbezug. Ein Riesending auf hohen Beinen, knallrot. Die grelle Farbe dieses Monstermöbels erinnerte ihn an die Powerdrinks in der Muckibude. Ihm war schlecht. Er wollte sich hinlegen, aber um darauf zu schlafen, hätte er sich rundbiegen müssen.

Also zurück auf die Hüpfburg. Am schlimmsten war das Geglucker von diesem verdammten Wasserbett gewesen. Wer kaufte so etwas? Wollten die alle zurück in Mamas Gebärmutter? Vielleicht wäre die Embryostellung einen Versuch wert gewesen, aber um zu denken, war er zu bedröhnt.

Jetzt, am Morgen, knirschten seine Rückenwirbel noch immer. Er lauschte, ob sich im Hausflur etwas tat, stieg auf das Sofa vor dem Fenster, beugte sich über die herzförmige Lehne und schaute hinaus in den Garten und auf den Weg, der zum Hauseingang führte. Die Mewes war immer noch nicht in Sicht.

Verzerrte Schatten von letzten Herbstblättern an den Bäumen tanzten auf dem roten Liebesthron. Gratanovic rieb sich die Augen, das vertrug er noch nicht. Ob der Typ es hierdrauf trieb? Genau vor dem Fenster? Warum hatte der keine Gardinen? Pervers, wollte der, dass man ihm dabei zusah? Von der Straße aus musste der Blick in das Fenster wie eine Bühne wirken.

Gratanovic ließ sich auf die Sitzfläche runterrutschen. Arschglatt, der Stoff. Hierdrauf ficken? Dann noch besser das gluckernde Trampolin im Schlafzimmer. Er musste lachen bei der Vorstellung, zündete sich eine Zigarette an und ließ seinen Blick durch das Zimmer wandern. Er nahm einen der Teddys von der Sofalehne und blies den Rauch unter die krachlederne Trachtenhose des Kuscheltiers und auf die Sofakissen. Das wird dem Klosterfeld schön stinken, grinste er.

Am Schrank hing ein Dirndlmodell, passend zur Teddyverkleidung, aber in Männergröße. Es war aus weißem Baumwollstoff mit roten Herzchen genäht und mit einer roten Schürze dekoriert. An einem Bügel hinter dem Kleid hingen ein komplett ausgepolsterter Push-up-Büstenhalter und eine Packung breites Hansaplast-Pflaster.

Schon wieder rote Herzen. Pfff ... Gratanovic betrachtete die Pflasterpackung. Klebten die Tunten sich damit die Schwänze platt, falls ihnen einer unter den Rock griff? Er stellte sich vor einen Spiegel und hielt sich das Dirndl vor die Brust. Das war eindeutig nicht seine Größe. Klosterfeld, der Hänfling, passte da wahrscheinlich rein.

Gratanovic drehte sich, brachte den Rock in Schwingung und lachte. Überall hingen Spiegel, er sah sich von der Seite und seinen nackten Po von hinten. Vor Lachen wäre ihm beinahe die Zigarette aus dem Mund gefallen. Dann sah er noch etwas anderes: Scheitelfrisur, Augenbrauen, spähender Blick – gespiegelt von gespiegelten Spiegelungen.

Oha! Gratanovic stürzte ins Bad, knallte die Tür hinter sich zu. Er hatte genug gesehen, um zu erkennen, wer das war: Dieses neugierige Arschgesicht von Hausmeister. Der hatte ihm gestern schon aufgelauert, als er seine Sachen in Klosterfelds Wohnung trug. Wie viel konnte der gesehen haben? Er musste ziemlich weit entfernt gestanden haben, um in die Wohnung blicken zu können. Außerdem verdeckte der Herzthron vor dem Fenster die Sicht ins Wohnzimmer wenigstens teilweise.

Gratanovic versuchte sich zu beruhigen. Wenn der nur seinen nackten Arsch gesehen hatte, so what? Vorsichtig öffnete er die Badtür, spähte durch den Flur zum Wohnzimmerfenster. Wie es aussah, hatte der Waldschrat sich verzogen.

Dann hörte er Schlüsselklappern an der gegenüberliegenden Wohnungstür. Die Mewes war zurückgekommen.

Jetzt aber schnell. Zeit, sich anzuziehen. Er rupfte die Plastikhülle von einem neu gekauften Hemd: hanseatisch dezente Streifen. Er pulte die Stecknadeln und die Kragenversteifung heraus. Frische, gestärkte Hemden machten immer einen seriösen Eindruck. Größe XL, trotzdem spannten die Ärmel an den Oberarmmuskeln.

Gratanovic versuchte die Ärmel hochzuziehen. Das sah nicht so toll aus, musste aber gehen. Sollte er besser ein Jackett darüberziehen? Das hatte er noch von seiner letzten Gerichtsverhandlung. Er entschied sich dagegen. Es hätte dann doch zu offiziell ausgesehen für eine kurze Antrittsbegrüßung.

Er musste behutsam vorgehen. Ordentlich geputzte Schuhe, nicht zu viel Gel in die Haare und es auch mit dem Rasierwasser nicht übertreiben. Das hatte ihm seine Anwältin verklickert.

„Auch Richter lassen sich von Äußerlichkeiten in ihrem Urteil beeinflussen. Wenn Sie schon aussehen wie ein Ganove, ist das sehr ungünstig", hatte sie gesagt und war mit ihm einkaufen gegangen.

Gratanovic gurgelte noch schnell mit Mundwasser gegen den Nikotin- und Alkgeruch. Na denn! Los jetzt.

Er drückte den Klingelknopf und hörte ein leises Rascheln.

„Ja bitte, wer ist da?" Irene schaute durch den Spion.

„Gratanovic mein Name. Möchte ich mich kurz vorstellen. Wir sind Nachbarn. Also, vorübergehend. Wohne für eine Zeit lang bei Herrn Klosterfeld. Also, in seiner Wohnung, nicht mit ihm", fügte er schnell hinzu. „Hausmeister weiß Bescheid."

Klosterfelds Wohnungstür stand halb offen, so viel konnte Irene durch den Spion erkennen. Dann sagte der Mann wohl die Wahrheit, dachte sie und öffnete zögerlich. Vor ihr stand ein bulliger Kerl, gespaltenes Kinn und eine verbeulte Nase, schweinerosa Teint. Aber seine kleinen Augen leuchteten hellblau, freundlich und ein wenig unsicher, wie ihr schien.

Sie unterdrückte ein Lachen: Der sah ja aus wie der Meister Proper oder wie einer dieser Comic-Muskelmänner, die sie aus dem Fernsehen kannte.

Das Fernsehgerät, immer noch nicht repariert, funkte es durch ihren Kopf. Gerade als es klingelte, hatte sie zu x-ten Mal vergeblich an den Steckern und Kabeln gerüttelt ...

Gratanovic spähte in Irenes Flur. Auf einem Regal standen Schuhe nach Größe und Jahreszeiten geordnet, darüber waren Handtaschen aufgereiht. Garderobenhaken, ein ovaler Messingspiegel, darunter eine Ablage mit Kamm und Bürste.

Er holte tief Luft, so viel Ordnung machte ihn beklommen – trotz der wild gemusterten Tapete an den Wänden, die der fast schon penetranten Aufgeräumtheit des Flurs auf erstaunlich fröhliche Weise optisch widersprach.

„Darf ich einen Augenblick reinkommen? Fragen, wie die Hausordnung ist? Wie sind die Nachbarn? Sie ist sehr nett, sehr charmant, die Frau Mewes, hat Herr Klosterfeld mir erzählt", log Gratanovic.

„Na ja." Irene trat zurück, sodass er sich traute den Flur zu betreten, nachdem er schnell Klosterfelds Wohnungstür zugezogen und sich umständlich seine glänzend sauberen Schuhe auf der Matte vor der Tür abgeputzt hatte.

„Wo ist denn der Herr Klosterfeld?", fragte Irene.

Ein unbehagliches Gefühl beschlich sie. Das eigenartige Päckchen, das sie für ihn angenommen hatte. Seit dem Tag war er hier nicht mehr aufgetaucht. Die Diamanten ...

„Nur ein bisschen Urlaub, kommt bald zurück", unterbrach Gratanovic ihre Gedanken mit dem unschuldigsten Augenaufschlag, zu dem er fähig war. „Wir haben uns im Fitness-Club kennengelernt. Ich muss noch eigene Wohnung finden, ist nicht so leicht in Hamburg. Für Ausländer", fügte er hinzu und schielte ins Wohnzimmer, wo er nur zu gerne hinwollte.

Klosterfeld ist nicht verreist, funkte es Irene durch den Kopf. Klosterfeld hat Angst und ist bei Betty untergekrochen.

„Was ist mit dem Fernseher?" Gratanovic deutete auf die Grisselpunkte auf der Mattscheibe des Geräts.

„Fernseher?" Irene schreckte aus ihren Gedanken. „Wenn ich das wüsste. Da geht gar nichts mehr."

Sekundenschnell war Gratanovic im Zimmer, zog den Strom- und den Antennenstecker aus der Wand, griff den Fernseher mit einer Leichtigkeit, als sei er ein Schuhkarton, und bugsierte ihn an Irene vorbei.

„Aber, Herr Gra-, was machen Sie denn da?" Irene war zu perplex, um dazwischenzugehen.

„Kein Problem, Frau Nachbarin, 'n Freund von mir repariert. Morgen bringe ich ihn zurück. Und dann erzählen Sie mir von Haus hier, gnä' Frau. Okay?!"

🐘 25 🐘

Irene Mewes pickte mit dem Zeigefinger gedankenverloren auf dem Teller herum. Es war ein Tag ohne Verpflichtungen und sie hatte lange geschlafen, länger, als sie es sich früher erlaubt hätte. Sie saß in einem verwaschenen, hellblauen Frotteemantel am Frühstückstisch, vor sich ein bekrümelter Brotteller und eine noch halb volle Kaffeetasse.

Sie hatte nicht übel Lust gehabt, sich einfach vor den Fernseher zu setzen und mal etwas Teleshopping zu gucken beim Frühstück, doch dort, wo sonst ihr TV-Gerät stand, ihr vormals funktionierendes TV-Gerät, fand sich nur ein heller, rechteckiger Streifen auf der Maserung der Konsole.

Deshalb versuchte sie nun, die Aussicht aus dem Fenster zu genießen. Schön grün war es hier.

Durch die Hofeinfahrt konnte sie ein Stück in die gegenüberliegenden Kleingärten blicken, in denen sie so gern spazieren ging. Hoffentlich blieben die noch lange erhalten.

Von dort kam wahrscheinlich auch das Eichhörnchen, das sie nun mit den Augen verfolgte, wie es hier im Vorgarten nach Proviant für den Winter suchte. Es war offensichtlich früher aufgestanden als sie, denn es schien bereits die volle Betriebstemperatur erreicht zu haben. In hektischen kleinen Bocksprüngen fuhr es herum, hatte plötzlich etwas mit dem Schnäuzchen gepackt und machte sich daran, das Fundstück mit den Vorderpfoten in den Nachtigall'schen Premiumrasen zu rammen.

Irene sah genauer hin. Was hatte es da gefunden? Grau und scharfkantig, sah es eher nach einem Stein aus denn nach etwas Essbarem.

„Steinchen verstecken, klar", murmelte Irene grimmig. „Glaubst wohl, damit kannst du noch ein gutes Geschäft machen?" Bei dem Tier musste es sich um ein Männchen handeln. Womöglich um den kleinen Hooligan, der ihr mal das Wohnzimmer markiert hatte?

Irene seufzte. Jans Bitte, am Wochenende doch mal wieder in der WG vorbeizuschauen, war schmeichelhaft, aber durchschaubar gewesen. Nein, sie wollte Enrico jetzt nicht unter die Augen treten.

Und dieser Gratowitsch? Ob der Wort halten würde und ihren Fernseher wiederbrachte? Eigentlich sollte sie ihn nicht noch einmal in die Wohnung lassen – so ein komischer Typ. Gar nicht einfach, sich die Kerle vom Hals zu halten. Wer hätte das gedacht. Ihr Blick wanderte unschlüssig zur verwaisten Konsole. Wenn sie schon ihr Leben neu ordnete, könnte sie natürlich auch aufs TV verzichten. Aber auf Jan Hofer? Der hatte ihr schließlich nichts getan.

Mitten in diese Überlegungen hinein schellte die Türglocke. Irene sprang auf, ihr Herz pochte. Wer konnte das sein? Sie zog den Gürtel ihres Bademantels fester und schlich zur Tür, um einen Blick durch den Spion zu werfen.

Was sie sah, war ein überdimensionaler Pappkarton, der an den unteren Ecken von weißen Fingerknöcheln umklammert wurde. Es schien der Paketbote zu sein. Aber sie erwartete doch nichts? Irene öffnete zögernd die

Wohnungstür und begann: „Für die Nachbarn kann das leider nicht ...“

Weiter kam sie nicht, denn der Karton setzte sich in Bewegung, Irene sprang zur Seite und in der nächsten Sekunde kippte er quasi mit Gratanovic im Schlepptau in ihren Flur.

„Oooioioi, verzeihen Sie, meine liebe Frau“, stöhnte Gratanovic. Er hatte das sperrige Paket mit einem Grätschsprung zu Boden gleiten lassen und rappelte sich nun unbeholfen wieder auf.

„Was soll das, Herr Gratowitsch? Was haben Sie denn da?“

„Gratanovic, Geehrteste“, korrigierte er mit einem charmanten Lächeln und beugte sich vor, wobei er den Unterarm wie eine Ballerina vor dem Bauch anwinkelte. Irenes Blick blieb kurz an seinem abgebrochenen Eckzahn hängen. Dann sah sie weiter hinunter. Er trug dieselbe Kleidung wie am Vortag, und diesmal schienen seine Hemdsärmel über den Armmuskeln fast zu zerreißen.

„Und das“, nun schwang sein Arm über den Karton hinweg, „ist Ihr neuer Fernseher.“

„Ich verstehe nicht! Das flache Paket ist doch nicht – “

„Ein Flachbildschirm! Plasma. Das Neueste vom Markt. Sehen Sie, das alte Gerät – nichts mehr zu machen. Kaputt, sagt mein Freund. Lohnt nicht Reparatur. Aber Sie haben so ein Glück, er hat mir ein Ausstellungsstück gegeben. Hat nur eine kleine Schramme! Aber kostet fast nix!“

Irene beäugte das Paket kritisch.

„Mache Ihnen einen Vorschlag! Sie testen das Gerät übers Wochenende. Ich richte die Sender ein, Sie gucken.

Gefällt er Ihnen nicht – geht er zurück. Aber er wird Ihnen gefallen! Der Preis auch!"

Der zerbeulte Meister Proper strahlte sie an. Irene fühlte sich, als wäre sie plötzlich als Komparsin im Teleshoppingkanal gelandet.

„Na ja", meinte sie unschlüssig, „hier im Flur kann er aber nicht liegen bleiben ... "

Radoslav Gratanovic nahm das als Aufforderung, den Apparat ins Wohnzimmer zu schaffen. Sofort machte er sich daran, ihn samt Zubehör auszupacken und einzustöpseln.

Irene ließ sich überrumpelt auf den Stuhl am Frühstückstisch fallen und sah auf ihre nackten Knie hinunter.

Beschämt klappte sie den Kragen ihres Bademantels hoch. Doch zugleich begriff sie, dass sich vor ihren Augen gerade eines ihrer Probleme löste. Immerhin eines.

„Möchten Sie vielleicht Kaffee?", fragte sie, nur um etwas zu sagen. Dann hob sie die Kanne an, die auf dem noch nicht abgeräumten Frühstückstisch stand. So gut wie leer.

„Seehr gern!"

Zehn Minuten später standen zwei dampfende Tassen auf dem Tisch. Irene hatte frischen Kaffee aufgebrüht und die Gelegenheit genutzt, sich schnell umzuziehen.

Gratanovic hatte die Gelegenheit genutzt, in ihrer Abwesenheit all die bulgarischen Flüche auszustoßen, die ihm angesichts der vielen winzigen Buchsen und Stecker an dem gottverdammten Glotzkasten in den Sinn kamen. Nun saß er breitbeinig auf dem Stuhl neben ihr. In einer

Hand hielt er die Fernbedienung, deren Funktionsumfang er gerade am laufenden Objekt vorgeführt hatte. Seine andere Hand umfasste ungerührt das kochend heiße Porzellan.

„Vorsicht, die Tasse!", rief Irene erschrocken.

Gratanovic begriff nicht. „Was denn?", fragte er. „Erbstück?"

„Nein, heiß!"

Nun grinste er. Er nahm lässig einen großen Schluck und stellte die Tasse langsam zurück auf den Tisch. Dann ballte er eine Hand zur Faust und boxte sich damit in die Innenfläche der anderen Hand.

„Keine Sorge, Frau Nachbarin. Das ist dicke Haut. Vom Beruf."

„Ach, was machen Sie denn?"

Gratanovics Blick verfinsterte sich. „Als ich jung war, war ich Sportler in Bulgarien. War im Olympiakader! Habe Talent vom Vater. Er war serbischer Ringer. Aber dann kamen die politischen Umbrüche ... und bevor ich mich beweisen konnte, wurden die Karten neu gemischt. Andere hatten das Sagen. Ich war nicht mehr dabei."

Er schwieg einen Moment und fuhr dann fort: „Jetzt bin ich nur noch stundenweise Trainer für Fitness. Und Kampfkunst."

Irene sah ihn betroffen an.

„Stimmt, so was sagten Sie gestern ... und daher kennen Sie Herrn Klosterfeld? Würde man gar nicht denken, dass der so trainiert – so wie Sie." Ihr Blick blieb wieder an seinen Armen hängen.

„Patrick macht Hobby. Muss noch viel lernen. Da bin ich wie ein Vater für ihn!"

Irene sah ihn groß an. „Wie ein Vater? Sie?"

Gratanovic wuchtete seinen Oberkörper vertraulich in ihre Richtung und senkte seine Stimme. „Wissen Sie. Im Training, da lernt man den Menschen kennen. Und unser Patrick kämpft. Verzweifelt. Will lernen, sich zu wehren. Ich mache mir Sorgen. Hat er falsche Freunde? Hat Angst um seine Wohnung, wenn er weg ist? Vielleicht hat er mich deshalb angerufen und gebeten, zieh hierher?" Gratanovic sah Irene eindringlich an, fast schien er sie zu prüfen.

Irene wand sich etwas unter diesem Uri-Geller-Blick. Bloß nicht an Betty denken jetzt! Der nackte Mann unter der Dusche ... Wer weiß, wie das alles zusammenhing.

Dann wagte sie die Flucht nach vorn.

„Sie haben also gar keine Idee, wo der junge Mann ist? Vielleicht hat er, äh, das Land verlassen?", fragte sie unbeholfen und bemüht, die Vokale etwas zu dehnen, um mindestens so besorgt zu klingen wie Gratanovic.

Der aber deutete nur ein Kopfschütteln an.

Irene sah vor ihrem inneren Auge wieder die Tür zu Klosterfelds Wohnung, aus der ein blutiges Rinnsal floss. Sie schüttelte sich unmerklich.

Sollte sie am Ende doch froh sein, dass Herr Gratowitsch hier war?

In diesem Moment erhob sich ihr Gast plötzlich.

„Muss jetzt aber gehen, Gnädigste! Am Wochenende kommen die Büromenschen ins Studio. Und Sie testen das Gerät. In aller Ruhe! In ein paar Tagen sehen wir dann, ob Sie es behalten wollen. Abgemacht?" Er zwinkerte ihr vertraulich zu.

„Ja", sagte Irene matt. „Abgemacht."

Jetzt war das Maß voll. Er bemühte sich nicht mehr, unauffällig vorzugehen. Die polternde Papiertonne vor sich herschiebend, folgte Hausmeister Wilm Nachtigall dem Prospektausträger in einem Abstand von zwei Hauseingängen.

Sollte er je gedacht haben, dass der Vormarsch der digitalen Medien die Sintflut an Prospekten in der Vorweihnachtszeit eindämmen würde, so wurde er hier gründlich eines Besseren belehrt. „An alle Haushalte" hieß in der Praxis nichts anderes als „In alle Hauseingänge" und war gleichbedeutend mit verstopften Fluchtwegen. Deshalb war es quasi feuerpolizeilich geboten, unverzüglich zu handeln.

Den Austräger, einen verhärmten, dunkelhaarigen Mann in Wilms Alter, schien dies nicht zu irritieren. Stoisch griff er unter die Plane seines Bollerwagens und beförderte einen armdicken Packen roter Hochglanzblätter mit Schwung auf den Stufenrost von Nummer 8. Sie waren bedingt durch einen zusätzlichen Einleger uneben, und so zerfloss der Stapel sogleich über den gesamten Eingangsbereich. Dann klappte der Austräger die Plane zur anderen Seite und wiederholte den Vorgang mit einem Stapel grüngoldener Broschüren. Zeitgleich bückte sich Wilm vor Nummer 4 hinunter und verwandelte Kraft seines Amtes erst die grüngoldenen, dann die roten Verbraucherinformationen in Altpapier.

So hätten sie in wenigen Minuten gemeinsam die Anlage durchschritten, wenn nicht in diesem Moment Ra-

doslav Gratanovic von der linken Seite und Irene Mewes'
aufschwingender Wohnzimmerfensterflügel von der
rechten Seite in Wilms Blickfeld geraten wären.

Irene beugte sich aus dem Fenster und winkte den
neuen Untermieter zu sich. In der Hand hielt sie ein kleines, dunkles Dings – ein Mobiltelefon vielleicht? –, mit
dem sie beim Sprechen in ihr Wohnzimmer hineindeute-
te.

Wilm versuchte, einige Worte aufzuschnappen, doch
er war zu weit weg. Sehr vertraulich kam es ihm allerdings vor und das Letzte, was der Mann mit der Knollen-
nase zu Irene sagte, bevor sie das Fenster wieder schloss
und er in Richtung Haustür abdrehte, klang eindeutig
wie „Komm gleich gucken".

Und dann – es war kaum zu glauben – versetzte er
dem Stapel, den der Austräger erst eine Minute vorher
vor dem Haus platziert hatte, einen Fußtritt, sodass sich
das bunte Papier auf dem Rasen vor Nummer 8 verteilte
wie Lametta auf einem Christbaum.

Nachdem Wilm seine Fassung wiedergefunden hatte,
machte er sich daran, die Bescherung einzusammeln.

„Hiergeblieben!", befahl er dabei mehrmals.

Dennoch dauerte es eine Weile. Inzwischen waren
Windböen aufgekommen, die die Broschüren in alle
Himmelsrichtungen wirbelten.

Als er endlich die letzten Reste erwischt hatte, fand
sich Wilm unter Irenes Fenster wieder. Hinter dem halb
zugezogenen Voile flackerte es und Wilm schaute unwillkürlich hinein.

In der gemütlich beleuchteten Couchecke sah er Irene
und diesen Grato vor einem Fernseher sitzen. Er war

flach und funktionierte offensichtlich einwandfrei. Irene schien über irgendetwas zu kichern. Dazu knuffte sie ihrem Nachbarn mit zarter Faust in den Oberarm. Der hatte sich die Fernbedienung gegriffen und drückte wichtig darauf herum.

Wilm prallte zurück. Wie viele Male hatte er sich in der Kaffeepause genau dies ausgemalt: Irene Mewes auf dem Sofa, vor einem schwarzglänzenden TV, das ihm Artjom organisieren würde. Das sie vor ihrer Tür fände, ohne Absender, und er hätte ganz überrascht getan, wenn sie ihm vielleicht davon erzählte.

Und nun war dieser ... Grato keine zehn Tage hier und hatte genau das getan und, mehr noch, saß mit ihr zusammen davor!

Wilms liebster Tagtraum war jäh und brutal zerstört worden. Er zog sich langsam vom Fenster zurück, griff zur Papiertonne und ging zum nächsten Hauseingang. Ich sollte mich auf meine Arbeit besinnen, dachte er resigniert. Die Hausverwaltung, fiel ihm wieder ein, hatte um Reinigung der rückseitigen Kasematten gebeten. Das würde ihn eine Weile beschäftigen.

🐘 27 🐘

Jan schob den abgegessenen Teller ein wenig zur Seite, lehnte sich zurück, streckte die Beine unter dem Tisch aus und schaute mehr als gesättigt und leicht bierduselig aus den Panoramafenstern der Strandlust.

„Na, wie es aussieht, hat es dir geschmeckt, Jan." Nadines Vater lächelte in die Runde. „Und, wie gefällt dir Vegesack? Ist doch nett hier – oder?"

„Ja!" Nadines Mutter nickte enthusiastisch. „Der Blick auf die Weser und die Fähre nach Lehmwerder rüber, das ist immer wieder schön. Sogar die eingebildeten Bremer aus dem Nobelviertel Schwachhausen müssen ja zugeben, dass Vegesack einen ganz besonderen Reiz hat. Das Wasser, die Schiffe und die netten alten Kapitänshäuser, das hat was. Ihr Hamburger kennt das doch auch, Jan. Also, ich sag mal so, Vegesack ist sozusagen das Blankenese von Bremen. Stimmt doch, oder?"

„Mama, mit Blankenese kann man Vegesack nun wirklich nicht vergleichen!"

„Na", grinste Nadines Vater und zwinkerte Jan zu, „dann müssen wir euch wohl mal besuchen und uns das ansehen."

Im Gegensatz zu Nadine hat Jan verstanden, dass ihr Vater nur einen Scherz gemacht hatte. Eigentlich ist der Typ ganz nett, dachte Jan. Und spendabel. Das Brunchmenü im schicken Hotelrestaurant der Strandlust kostete eine Bombe.

Überhaupt, so nervig, wie er es befürchtet hatte, war der Besuch bei Nadines Eltern gar nicht gewesen. Sie hatten es sich auch verkniffen, Jan auszufragen. Er hatte eine Potenzielle-Schwiegereltern-Inquisition befürchtet. Das wäre peinlich geworden. Erstens hatte Jan nur eine sehr vage Vorstellung von einer gemeinsamen Zukunft mit Nadine und zweitens gab es auch von seinen persönlichen Zukunftsplanungen kaum Konkretes zu berichten. Er hatte ganz freimütig und ehrlich von den Vorstellungen seiner Mutter Betty erzählt, aber bei seinen Wunschvorstellungen dann ziemlich herumgeflunkert. Ein Betriebswirtschaftsstudium würde ihn schon interessieren, aber seine wahre Leidenschaft läge im Bereich der Biochemie.

Sogar das Märchen von Experimenten für ökologischen Klebstoff aus Pilzen, welches er sich für Tante Irenes neugierigen Hausmeister ausgedacht hatte, tischte er Nadines Vater auf. Sein Fachchinesisch über Psilocybin, Indolalkaloide und Tryptamine hatten offensichtlich Eindruck gemacht.

Auch die Mutter schien es locker zu nehmen, dass Jan bislang nur in einem Ökoladen jobbte, obwohl Nadine andeutete, was bei Enrico hauptsächlich über den Ladentisch ging. Um seinen Chef etwas seriöser wirken zu lassen, deutete er an, dass Enrico Nadine ein Praktikum vermitteln könnte – über seine Kontakte in die Ottenser Kreativ-Szene. Nadine hatte erstaunt geguckt, die Eltern fanden es aber eine prima Idee.

Sie fanden auch nichts dabei, als Jan seinen Rucksack demonstrativ in Nadines Zimmer stellte. Ein gemütliches kleines Nest unter dem Dachgiebel war das. Schön weit weg vom Elternschlafzimmer. Allein dafür hatte sich die Fahrt schon gelohnt.

Auf der Hinfahrt hatte sich Jan allerdings schon nach ein paar Kilometern gefragt, warum er sich das antat. Die Eltern besuchen, da könnten sie auch schlafen. Nadine hatte es ihm verkauft als „Ich möchte dir zeigen, wo ich herkomme". „Hamburg ist super", hatte sie gebettelt, „aber Bremen ist nun mal meine Heimat."

„Okay, okay", hatte er sich breitschlagen lassen.

Aber dann ging schon kurz, nachdem die Elbbrücken hinter ihnen lagen, das Gemecker los. Sie wollte unbedingt die langsame Strecke über die Dörfer fahren, weil es auf der Autobahn immer Staus gebe. Dabei hatte er sich darauf gefreut, ihrer alten Karre mal so richtig einzuheizen. Den Motor freipusten. Baujahr 1988, Golf Boston. Lief noch wie 'ne Eins, obwohl Nadine fast nur in der Stadt damit herumgurkte. Wozu sie den Wagen überhaupt brauchte, fragte sich Jan, freute sich aber doch, wenn er mal die Gelegenheit hatte, sich hinters Steuer zu setzen. Und dann musste er Landstraßen entlangschleichen.

Scheiße.

Sie hatte den Golf von ihrer Oma geschenkt bekommen und ihn extra waschen lassen für die Fahrt. Irgendwie ist sie doch spießig, dachte Jan. Die schrägen Jutebeutel, die sie für Enricos Laden genäht hatte, und ihre selbst geschneiderten Klamotten waren schon krass, aber das Auto waschen und polieren? Was sollte das denn? Damit Oma zufrieden war, oder was? Wenn ich die auch noch besuchen soll, ist Schluss, hatte Jan in sich hineingebrummt.

Dann andauernd dieses Gepinkel. Wangersen, Kirchtimke, andauernd musste sie raus.

Während sie hinter Büschen verschwand, konnte er wenigstens mal kurz seine Metal-Mucke lauter stellen. Das passte ihr ja auch nicht. Dabei hatte er schon extra eher sanfte Songs ausgewählt. Gegen *Nothing else matters* von Metallica konnte doch nicht mal das zarteste Gemüt etwas einzuwenden haben, fand Jan. Aber Nadine wollte unbedingt die ganze Special Bonus Edition von Katie Melua hören. 19 Stücke nacheinander. „Ist das romantisch", seufzte Nadine immer wieder. Für Jan war es Hardcore-Gejaule. Er nannte die Sängerin danach nur noch Cat miau, was Nadine überhaupt nicht komisch fand.

Dann kam das Sightseeing-Programm. Bremen rauf und runter. Immer war Nadine etwas Neues eingefallen, was sie ihm unbedingt noch zeigen musste.

„Nette Stadt", musste Jan zugeben. Es lohnte sich schon, sich das anzusehen. Da hatten sie auch viel Spaß. Bei Karstadt in der Obernstraße hatte Nadine plötzlich die Idee, eine Tüte und einen Edding in der Geschenkpapierabteilung zu kaufen. Draußen setzte sie sich auf eine Bank, um Augenlöcher und Öffnungen für Nase und Mund aus der Tüte herauszureißen. Dann malte sie ein Katzengesicht darauf, sich selbst die Nasenspitze schwarz, stülpte die Tüte über den Kopf und sang Lieder von Katie Melua dazu.

„Cat miau, cat miau" trällernd veralberte sie ihren Musikgeschmack und Jans Groll wegen dieser Musik.

Jan grinste in sich hinein: Humor hatte sie immerhin. Außerdem dachte er intensiv an die gemeinsame Nacht in ihrer gemütlichen Dachmansarde, was seine Laune enorm beflügelte, denn auch da war Nadine erfreulich ideenreich.

Die Würstchen vom Bratwurstglöck'l auf dem historischen Marktplatz schmeckten tatsächlich so gut, wie sie es angekündigt hatte. So war alles ganz okay gewesen.

„Zum Abschluss", hatte ihr Vater verkündet, „musst du aber noch unser Vegesack ansehen. Für mich ist das der schönste Ort in Bremen. Anschließend lade ich euch in die Strandlust zum Brunch ein. Na, Nadine, wie findest du das?"

„Großartige Idee", meinte ihre Mutter. „Papa hat heute die Spendierhosen an." Und damit war die Sache beschlossen.

Das Essen war tatsächlich ein Höhepunkt und der Blick auf die Weser auch. Jan schaute zu, wie die Fähre mit lautem Quietschen und Gepolter am Ufer festmachte und Horden von Radfahrern, Wanderer, Frauen mit Kinderwagen und PKWs über den Anleger rumpelten.

„Na, Jan, wie wär's mit 'nem kleinen Verdauungsspaziergang? Die Strandpromenade entlang der Weser kennst du ja jetzt, aber wo die Lesum in die Weser mündet, das müsstest du eigentlich noch sehen. Vegesack war ja mal ein florierender Hafen. Wegen der günstigen Lage."

„Ach, Papa, lass mal. Und wo der Name Vegesack herkommt, kann ich Jan unterwegs erzählen."

Nadine war gerade von der Toilette zurückgekommen und griff nach ihrer Häkeltasche. „Wir wollen ja noch nach Worpswede."

Jan stöhnte innerlich. Worpswede, in diese ehemalige Künstlerkolonie. Auf Museumsschleichgang hatte er jetzt überhaupt keine Lust.

Er sagte aber erst einmal nichts und verabschiedete sich von den Eltern.

„Kommen Sie bald mal wieder." Nadines Mutter lächelte vorwurfsvoll in Richtung ihrer Tochter. Dann bekommen wir unser Kind wenigstens mal zu Gesicht. Sonst lässt sie sich ja nicht blicken."

„Na denn, gute Rückfahrt. Schön, dass ihr wieder zusammengefunden habt." Der Vater klopfte Jan auf die Schulter und gab seiner Tochter einen Kuss auf die Stirn. „Und melde dich mal."

„Worpswede, muss das sein?" Jan legte den ersten Gang ein. „Wo muss ich abbiegen? Können wir nicht lieber zu dieser Grohner Düne fahren?"

Er deutete auf ein Verkehrsschild. „Das ist ja wohl hier in der Nähe. Kann man sich da mal kurz langmachen?"

„Grohner Düne!" Nadine lachte lauthals los. „Da willst du dich hinlegen? Musst du verdauen? Oder ist dir das Bier in die Birne gestiegen? Meine Fresse, du hast aber auch zugelangt."

„Hm, ich platze gleich. So was Gutes bekomme ich ja auch nicht jeden Tag. Echt großzügig von deinem Alten. War schon Extraklasse, das Buffet. Aber jetzt durch Kunstausstellungen schleichen? Ne, wirklich ..."

Das wäre ja noch schlimmer als Cat miau, setzte er gedanklich hinzu.

„Ist gut, wir fahren zur Grohner Düne. Wie der Fresssack es wünscht." Nadine lachte immer noch. „Mal sehen, wo du es dir da zum Verdauen gemütlich machen kannst. Rechts ab, dann sind wir da."

„Wie? Was soll das?" Jan starrte auf ziemlich hässliche Hochhäuser.

„Das, du Blödi, ist die Grohner Düne. Diese geilen Sozialbauten heißen so. Bremer Humor. Toll, was? Und in so einer ruhigen Supergegend. Genau gegenüber von Bahngleisen. Na, wo möchtest du dich denn nun hinlegen? Neben die versifften Mülltonnen? Nun mach schon, leg dich auf den Beifahrersitz und schnarch 'ne Runde. Ich fahr dich nach Worpswede."

Nadine fuhr gemächlich auf kleinen Nebenstraßen, von denen man die Wümme sehen und über das flache Land bis zum Horizont blicken konnte. Diese eigentlich eher karge Landschaft hatte vor allem wegen der fantastischen Wolkenbildungen Künstler fasziniert.

Ihr Vater hatte immer über die Gemälde gefrotzelt, auf denen der Himmel den meisten Raum einnahm. Über dem platten Moor gebe es ja auch nichts zu sehen außer Wolken.

Es war ihr ganz recht, diese Zeit jetzt für sich alleine zu haben. Sollte Jan ruhig noch eine Weile schlafen. Es kam ihr so vor, als sei sie schon seit Ewigkeiten nicht mehr hier gewesen. Früher war sie oft mit den Eltern zum Teufelsmoor und nach Fischerhude gefahren.

Kurz vor dem kleinen Ort rumpelte sie über eine Holzbrücke und stoppte den Wagen. Jan kam von seinem heruntergedrehten Sitz hoch und blinzelte verschlafen aus dem Fenster. „Hier ist doch nicht Worpswede, oder?"

„Ne, noch nicht, aber gleich. Ich dachte, wir machen erst mal 'nen Spaziergang, damit du wach wirst. Ist schön hier. Und das geile Wetter. Guck mal, die Wolken und die morschen alten Weiden am Kanal."

Jan wollte protestieren, aber dann suggerierten ihm die Feuchtwiesen und die alten Weiden etwas, was ihn schlagartig wach werden ließ. Dies ist eine ideale Gegend für den Kahlkopf, funkte es durch seinen Kopf. Er sprang, plötzlich überhaupt nicht mehr schläfrig, aus dem Wagen.

„Okay, überredet, machen wir einen Spaziergang."

Nadine wollte ihm gerade um den Hals fallen und einen Kuss dafür geben, dass er sich ihr zuliebe aufraffen wollte, da hörte sie ihn fragen: „Sag mal, hast du 'ne Tüte oder 'nen Beutel?"

„Wofür denn das?"

„Pilze sammeln. Hier wächst der Kahlkopf bestimmt wie blöd. Jedenfalls wird das Bremer Umland im Internet als sehr fruchtbar für den Pilz erwähnt. In Feuchtgebieten, wo alte Bäume stehen und viel faulendes Holz herumliegt, gedeihen sie besonders gut."

„Der Kahlkopf, aha! Ich könnte kotzen", fauchte Nadine. „Erst erzählst du meinen Eltern diesen Quatsch von deinen Experimenten mit Pilzen für Ökoklebstoff, und jetzt soll ich mit dir durch matschige Wiesen stapfen und in fauligem Holz herumkratzen, damit du irgendwelche Rauschplätzchen backen kannst. Hast du sie noch alle?"

„Verdammt, sei doch nicht so zickig! Was sollte ich deinen Eltern denn sonst erzählen? Dass ich mit Zauberpilzen experimentiere? Die hätten doch von mir gedacht, der Typ ist kriminell.

Und für den Kahlkopf ist das jetzt die ideale Jahreszeit. Mit etwas Glück sammel ich hier eine ganze Tüte voll mit geilen Kahlköpfen. Das wär voll der Wahnsinn! Der Pharmapsychologe Professor Nutt muss für eine einzige Dosis für seine Forschungen über tausend englische Pfund bezahlen. Und hier wachsen die Dinger for nothing!" Jans Blick verlor sich in den Wiesen, die vor ihnen lagen.

„Die Fruchtzeit des Pilzes reicht bis in den Winter, so lange es milde ist. So eine Chance bekomme ich so schnell nicht wieder. Immerhin habe ich mich von dir be-quatschen lassen deine Eltern zu besuchen. Da könntest du ruhig mal etwas Dankbarkeit durchschimmern lassen. Wenn du keine Lust dazu hast, geh ich eben alleine. Kannst dir inzwischen deine Katzenjaulmusik reinziehen."

Jan ging los, ohne sich umzudrehen.

„Oh, ich muss Jan Supertyp dankbar sein! Weißt du was, leck mich doch!"

Nadine setzte sich hinter das Steuer, ließ den Motor an und fuhr los.

🐘 28 🐘

Das Bild war brillant. Leider. Serienstars, die ihr einmal sehr gefallen hatten, beim Würmeressen zu beobachten, war nicht genau das, was sie sehen mochte. Da konnte der Fernseher ihres neuen Nachbarn noch so gute Dienste leisten.

Irene brachte es nicht zustande, das Gerät abzuschalten, aber wenigstens überwand sie sich dazu, den Ton abzustellen. Was stattdessen tun? Da gab es nichts. Bad, Küche, Schlafzimmer – alles fertig geputzt.

Außerdem überkam sie seit einigen Tagen immer wieder dieses eine Bild: Dann sah sie sich auf dem Bahnsteig eines kleinen, altmodischen Provinzbahnhofs. Es war unheimlich still. Kein Mensch weit und breit, kein Zug zu sehen. In beide Richtungen verloren sich die Schienen in der Ferne in ein schweigsames, diesiges Nichts.

Dieses Bild war immer sehr beängstigend. Und hartnäckig. Nichts, was sie dagegen tun konnte. Auch wenn sie sich mit Hausarbeiten ablenken wollte – alles wurde zum Bahnhof. Bad, Küche, Schlafzimmer.

Bei Jan anrufen? Um mit Enrico zu sprechen? Nein, ausgeschlossen. So weit durfte sie sich nicht erniedrigen. Dieser Lügner, dieser Gierlappen! Der sollte bleiben, wo der Pfeffer wächst. Der sollte … Es klingelte an der Tür.

Seit der Sache mit dem Päckchen hatte sie Angst vor diesem Geräusch. Beklommen drückte sie die Klinke hinunter und erkannte den neuen Nachbarn, der mit beängstigend breitem Lächeln zwei Flaschen in die Höhe hielt.

„Gerade aus Bulgarien gekommen. Bester Roter. Mawrud. Gibt es hier gar nicht!"

Behände schlängelte er sich an ihr vorbei.

„Darf ich reinkommen?", fragte er scheinheilig, als er schon mitten im Wohnungsflur stand.

„Na ja. Ich weiß nicht, Herr … Herr Gratowi …"

„Grato! Bin einfach nur der Grato! Kommen Sie, den müssen Sie unbedingt probieren!"

„Ist es dafür nicht noch ein wenig früh am Abend?"

„Ach woher! Ein, zwei Gläschen? Trinken wir in Bulgarien zum Mittagessen!"

„Wenn Sie es sagen", antwortete Irene wenig begeistert. Sie führte ihn ins Wohnzimmer und ließ ihn Platz nehmen, während sie in der Vitrine nach den kleinsten Weingläsern Ausschau hielt, die sie dann auf dem Wohnzimmertisch platzierte.

Grato klemmte die Flasche zwischen die Knie und bearbeitete sie energisch mit dem Korkenzieher. Dabei wies er mit einem Kopfnicken auf den Fernseher. „Etwas mit dem Ton nicht in Ordnung?"

„Doch, doch. Den hab ich nur abgestellt." Die Idee kam wie ein zugeworfener Rettungsring. „Als es klingelte!" Hastig griff sie zur Fernbedienung und schaltete das Gerät endgültig ab.

Grato füllte die Gläser. „Muss ich schon sagen: So gehört sich das unter guten Nachbarn, nicht wahr?"

Der Wein schmeckte wirklich gut. Allerdings störte sie sich ein wenig an Gratos Aufdringlichkeit. Ständig füllte er ihr Glas nach, sobald sie auch nur ein Schlückchen genippt hatte. Und immer wieder wollte er mit ihr anstoßen und die zarten Gläschen zum Klingen bringen. Was hatte er vor? Wollte er sie betrunken machen?

Irene empfand den forschenden Blick, mit dem er das Wohnzimmer in Augenschein nahm, als ein wenig unangenehm.

Unter der Wirkung des Weins verflüchtigten sich ihre Bedenken zusehends. Gratos Mitteilungsbedürfnis tat sein Übriges. Munter und sprunghaft sprudelten weitere Details seine Lebensgeschichte aus ihm hervor. Dass er seinen Lebensunterhalt im Wesentlichen als Geschäftsmann verdiente und mit diesem und jenem handelte. Dass er Sachen aus Bulgarien importierte und gleichzeitig Sportgeräte dorthin verkaufte. Weil er ja selber ein Leben lang Sport getrieben hatte.

Und vor allem, dass er in seiner Heimat beim Militär gewesen war. „Hätten mich mal sehen sollen in der Ausgehuniform. Fescher Kerl, haben die alle gesagt!" Für ein, zwei Sekunden wandte er versonnen den Blick ab.

„Kennen Sie Patrick näher?", fragte er unvermittelt.

Wieder dieser Uri-Geller-Blick. In Irenes Brust krampfte sich etwas zusammen. Patrick-Alarm.

„Nein, eigentlich nicht. Viel haben wir nicht miteinander zu tun. Und das, obwohl er bei meiner Schwester arbeitet."

„Ach!"

Seine Überraschung erschien Irene etwas aufgesetzt. Wahrscheinlich interessierte es ihn in Wahrheit keine Spur.

„Und dass Sie manchmal Sachen für ihn erledigen – so von Nachbar zu Nachbar? Gibt es zwischen Ihnen auch nicht?"

Sie schüttelte den Kopf. „Und Sie? Woher kennen Sie ihn gleich noch?"

„Na, sagte ich ja: Vom Sport. Aber er trainiert schon lange nicht mehr."

Am liebsten hätte sie das Thema Patrick Klosterfeld auf der Stelle fallen lassen. Wenn es da nicht diese eine Sache gäbe, die ihr quälend unter den Nägeln brannte. Sie nippte an ihrem Glas und versuchte, ihre Stimme möglichst beiläufig klingen zu lassen. „Patrick hat wohl keine Freundin?"

„Nein, keine, die ich kenne."

„Das geht mich ja eigentlich gar nichts an, aber hier im Haus ist man der Meinung, dass er es prinzipiell nicht so mit den Frauen hat."

Über Gratos Gesicht huschte ein Schatten, als ob ihm das Thema nicht besonders angenehm sei.

Dann setzte er aber eine Art altväterlicher Miene auf. „Na ja. Der Patrick ist halt noch jung. Vielleicht wird er ja doch noch vernünftig."

Für Grato war es also vernünftig, wenn sich Männer für Frauen interessierten. Die Botschaft nahm sie mit einem unbestimmten Gefühl der Genugtuung auf.

Schon vorher hatte sie sich dabei ertappt, ihren Besucher mit Manfred zu vergleichen. Natürlich: Ihr Ehemaliger sah gefälliger aus. Außerdem hatte er bei der Versicherung gelernt, sich adrett anzuziehen. Aber der hier? Der hatte etwas von einem Tier.

Manfred konnte reden. Reden, reden, reden, – fünfzehn Minuten ohne Luft zu holen. Jeden an die Wand quatschen. Aber ein Tier war er nicht. Bestimmt nicht.

„Sie sind sehr stark!"

„Wie?"

„Na, Ihre Muskeln! Sind ja nicht gerade leicht zu übersehen."

Halb stolz, halb verlegen blickte er an seinem Bizeps herunter. „Ah ja. Ich verstehe." Er legte ein wissendes Grinsen auf. „Sie glauben wohl, dass ich so ein Poser bin, der seine Muckis aufpumpt, um bei den Mädels Eindruck zu schinden, ja?"

„Das habe ich doch gar nicht gesagt."

„Aber gedacht vielleicht? Ja, es stimmt. Ich tue viel für meinen Körper. Aber nicht darum."

„Sondern?"

„Weil ich wirklich stark sein will. Weil ich muss." Sein Gesichtsausdruck bekam etwas übertrieben Feierliches. „Sehen Sie: Wir müssen doch alle kämpfen, oder? Das ist, was ich im Leben gelernt habe. Ob Militär, ob zivil. Ob Kommunismus, ob Kapitalismus. Immer das Gleiche. Menschen wollen alle nur ihren eigenen Vorteil. Da muss man sich durchkämpfen – immer versuchen, die Oberhand zu behalten, verstehen Sie? Und was brauchst du zuallererst fürs Kämpfen? Selbstbewusstsein! Aber wenn du dich stark fühlst, dann bist du auch gleich wirklich stärker. Das gilt für jeden. Auch für Sie. Kommen Sie in mein Studio! Ich kann Ihnen ein paar gute Übungen zeigen."

„Na, das geht mir doch ein wenig zu schnell. Aber wenn Sie erlauben …" Im Vorbeugen spürte sie, wie ihr der Rotwein das Blut ins Gesicht getrieben hatte.

Zaghaft betastete sie mit Daumen und Zeigefinger seinen Oberarm. Ungläubig lächelnd ließ sie sich in die Sofakissen zurücksinken und schlug sich die Hand vor den Mund.

„Huijuijui! Das ist ja wie Beton!"

„Ja, da steckt jede Menge Arbeit drin!"

„Alle Achtung! Ich mag disziplinierte Menschen."

Auf dem Wohnzimmertisch machte sich mit sachlich-büromäßigem Klingeln das Telefon bemerkbar.

„Sie sind eine sehr gefragte Person", bemerkte Grato schmunzelnd, während sie abhob.

„Ich weiß ja nicht, was da zwischen uns passiert ist, aber ich kann es mir schon irgendwie denken. Vielleicht sollten wir einfach mal … reden", hörte sie Enricos Stimme am anderen Ende der Leitung herumdrucksen.

„Ja … vielleicht … worüber.. "

Sie wollte noch mehr sagen, aber die Wörter kamen ihr vor wie Quecksilberfischchen, die zu klein waren für ihr Netz. Ziellos wanderte ihr Blick umher, bis er Grato traf, der ihr Unbehagen und ihre Hilflosigkeit genau zu verfolgen schien. Er fixierte sie mit intensivem Blick.

Dann hob er den rechten Arm, winkelte ihn an und deutete mit dem Zeigefinger der anderen Hand auf seinen prallen Bizeps. Aufmunternd reckte er das Kinn.

Irene hatte verstanden und straffte ihre Körperhaltung. „Weißt du, Enrico: Im Moment passt mir das gar nicht. Ich sitze hier gerade mit einem Freund. Ja, vielleicht sollten wir einmal reden." Nervös spielten ihre Finger mit dem Spiralkabel des Hörers. „Wenn ich auch nicht genau weiß, worüber. Aber jetzt möchte ich mich gern wieder um meinen Gast kümmern. Auf Wiederhören!"

Nachdem sie den Hörer aufgelegt hatte, atmete sie seufzend durch, wobei sie sich mit der Hand Luft zufächelte. „Der ist erst einmal versorgt", murmelte sie mit skeptischem Blick aufs Telefon.

„Bravo. Das war großartig!", jubelte Grato. „Immer raus mit der eigenen Meinung. Bloß nicht lang drumrumquatschen!"

„Ob ich nicht vielleicht doch etwas zu unfreundlich war?"

„Unsinn! Was immer da grad gelaufen ist, Sie haben genau das Richtige getan. Weil Sie es so wollten. Auf jeden Fall ist das ein Grund für ein Gläschen!" Er machte Anstalten nachzuschenken, aber sie kam ihm zuvor und legte die Hand aufs Glas.

„Vielen Dank. Aber für heute ist es wirklich genug. Morgen steht mir ein etwas unangenehmer Tag bevor."

„Behörden?"

„Schlimmer. Meine Schwester. Sie will, dass ich diesen alten Tisch von ihr abhole. Betty und ich sind momentan nämlich ein wenig über Kreuz, wissen Sie?"

„Na wenn das so ist – was halten Sie davon, wenn ich mitkomme? Als moralische Stütze? Wir beide sind doch das perfekte Team, oder? Und bisschen tragen kann ich ja wohl!"

Irene, die sich in Gedanken noch immer beim Telefonat aufhielt, spürte, dass sie der Wein mittlerweile ziemlich dämmrig gemacht hatte. „Ja. Warum eigentlich nicht?", murmelte sie geistesabwesend.

🐘 29 🐘

Die Gardinen blähten sich auf, ein eisiger Windhauch fuhr ins Wohnzimmer. Irene schaute fröstelnd in den Garten. Raureif glitzerte auf den von Hausmeister Nachtigall kurz geschorenen Grashalmen. Über Nacht war es Winter geworden. Wahrscheinlich war es wieder nur ein kurzes Gastspiel, dachte Irene, Schnee, wann hatte es in den letzten Jahren mal richtig geschneit?

Genug gelüftet, beschloss sie und verriegelte das Fenster. Unentschlossen, was sie als Nächstes tun wollte, wanderte sie durch die Wohnung. Wo hatte sie ihre Pelzkappe verstaut? Die würde sie nachher brauchen auf dem Weg zu Bettys Laden, wo sie den Tisch abholen sollte.

Irenes Blick kreiste durch das Wohnzimmer, rückte in Gedanken die Blumenbank neben dem Fensterbrett zur Seite. Oma hatte den Tip-top-Table bei Familienfeiern für die Enkelinnen als Kindertisch gedeckt. Ein schönes antikes Stück. „Katzentisch für euch beiden Süßen", hatte sie dann immer gesagt, die senkrecht gestellte Tischplatte waagerecht hochgeklappt und in einem Scharnier eingerastet. Mit senkrecht gekippter Platte ließ sich der Tisch flach an die Wand stellen. Schon praktisch und raumsparend, dachte Irene.

Trotzdem, wohin damit? Eigentlich hatte Irene genauso wenig Platz dafür wie Betty, aber weggeben kam nicht in Frage. Erinnerungen an zuckersüßen Kakao und von Oma selbst gebackenem Butterkuchen hingen an dem lustigen Tip-top. Der Kuchen war noch warm, und wenn man hineinbiss, tropfte die zuckrige Butter durch die Löcher im Hefeteig.

So ein Familienstück gab man doch nicht weg, aber ihrer Schwester schien das egal zu sein. Typisch Betty – mit diesem Gedanken schloss Irene die Platzsuche vorerst ab.

Pelzkappe raussuchen, Mantel und warme Schuhe. Obwohl, wenn sie das Angebot von dem neuen Nachbarn annehmen würde, in seinem Wagen mitzufahren, wäre die winterliche Vermummung gar nicht nötig.

Sie hatte trotz einer Tablette noch immer einen Kater vom Alkohol, war hin- und hergerissen zwischen ambivalenten Gefühlen und der bequemen Verlockung. Dagegen war die Vorstellung, den Tisch von Bettys Laden zu Fuß und im Bus nach Hause zu schleppen, weitaus weniger angenehm.

Egal, ich schaffe das schon ohne seine Hilfe, entschied sie, während sie die Pelzkappe aufsetzte.

Der Blick in den Garderobenspiegel war nicht gerade erfreulich, denn das Ding thronte wie ein Helm auf den Haaren. Ein Friseurbesuch wäre dringend nötig. Irene kramte zwei Haarclips hervor, um die Kappe über den Ohren im Haar zu befestigen. Das sah erst recht komisch aus. So zu Betty gehen und sich spitze Bemerkungen anhören – unmöglich. Also weg mit dem Ding! Dann musste sie eben frieren.

Oder sollte sie das Angebot von dem neuen Nachbarn doch annehmen? Er war gestern reichlich vertraulich geworden. Erst schleppte er ein supergünstiges Fernsehgerät an, dann der viele Wein, den zu trinken er ihr ständig aufnötigte. Irene war nicht wohl dabei, noch mehr Hilfe von diesem Kraftpaket anzunehmen.

Sie beschloss, sich demnächst in einem Fachgeschäft zu erkundigen, was solche Flachbildschirme kosteten. Der Preis, den er genannt hatte, kam ihr extrem niedrig vor.

Männer, dachte Irene, ich verstehe sie nicht. Was wollte der Nachbar von ihr? Auch Enrico hatte ihr deutlich Avancen gemacht, um sie dann mit einer Lüge zu hinterhergehen. Warum er sie gestern angerufen hatte, war ihr immer noch nicht klar.

Selbst der Hausmeister benahm sich seltsam, schlich auffallend oft im Treppenhaus herum, wenn sie zum Briefkasten ging. So oft, wie er vor ihrem Fenster harkte – derart viel Laub konnte es gar nicht geben. Aber mehr als ein schiefes Lächeln brachte er nicht fertig. War der nun schüchtern, maulfaul oder bildete sie sich sein Interesse an ihr nur ein?

Mantel, Schal, Handtasche. Irene griff den Wohnungsschlüssel, öffnete die Tür und landete vor Gratanovics breitem Brustkorb.

„Ah, schon fertig, Gnädigste. Wollte gerade fragen, wann es Ihnen passt den Tisch abholen. Hol ich nur schnell meine Jacke."

Irene schluckte. „Äh, ach so. Ich ..."

Der Mann verschwand hinter Klosterfelds Wohnungstür, tauchte sekundenschnell wieder auf, einen Wagenschlüssel in der Hand, an dem ein gefärbter Nerzschwanz baumelte.

Direkt vor der Haustür stand ein silberfarbenes Geschoss im Parkverbot. Irenes Hinweis auf das Verkehrsschild ignorierend, half er ihr galant auf den Beifahrersitz, schloss die Tür und schwang sich hinter das Lenkrad.

Der Motor heulte derart auf, dass Irene zusammenzuckte, gefolgt von dem Schreck, als Gratanovic das Gaspedal durchdrückte. Durch die abrupte Beschleunigung an die Rückenlehne gepresst, wagte sie kaum zu atmen.

Ein stolzes Grinsen zog sich über Gratanovics Gesicht: „Ich wusste, Gnädigste, das würde Ihnen Spaß machen. Ist zwar schon fast ein Oldtimer, hat aber noch volle Power."

Irene nickte matt in Erwartung eines Brechreizanfalls, der jedoch nicht kam. Langsam entspannte sie sich und gestand sich innerlich kichernd etwas ein, was sie nicht für möglich gehalten hätte. Autos waren ihr seit jeher vollkommen egal gewesen und Sportwagen erst recht. Aber dieses Motorengeräusch, dieses tiefe satte Röhren, hatte schon etwas Erotisches. Etwas archaisch Männliches ...

Schade, kaum hatte sie angefangen die Fahrt zu genießen, stoppte der Wagen schon vor Bettys Laden. Wieder stand ihr Chauffeur blitzschnell, ganz der Gentleman, an der Beifahrertür und half beim Aussteigen.

Irene straffte sich, um sich innerlich für das Treffen mit ihrer Schwester zu wappnen.

Seit dem Streit hatten sie nur kurz am Telefon miteinander gesprochen. Von Bettys Seite aus war es mehr ein Blaffen gewesen. Durch ihr neues Mutgefühl innerlich gestärkt, war Irene fest entschlossen, sich so ein Verhalten nicht länger bieten zu lassen. Worauf bildete Betty sich eigentlich etwas ein? Bekam nichts in ihrem Leben auf die Reihe, aber sich aufführen, als sei sie die Überlegene.

Im Laden war wie üblich nichts los. Betty stand am Kassentresen und schaute nur knapp hoch, als sie ihre Schwester sah. Dann allerdings änderte sich ihr Gesichtsausdruck innerhalb von Sekundenbruchteilen. Hinter Irene erkannte sie Gratanovic.

Er fuhr sich mit der Handkante quer über die Kehle, legte dann einen Finger über die Lippen. Betty durchzuckte es siedend heiß. Diese Zeichen waren mehr als deutlich: Klappe halten.

Sie sollte so tun, als kenne sie ihn nicht.

„Ha- hallo Irene." Betty bemühte sich den Kloß in ihrem Hals wegzuschlucken und halbwegs normal zu klingen. Ich Idiotin habe meine Schwester verraten, dröhnte es in ihrem Kopf. Das wollte ich wirklich nicht. Jetzt setzt ihr dieser widerliche Brutalo zu.

Erinnerungen an den letzten Besuch von Gratanovic zuckten durch ihre Gedanken. Ihr war, als spürte sie wieder die heiße Flamme seines Feuerzeugs unter ihrem

Kinn. Das Schaf Irene konnte doch von nix wissen. Was würde dieser Kerl mit ihr machen? Was würde er sich ausdenken, um sie zum Sprechen zu bringen?

Irritiert schaute Irene in Bettys Gesicht. So hatte sie ihre Schwester noch nicht erlebt.

„Guten Tag Betty", sagte sie endlich, „wir, also – Herr Gratovic, das ist mein neuer Nachbar ..."

„Gratanovic. Mein Name ist Gratanovic. Bin nur vorübergehend Nachbar. Sie sind Schwestern, habe ich gehört."

Betty nickte matt.

„Also", fuhr Irene fort, „ich muss den Tisch nicht zu mir nach Hause schleppen, ich habe Glück, Herr Gratovic fährt mich mit seinem Wagen. Er wohnt für ein paar Tage in der Wohnung von seinem Freund, dem Herrn Klosterfeld."

„Aha." Betty schaute an ihrer Schwester vorbei. „Darf – darf, ich etwas anbieten? Wasser? Einen Kaffee vielleicht?"

Ohne eine Antwort abzuwarten, wandte sie sich in Richtung Küche.

Sie suchte verzweifelt nach einer Möglichkeit, wenigstens für ein paar Minuten aus Gratanovics Blickfeld zu verschwinden. Sie musste sich sammeln, sich zusammenreißen, ihre schweißnassen Hände trocknen, nicht daran denken, wozu dieser Mann im Stande war ... hatte Irene ihm womöglich erzählt, dass sie Klosterfeld im Laden gesehen hatte?

„Wo Omas Tisch steht, weißt du ja, Irene. Du musst nur die Kartons zur Seite stellen", rief Betty aus der Küche, um Zeit zu gewinnen.

„Komm ich mit, tragen helfen", entschied Gratanovic, drängte hinter Irene her und schaute sich aufmerksam um auf dem Weg durch die Räume hinter dem Laden.

„Na, nun lassen Sie mal, das schaffe ich schon gut alleine."

Irgendwie ist dieser Mann penetrant mit seiner übereifrigen Höflichkeit, dachte Irene und fragte sich schon wieder, ob sie sein Angebot, ihr zu helfen, besser doch nicht angenommen hätte.

Die Glocke an der Ladentür läutete.

Betty atmete auf. Ein Kunde kam ihr jetzt gerade recht. Irene würde sich sicher nicht länger bei ihr aufhalten als nötig. So ließe sich die angespannte Situation besser ignorieren und Gratanovic würde sich hüten, sich verdächtig zu benehmen.

„Komme gleich", rief sie und atmete tief aus. Ihre Erleichterung dauerte genau so lange, bis sie mit Gläsern und einer Wasserflasche aus der Küche kam.

„Jan?! Was ..."

„Hallo Mama. Na, wie geht's?" – „Alles klar?", fügte er verwundert über ihren erschrockenen Gesichtsausdruck hinzu.

„Ähm, ja, ja. Habe gerade Besuch von deiner Tante Irene und – und ihrem neuen Nachbarn. Die beiden sind hinten, holen Omas alten Tisch ab. Du willst ihn ja auch nicht haben."

Jan schüttelte verneinend den Kopf. „Passt nun mal nicht zu meiner Einrichtung. Tante Irene ist hier, sagst du. Mit ihr wollte ich sowieso mal sprechen, weil ... sie hat einen neuen Nachbarn, sagst du? Und der schleppt den Tisch für sie. Interessant."

Für einen Moment war es still im Laden, abgesehen von einem Rumpeln aus den hinteren Wohnräumen.

„Sag mal", fragte Jan die Stille unterbrechend, „wo hast du eigentlich die Dosen mit der Brennpaste, diese Dinger, auf denen du in deinen Kerzenworkshops Wachs einschmilzt? Mein Bunsenbrenner ist kaputt. Brauch ich für die Pilze."

„Stehen auch hinten, im Flurregal. Da kannst du auch gleich deine Tante begrüßen." Betty sackte auf den Hocker hinter der Kasse.

Ihre Gedanken rasten durcheinander: Gratanovic macht sich an Irene ran. Das Päckchen. Wo ist das verdammte Päckchen? Wenn meiner Schwester etwas passiert.

Oh Gott. Bitte nicht …

„Was?" Sie schreckte hoch. „Was hast du gesagt?"

Jan streckte seinen Kopf um die Ecke und wiederholte seine Frage extra laut, damit sie alle hören konnten, im Laden und hinten. „Ist das in Ordnung, wie der Mann, dieser neue Nachbar von Tante Irene, die Sachen durchwühlt? Interessiert der sich für Kerzen?"

Betty zuckte gleichgültig mit den Schultern. Gratanovic würde nicht finden, was er suchte.

„Nee, also wirklich, das geht zu weit", schnaubte Jan, nun auch verärgert über das Verhalten seiner Mutter.

Er drehte sich um und ging zurück durch den Flur. „Tante Irene, kannst du dem Herrn da bitte sagen, dass er aufhören soll durch Mamas Ware zu stöbern?!"

Gratanovic richtete sich vor Jan zu voller Größe auf, mit einem Blick wie ein Diamantschneider.

Jan wich einen Schritt zurück und schluckte.

Irene, die gerade von der Toilette zurückkam, schaute die beiden Männer irritiert an.

„Hallo, Janni! Was ist hier heute los?", fragte sie. „Herr Gratovic hat doch nur die Kisten zurückgestellt. Ordentlich! War auch dringend nötig", fügte sie hinzu. „Der Tisch stand ja ganz hinten. Wir wollen dann auch gehen. Kommst du mich mal wieder besuchen? Ich habe einen neuen Fernseher. Ganz modern. Wird dir gefallen."

Sie verabschiedete sich kurz von Betty, die noch immer zusammengesunken auf dem Hocker saß, „tschüss Irene, viel Spaß mit dem Tip-top", murmelte und nur kurz winkend die Hand hob.

„Sag mal, was war denn das für ein Typ? Mannohmann!" Jan kam mit zwei Dosen Brennpaste in der Hand zurück in den Laden und schaute durch das Fenster zu, wie Gratanovic Irene in den Wagen geleitete und den Tisch verstaute. „Hast du seinen Zuhälterschlitten gesehen? Ich sag dir, mit dem stimmt was nicht."

„Ach lass, ich bin doch nicht Irenes Kindermädchen. Und du erst recht nicht. Hast du mich verstanden?! Fang bloß nicht an, deiner Tante hinterherzuspionieren!"

„Halte dich um Himmels willen von dem Gratanovic fern", das hätte Betty eigentlich sagen wollen, aber das ging nicht. Jan wäre erst recht neugierig geworden, was es mit Irenes Begleiter auf sich hatte. Betty würgte ihre Angst hinunter. Jetzt war womöglich auch noch Jan in Gefahr.

Sie fuhr sich mit beiden Händen durchs Gesicht. „Mir geht's heute nicht gut. Kopfschmerzen."

Der Motor röhrte brunftig und sonor. Die Rückfahrt, das hatte Irene sich vorgenommen, wollte sie genießen.

Sie schmiegte sich an die lederweiche Rücklehne. Schade, dass die Fahrt so kurz war.

Aber woher wusste der Herr Gratovic eigentlich die Adresse von Bettys Laden?

Diese Frage flog genauso flüchtig durch Irenes Gedanken, wie die Häuser und Bäume an den Fenstern des Wagens vorbeihuschten.

🐘 30 🐘

„Fuck!"

Der Morgen begann nicht gut für Enrico. Noch vor Erreichen des Frühstückstisches verfing sich sein rechter Fuß in der Schlaufe von Jans Reisetasche. Sie stand mitten in Flur und war halb bedeckt von einem Berg schmutziger Wäsche.

„Nimm das!" Mit dem linken Fuß versetzte er der Tasche einen gezielten Tritt. Weil er den rechten Fuß noch nicht aus der Schlaufe befreit hatte, machte die Tasche eine halbe Drehung um Enricos Bein.

Jan saß vor einer Schüssel Cornflakes, die er mit einem großen Löffel aus ihrem Milchsee fischte. Mit der freien Hand wischte er auf seinem Smartphone herum. Jorge, sein Vertriebskontakt aus Mexiko, war abgetaucht. „Ärger mit der Drogenfahndung", das war die letzte Nachricht gewesen. Jan starrte auf das Display, ohne die Szene vor der offenen Küchentür zu bemerken.

„Ah, der Privatier! Schönen guten Morgen auch. Haben wir wohl geruht?"

Jan blickte auf, schien aber durch Enrico hindurchzusehen. Dieser sah erst an sich herunter, dann griff er sich den Edelstahl-Espressokocher neben der Spüle, hielt ihn vor seine Nase und betrachtete sein verbogenes Spiegelbild.

„Ich bin nicht unsichtbar! Gott sei's gedankt!"

Keine Reaktion. Nun ließ sich Enrico auf seinen Platz am Tisch fallen und atmete schwer aus. „Im Ernst, Jan. So geht's nicht weiter. Du bist so ..." – er suchte nach Worten und drehte mit den Zeigefingern kleine Kreise oberhalb seiner Ohren – „*mental* nicht wieder hier angekommen seit der Reise mit deiner kleinen Freundin. Physisch allerdings schon!"

Mit einer Drehung seines Kopfes deutete er auf den Wäscheberg im Flur.

„Was ist los? Kummer mit Nadja? Sind die Pilze verschimmelt? Sag's dem Onkel Enrico!"

„Nadine! Sie heißt Nadine, verdammt." Jan tippte noch einmal auf das Smartphone und stopfte es dann in seine Jeanstasche. „Enrico, hast du Kontakt zu Tante Irene gehabt, als ich weg war? Weißt du, wer da jetzt bei ihr im Haus wohnt?"

Enrico spürte ein plötzliches Brennen im Magen. „Hm, nein. Hab nur kurz mit ihr telefoniert ... wer soll denn da jetzt sein?"

„Ein ganz schräger Typ. Würdest du dir im Leben nicht vorstellen, aber Irene scheint gut mit ihm klarzukommen. Ich war bei meiner Mutter, als die beiden da auftauchten. Im Sportwagen."

„Eine gute Partie?"

„Eher Kiezadel. Fuchsschwanz und Goldkettchen."

Enrico lachte kurz auf. Aber Jans Miene änderte sich nicht.

„Du meinst das ernst?!"

Jan nickte. „Ich verstehe es auch nicht. So was war nie ihr Typ. Und überhaupt ist Reni doch sehr zurückhaltend. Mit neuen Nachbarn grüßt sie sich eigentlich erst mal nur ein halbes Jahr auf dem Hausflur. Und zu dem steigt sie ins Auto! Wahrscheinlich lässt sie ihn auch in ihre Bude?"

Enrico dachte an sein Telefonat mit Irene. Wie sie ihn abgewimmelt hatte. Sie hätte jemanden zu Gast.

War *er* das gewesen?

„Ja, dein Tantchen wirft sich nicht jedem an den Hals. Hab ich auch schon bemerkt", brummte Enrico. „Weißt du, wie er heißt?"

„Hm, warte – wie hat sie ihn genannt – Gratovic, glaub ich. Der sah aus wie von der Russenmafia. Ein richtiger Schrank. Hat sich benommen, als ob er bei Mama zuhause wär. Wie er da hinten rumgewühlt hat … Ehrlich, Sympathieträger geht anders!"

Enrico stellte sich Teller und Besteck auf den Tisch und nahm Jan gegenüber Platz.

Zerwühlte Wohnungen … blitzartig flackerte die Klosterfeld'sche Wohnung in seinem Kopf auf. Rosa in der Wohnung. Rosa vor dem blutroten Teppich. Rosa auf dem Kiez. In ihrem Jagdrevier. Seine Fantasie ging mit ihm durch.

„Das wär nicht gut …", murmelte er dumpf, während er sich sorgsam eine Scheibe vom Weißbrot absäbelte.

„Was denn?"

„Ach, nichts."

„Und dir hat sie gar nichts gesagt? Ruf sie doch noch mal an."

„Hat keinen Zweck."

„Meinst du? Ihr hattet doch einen guten Draht."

Nun platzte es aus Enrico heraus. „Nee, Jan. Ich werde nicht hinter ihr herlaufen!"

Jan sah ihn verwundert an. „Ist ja gut! Dann eben nicht. Hatte doch keine Ahnung, dass da ein Drama abläuft zwischen euch. Für euer Alter seid ihr echt kindisch", befand er.

„Musst du gerade sagen! Hat dich nicht eine Frau mit rosa Puscheln mitten im Moor ausgesetzt? Oder hast du sie darum gebeten, um die Leistungsfähigkeit der Deutschen Bahn in der Fläche zu testen?"

„Das ist was ganz anderes! Mann, wenn man dir schon mal was erzählt. Mir tun jetzt noch die Füße weh."

„Vier Stunden laufen, dafür ist der Hipster-Fuß nicht gemacht!", feixte Enrico.

„Drei Stunden", rutschte es Jan heraus.

„Richtig, drei Stunden." Enrico patschte sich an den Kopf. „Und dann noch vier Stunden auf den Treterchen rumstehen am stillgelegten Worpsweder Bahnhof. Ein Glück, dass an dem Tag überhaupt noch ein Bus nach Bremerhaven fuhr, nicht wahr?"

„Es reicht, Enrico! Kümmere dich um deinen Kram. Was ist eigentlich mit den Diamanten? Hast du sie endlich abgegeben?"

„Nein! Wann sollte ich das tun? Komme ja nicht aus dem Laden weg, seit meine Aushilfe meutert!"

„So war der Deal. Du schaffst die Steine weg, ich komme wieder. Ehrlich, deine übliche Bückware ist mir ja egal, aber das ist eine Nummer zu groß. Sind die Dinger noch da drin?" Jan hob das Kinn in Richtung Eckregal, in dem die Zuckerdose stand.

„Guck doch nach", knurrte Enrico.

„Spinnst du? Die Typen kommen her, wenn sie Wind davon bekommen, ist dir das klar?"

„Ich hab das im Griff. Aber es geht nicht so schnell, wie du dir das vorstellst! Ich muss alles gut überdenken. Und den richtigen Moment abwarten. Wenn es nicht anders geht, musst du eben ausziehen. Überhaupt, wie lange kannst du deine Miete hier noch zahlen, wenn du nicht jobbst?"

Jan starrte ihn böse an. „Denkst du auch noch an was anderes als ans Geld?"

„Mach die Augen auf, Jan. Es geht immer ums Geld."

„Dann ist ja alles klar. Hab ich mich wohl in dir getäuscht. Pass auf, Enrico. Mein Geld reicht noch für zwei Wochen. Bis dahin hast du die Sache geklärt – oder ich ziehe aus. Notfalls zu meiner Mutter. Mit den Pilzen komme ich gut voran. Dann brauche ich auch den Job nicht mehr."

„Gut", fauchte Enrico und rammte die Brotmesserspitze in den Küchentisch. „Zwei Wochen."

🐘 31 🐘

Die Pilze. Darum musste er sich dringend kümmern. Nach Jorges Ausfall war er kurz davor gewesen, hier unten alles dichtzumachen – hatte es dann aber nicht fer tiggebracht. Jan fingerte den Schlüssel für das neue Vorhängeschloss von Tante Irenes Kellerraum aus der Hosentasche.

Offensichtlich hatte sie noch immer nicht bemerkt, dass er das alte Schloss ausgetauscht hatte, um sein Labor vor neugierigen Blicken zu schützen. Wie auch – der verwinkelte Keller mit dem von den Wänden bröckelnden Putz war ihr ein Graus, hier war sie ewig nicht gewesen. Das sähe ja aus wie in einer Ruine, hatte nicht nur sie sich über diesen verwahrlosten Zustand empört beklagt. Und wurde sogleich belehrt. Das sei keineswegs Geiz der Baugenossenschaft, erklärte ihr der Hausmeister, vielmehr könnten die alten Wände unverputzt besser atmen, der Keller bliebe so schön trocken.

Genau, dachte Jan, schön trocken muss es hier unten auch bleiben, sonst kann ich einpacken mit meinen Pilzen. Dann würde das auch nichts werden mit der Konservierung. Für die nötige Feuchtigkeit der Pilzkulturen konnte er genau dosiert viel besser selber sorgen.

Vorsichtig zog er den Sichtschutz zurück, den Enrico erstaunlich fachgerecht in dem Kellerraum montiert hatte. Wenigstens das hat er gut hinbekommen, ging es Jan durch den Kopf. Ansonsten drehte dieser verplante Freak ja wohl langsam durch. Die sauteuren Klunkern den Eigentümern gegen Finderlohn anbieten – hatte er sie noch alle?! Finderlohn! Supi! Nur mit Glück würde Enrico im Knast landen statt im Jenseits.

„Ach, was geht mich der Spinner an. Der ist ja gar nicht wiederzuerkennen. Will mich aus seiner Wohnung werfen, wenn ich die Miete mal nicht zahlen kann“, murmelte Jan vor sich hin, während er ein paar getrocknete

Pilze in den Mörser legte, um sie zu pulverisieren. Eigentlich war es schon zu spät gewesen für die Ernte der frei wachsenden Kahlköpfe. Nur der extrem warme und trockene Herbst hatte die Pilze davor bewahrt, sich matschig aufzulösen.

Nadine, die blöde Zicke, mich einfach mitten in der Pampa stehen zu lassen! Jan schüttelte innerlich den Kopf. Aber dann hatte sich der unfreiwillige Gewaltmarsch zum Bahnhof überraschenderweise gelohnt. Und wie! Die Ufer von Worpswedes Wasserläufen waren ein Pilzparadies, da würde er im nächsten Jahr mit Sicherheit wieder zur Ernte hinfahren. Man brauchte Unmengen Pilze für ein paar Gramm Trockenkonzentrat.

Jan seufzte. Seinen Plan, die pürierten Pilze in Alkohol eingelegt als Sud oder auch getrocknet an Jorge zu verkaufen, konnte er knicken. Da hatten die Pharmaunternehmen ihre korrupten Pfoten drauf. Offensichtlich hatte Jorge ihn komplett belogen über die Gesetzeslage in Südamerika – und in den USA sah es genauso düster aus. Ein paar nette kleine Trips, die überhaupt nicht süchtig machen, sondern nur glücklich, das war für die schon ein Kapitalverbrechen. Aber die scheißsüchtig machenden Tabletten, die waren okay.

Jan hämmerte den Stößel wütend in den Mörser. Schon vor zwanzig Jahren hatten Pharmafirmen gemerkt, wie viel Geld sich mit Opiaten verdienen ließ. So ein Riesengeschäft würden die sich nicht kampflos nehmen lassen. Nicht einmal Schmerzmittel aus Rauschpilzen konnte man noch patentieren lassen. Zigtausende Amerikaner starben jährlich an einer Überdosis Opioide,

vor allem durch Arzneien. Aber das war denen scheißegal, und den Politikern auch. Bis sich da mal die Gesetze
ändern, da kann ich noch lange warten.

Jan ärgerte sich über sich selbst. Wie hatte er so naiv
sein können? Wahrscheinlich hatte er es nicht wissen
wollen, denn: Wie sonst verkaufen das Zeug? Die sogenannte Freistadt Christiana in Kopenhagen wäre eine
Möglichkeit gewesen. In dem Stadtteil wurde alles ver-
tickt, was auf dem Rauschmarkt zu haben war. Die Verkäufer hinter den Verkaufstresen trugen schwarze Bala-
klavas, um unerkannt zu bleiben. Immer wieder hatten
Behördenspione Fotos gemacht, um die Händler auf fri-
scher Tat zu ertappen. Mit diesen Gesichtsmasken waren
sie aber nicht zu identifizieren. Lächerlich, dachte Jan,
die Drogenfahnder hätten das Zeug jederzeit beschlag-
nahmen und die Standinhaber verhaften können. Taten
sie aber nicht. Ganz Kopenhagen versorgte sich dort mit
Stoff. Das wusste jeder und es wurde offensichtlich ge-
duldet.

Das Risiko geschnappt zu werden war deshalb relativ
gering, aber die Reise nach Dänemark für jede Lieferung
wäre zu teuer gewesen. Und der Postweg war zu riskant.
Davon abgesehen, wollte Jan eine legale Variante – und
die gab es nicht.

Nach langem Gegrübel war ihm der rettende Einfall
plötzlich durch den Kopf geschossen: Teemischungen.

Bei seinen Teepausen in dem Muff hier unten hatte er
sich durch Enricos gesamtes Sortiment getrunken, immer
auf der Suche nach olfaktorischer Erleichterung. Dann
hatte er etwas Pilzsud dazugegeben. So wurde der Tee

fast noch leckerer ... voluminöser irgendwie. Hieß es nicht so bei den Weinverkostern?

Schließlich hatte er Damiana entdeckt. Ein Safrangewächs, als Heilpflanze schon lange bekannt in Mexiko. Es gab einen Schnaps davon, aber das Kraut eignete sich auch als Teedroge. Die ideale Ergänzung für Teemischungen, die den Geschmack von getrockneten Pilzen verbesserten! Und auf einen Pilztrip ging man besser nicht mit vollem Magen. Tee würde immer passen.

Jan war mehr und mehr euphorisch geworden. Es fügte sich alles wie von selbst. Er hatte verschiedene Serien im Kopf, einheimische Kräuter, indische Gewürze, für jeden Geschmack etwas. Komplett legal und gut über das Internet zu handeln. Die Pilze müssten sich die Kunden dann halt selbst besorgen. Das Design und ein Firmenlogo würde Nadine entwerfen, die kleinen Beutel, die sie für Enricos Gras genäht hatte, waren super kreativ – „ach shit", Jan seufzte schon wieder, das konnte er sich abschminken.

Die Nummer mit Nadine war gelaufen. Aus die Maus. Der hysterischen Tusse hinterherkriechen. Niemals!

Aber so was bei Profis in Auftrag geben, Fantasienamen für die Mischungen erfinden, das würde jede Menge Kohle kosten.

Jan brauchte ein Startkapital, was er aber definitiv nicht hatte. Wütend zerstampfte er weitere Pilze zu Pulver und war kurz davor, sich selbst eine Dröhnung zu genehmigen. Seine Mutter brauchte er gar nicht erst zu fragen, die pfiff finanziell selbst aus dem letzten Loch. Das war in den letzten Wochen immer klarer geworden.

„Tante Irene!"

Ihr Name hallte durch den Keller. Von seinem Gedanken freudig überrascht, hatte Jan ihren Namen so laut herausgebrüllt, dass er selbst darüber erschrak. Er lauschte in den Kellergang, ob ihn womöglich jemand gehört hatte.

Alles blieb still.

Trotzdem packte Jan seine Utensilien zusammen, deckte die Pilzkulturen ab, zog den Sichtschutz vor sein Labor, wie er es nannte, verschloss sorgfältig die Tür und machte sich auf den Weg nach oben.

Tante Irene. Wie sollte er ihr seinen Finanzierungsplan glaubhaft schildern? Jan war derart aufgeregt, dass er erst einmal seine Gedanken sortieren wollte. Er stapfte durch den Garten hinter dem Haus, hielt sein Gesicht in die blassen Strahlen der spätherbstlichen Sonne, blinzelte in die Baumkronen der Rosskastanien, die erstaunlicherweise noch immer nicht alles Laub abgeworfen hatten, und landete vor Hausmeister Nachtigalls Brustkorb.

Der riss die Broschüre der Stadtreinigung, auf der er sich Notizen gemacht hatte, hoch wie einen Schutzschild und blaffte: „Was haben Sie hier ...?"

Dann erkannte er Jan. „Ach, Sie sind es, wollen Sie Ihre Tante besuchen? Die ist nicht da. Äh, glaube ich", fügte Wilm stotternd hinzu, schaute ebenfalls in die Baumkronen, als wollte er von dem eben Gesagten ablenken, und redete weiter: „Hängt das Laub bis November hinein, wird der Winter lange sein. Alte Bauernregel."

Eine Unterhaltung mit Wilm Nachtigall war das Letzte, wozu Jan jetzt Nerven hatte. Trotzdem fragte er: „Haben Sie meine Tante weggehen sehen oder woher wissen Sie das?"

Wilm lief rot an. „Da war so ein Mann mit einem grauen Pferdeschwanz, der hat mehrfach bei ihr geklingelt. Der schlich dann noch eine Weile am Haus herum, hat sogar versucht in ihr Fenster zu schauen. Vielleicht war sie doch zu Hause und hat nur nicht aufgemacht. Bei Ihrer Tante ist in letzter Zeit ja ziemlich was los ..."

Jans empört hochgezogenen Augenbrauen brachten Wilm zum Schweigen. Er senkte den Blick auf die Broschüre, grummelte: „Na, ich muss. Was machen eigentlich die Pilze im Keller? Wird das denn was mit dem Ökoklebstoff?", und verschwand ohne auf eine Antwort von Jan zu warten in Richtung Straße.

„Neugieriges Arschloch", entfuhr es Jan, allerdings so leise, dass Wilm Nachtigall es nicht mehr hören konnte. Ob Tante Irene tatsächlich zu Hause war, wie der Hausmeister vermutete, und nur nicht geöffnet hatte, weil sie Enrico nicht sehen wollte? Jan war sich ziemlich sicher, der Mann mit dem grauen Pferdeschwanz, das musste Enrico gewesen sein. Der bekam wohl langsam kalte Füße, was Tante Irene tun würde, angenommen, sie hätte die Diamanten in der Kandisdose entdeckt.

Möglich wäre es gewesen. Sie nahm immer etwas Zucker in ihren Tee.

Jan ging ein paar Schritte zurück und stellte sich auf die Zehenspitzen, um in Irenes Fenster zu schauen. Das war wenig erfolgreich. Dann jedoch schien es, als habe sich die Gardine bewegt. Nur ganz wenig, aber deutlich genug. Jan winkte und machte mit der Hand Zeichen, er würde um das Haus gehen.

Tatsächlich ertönte der Summer und die Haustür schnappte gleich nach dem ersten Drücken von Irenes Klingel aus dem Schloss.

Kaum war Jan vor der Wohnung angekommen, öffnete sie schnell die Tür, spähte in den Hausflur, ließ ihn herein und bugsierte ihn ins Wohnzimmer.

„Es muss ja nicht jeder hören, dass ich Besuch habe", sagte sie mit gesenkter Stimme und schloss die Zimmertür hinter sich. „Entschuldige diese merkwürdige Begrüßung, mein Junge. Ich sag dir, hier war heute was los."

Sie deutete für Jan auf einen Sessel, ließ sich mit einem Seufzer aufs Sofa plumpsen, um gleich wieder aufzuspringen.

„Möchtest du etwas trinken? Cola habe ich leider nicht da."

„Wasser?" Jans Blick blieb an dem Tip-top-Table hängen.

Irene nickte. „Sieht nett aus mit der Vase drauf, findest du nicht auch? Ich geh eben in die Küche."

Mit einer Wasserflasche und zwei Gläsern in der Hand kam sie zurück.

„Hast du Enrico gesehen? Ich glaube, der wollte dich besuchen", sagte Jan und nahm ihr die Gläser ab.

„Hm. Und der Gratovic hat auch ein paar Mal geklopft. Aber mir ist das gerade alles zu viel. Was wollen die Männer auf einmal alle von mir? Und du mein lieber Jan, was möchtest du?"

„Ich?"

Jan schluckte. Mist, eindeutig falscher Moment.

„Ach, ich wollte einfach nur mal so Hallo sagen. Fragen, wie es dir geht."

🐘 32 🐘

Das elende Warten auf der Parkbank dauerte zu lang. Man kam dabei ins Grübeln. Mit wachsendem Unbehagen spürte Enrico, wie sich seine Zuversicht verflüchtigte. Wer war er wirklich? Der zähe Kämpfer, für den er sich selber gern hielt? Oder doch nur ein Idiot, der nicht erkannte, dass er sein Blatt überreizt hatte?

Irene wollte nichts mehr von ihm, hatte ihn gestern am Telefon ganz schön abgefertigt. Angeblich, weil sie Besuch hatte. Direkt danach hatte er es bei Betty versucht. Mehr oder minder aus Verzweiflung. So unauffällig, wie es irgend ging, war er am Laden vorbeigeschlendert. Dann hatte er diesen Schemen durchs reflektierende Fenster gesehen. Einen blonden Mann, eher jung.

Als er sich gestern in der Abenddämmerung nach Hause trollte und später noch auf dem Sofa wälzte, hatte sich Enrico den Kopf zerbrochen, was er mit dieser Entdeckung anfangen konnte. Ein blonder Mann bei Betty, der dort eigentlich nicht hingehörte. Na klar – da gab es doch einen jungen Mann, der plötzlich aus seiner Wohnung verschwunden war! Der so interessant war, dass ihm sogar Rosa hinterherschnüffelte. Mehr als deutlich erinnerte er sich, wie er sie in Klosterfelds Wohnung beim Spionieren ertappt hatte.

Für diesen Klosterfeld war das Päckchen mit Diamanten bestimmt gewesen – versteckt in kitschigen Kerzen. Ein Päckchen, das aus irgendeinem Grund bei Irene gelandet war. Eine verlorene Diamantenlieferung: Das könnte allemal Grund genug sein, um sich zu verstecken. Aber wenn es wirklich Klosterfeld hinter dem Fenster gewesen sein sollte, und wenn er bei Betty Unterschlupf gefunden hatte, dann dürfte es ziemlich schwierig werden, ihn aus der Reserve zu locken.

Und deshalb – Zeit für etwas Verkleidung.

Er rückte die Schirmmütze zurecht. Woher er das gute Stück überhaupt hatte, wusste er nicht mehr. Jan nannte ihn einen Messi. Er selber sprach lieber von seinem Fundus, der sich in all den Jahren auf den Flohmärkten von selbst gebildet hatte.

Das ungewohnte Jackett war zwar schön dunkelblau, sehr offiziell, aber es wärmte zu wenig. Mittlerweile hatte er sich ungefähr eine Stunde auf der Parkbank hinter der Zeitung versteckt und Bettys Laden beobachtet, und gefühlt war die Kälte inzwischen bis in den hintersten Winkel seines Körperinneren gekrochen. Aber das spielte keine Rolle mehr.

Es war so oder so seine letzte Chance – das hatte er sich geschworen. Wenn es schiefging, würde er die Klunker zusammenraffen und ab zur nächsten Polizeidienststelle.

Vor zehn Minuten hatte er Betty das Haus verlassen sehen, die Luft war rein. Er faltete die Zeitung zusammen, griff nach dem Klemmblock, den er neben sich auf der Bank abgelegt hatte, und stand steifbeinig auf. Trotz dunkelblauem Jackett mit metallisch glitzernden Knöpfen, einer Schirmmütze von ähnlicher Farbe, unter der er sorgsam seinen Zopf versteckt hatte, und Klemmblock würde man ihm den Beamten nicht lange abnehmen. Er setzte alles darauf, dass es nicht nötig war.

An der Ladentür klebte ein kleiner gelber Haftie. „Um 10:00 wieder da." Er klingelte. Zweimal, dreimal.

Nach ungefähr einer Minute hörte er gedämpfte Schritte im Haus. Weiter geschah nichts. Er schritt die Gehwegplatten ab, die direkt am Haus entlangführten. Hinter der ersten Scheibe war es ziemlich finster. Das wenige, was er erkennen konnte, wirkte wie ein Seitenblick auf den Verkaufsraum. Das zweite Fenster, das von gestern, war wesentlich größer. Eine Küche. Und mittendrin ein blonder Mann im Morgenmantel, der am Herd hantierte und sich nun erschrocken zu ihm umwandte.

Mit dem harmlosesten Lächeln, das ihm zur Verfügung stand, winkte Enrico ihm zu. Dazu nickte er aufmunternd, wobei er hektisch auf den Klemmblock deutete.

Für quälend lange Sekunden starrten sich die beiden an. Enrico wusste nicht, wie lange er sein dämliches Lächeln noch aufrechterhalten konnte. Schließlich machte der Mann eine knappe Kopfbewegung. Offensichtlich in Richtung Haustür.

Kurz nachdem sich Enrico am Eingang postiert hatte, hörte er einen Schlüssel im Schloss rotieren. Die Tür öffnete sich.

Der Mann sah tatsächlich ein wenig aus wie Sascha Hehn. Die Chancen standen gut genug, um alles auf eine Karte zu setzen.

„Hören Sie, ich bin nur zu Besuch hier. Wenn es wichtig ist, hinterlassen Sie Ihre Telefonnummer. Frau Loh ruft Sie dann zurück."

„Geben Sie sich keine Mühe, Herr Klosterfeld. Ich weiß alles!"

Für einen Augenblick blitzte ein Zucken um die Mundwinkel des jungen Mannes auf. „Was wollen Sie?"

„Am besten erst einmal reinkommen. Da spricht es sich doch viel entspannter!"

„Schickt Sie Radoslav?"

„Nein, nein, komplett andere Richtung. Na, wie ist es?"

„Kein Interesse!"

„Also, Herr Klosterfeld, einmal ehrlich! Wollen Sie sich wirklich ewig hier einnisten? Was sagt denn überhaupt Frau Loh dazu?"

„Geht Sie ja wohl nicht einen Dreck an!"

„Na ja – aber sehen Sie mal: Wenn *ich* Sie schon gefunden habe – wie lange kann es da dauern, bis das jemand anderes schafft? Jemand, der es nicht so gut mit Ihnen meint? Zum Beispiel – wie sagten Sie: Radoslav?"

Hinter Klosterfelds Stirn schien es auf Hochtouren zu arbeiten. Schließlich winkte er ihn mit nachlässiger Handbewegung ins Haus und führte ihn in die Küche, wo er ihm wortlos und mit leicht angewidertem Gesichtsausdruck einen Stuhl anbot.

„Ich sehe, Sie machen sich gerade einen Espresso. Also, ich wäre auch nicht abgeneigt."

„Wollen Sie wirklich?"

„Bitte!"

Während sich Klosterfeld am futuristischen Espressoautomaten zu schaffen machte, fragte er über die Schulter: „Kommen Sie von der Polizei? Haben Sie was mit Rosa zu tun?"

„Ach, Rosa! Vergessen Sie Rosa! Die Gute ist derzeit etwas flügellahm. Macht das Ganze sozusagen nur noch als Hobby. Verstehen Sie, Herr Klosterfeld. Ich bin nicht Ihr Feind. Vielleicht kann ich Ihnen sogar helfen."

„Toll, ganz toll! Alle wollen mir ja nur helfen. Wirklich super, diese Selbstlosigkeit. Ohne eure bescheuerte Hilfe müsste ich mich hier nicht vor irgendwelchen Killern verstecken!"

„Ich kann ja verstehen, dass Sie nicht glücklich sind. Aber irgendwie müssen wir ja schließlich einen Anfang machen. Was ist das denn überhaupt für eine Sache mit den Päckchen?"

Klosterfeld stellte das braune Tässchen vor Enrico ab und setzte sich ihm gegenüber an den Küchentisch. „Ich dachte, Sie wissen alles."

„Trotzdem könnte es hilfreich sein, wenn wir alle genau auf demselben Stand sind. Erzählen Sie doch zum Beispiel mal, wie das Ganze angefangen hat."

Klosterfeld schwieg für eine Weile, wobei sich seine Gesichtszüge allerdings sichtlich entspannten.

„Wie's angefangen hat? Ganz einfach! Irgendwann hat mich Betty gefragt, ob ich Lieferungen entgegennehmen kann. ,Etwas am Zoll vorbei', wie sie sagte. Aber keine Drogen oder sonstiges illegales Zeug. Es würde auch so einiges für mich rausspringen. Hab ich natürlich zugestimmt."

„Und Sie haben die Sendungen wirklich nur angenommen?"

„Wie ich doch sage! Angenommen und dann gleich brav hier bei Betty abgeliefert. Das Ganze lief immer so ab, dass ich Anrufe erhielt – mit Rufnummernunterdrückung natürlich. Da wurde mir gesagt, wann ich mich für den Kurier bereithalten sollte. Einmal war die Verpackung defekt. Als ich einen Blick ins Päckchen riskiert hab, war mir natürlich sofort klar, was da ging. Das habe ich dann Betty erzählt. Und was glauben Sie, hat die gemacht?"

„Sie werden es mir gleich erzählen." Enrico konnte kaum glauben, wie einfach das ging. Der musste wohl so einiges mal loswerden.

„Zum Schnupperkurs angemeldet hat sie mich. Im Fitnesscenter. Grauenhafte Muckibude. Nur osteuropäische Halunken da. Auch dieser Gratanovic. Sollten mich wohl etwas einschüchtern. Na ja. Dann ist diese verdammte Lieferung verschwunden. Und dann kreuzt auch noch diese verrückte Rosa auf!"

Gratanovic, dachte Enrico. Plötzlich poppte dieser Name auf wie Pilze nach dem Regen. Er versuchte, sich seine Nachdenklichkeit nicht anmerken zu lassen.

„Worauf Sie Panik bekommen und dieses Farbspektakel veranstaltet haben! Und dann haben Sie sich hierher abgesetzt. Ach übrigens: Es riecht hier so lecker. Haben Sie sich vielleicht gerade ein Baguette aufgebacken? Die Kälte macht richtig Appetit, verstehen Sie?"

Mit unverhohlener Entgeisterung starrte Klosterfeld ihn an. „Sonst noch Wünsche?"

Er erhob sich ohne weitere Proteste, wühlte in einer knisternden Kunststoffverpackung und steuerte den Küchenschrank an.

„Nein, bitte nicht die Mikrowelle. Sie haben da doch so einen hübschen kleinen Backofen!"

Kopfschüttelnd zischte Klosterfeld eine Bemerkung, die sich für Enrico ungefähr anhörte wie „Ich fass es nicht!".

Als er sich wieder setzte, musterte er Enrico mit listigem Gesichtsausdruck.

„*Sie* haben die Diamanten, stimmt's? Und jetzt wissen Sie nicht, was Sie damit anfangen sollen. Da kann ich nur sagen: Sie legen sich mit Leuten an, für die sogar Gratanovic nur ein besserer Botenjunge ist. Vielleicht sollten Sie daran mal einen Gedanken verschwenden!"

„Nun, nun!" Mit beiden Händen vollführte Enrico eine abwiegelnde Geste. „Vielleicht will ich ja nur ein paar Sachen reparieren. Wer sollte da so böse auf mich sein?"

„Reparieren? Wie das?"

„Ganz einfach: Indem ich die Diamanten den Besitzern zurückgebe. Womit wir beim eigentlichen Grund meines Besuches wären. Können Sie mir sagen, von wem diese kleinen Kostbarkeiten stammen?"

„Nein. Da wurde eine Wahnsinnsgeheimnistuerei drum getrieben."

„Wirklich nicht?"

„Na ja. Einmal war die Rufunterdrückung nicht aktiviert. Da habe ich mir die Nummer notiert. War zwar komplett gegen die Absprachen, aber man kann ja nie wissen!"

„Und wie lautet die Nummer?"

„Die habe ich natürlich nicht im Kopf. Aber ich kann sie holen. Außerdem ist Ihr Baguette gleich fertig. Den Kühlschrank finden Sie selber, wenn ich Sie richtig einschätze."

Als Klosterfeld kurze Zeit später zurückkam, fiel sein Blick auf einen Enrico, der sein Baguette mit erstaunlichen Camembertscheiben anreicherte. Er legte einen kleinen Zettel vor den Teller, den Enrico energisch kauend zu sich heranzog. Die Zahlenkolonne begann mit 007. Das war nicht nur die Seriennummer eines berühmten britischen Geheimagenten. Es war auch die Ländervorwahl von Russland.

In der DDR war er immer sehr gut in Russisch gewesen.

„Sehr interessant!"

„Meine Kontaktfrau nennt sich übrigens Jekaterina."

Mit gespreizten Fingern fuhr sich Klosterfeld durchs volle Haar, für das ihn Enrico beneidete.

Besonders tuntig wirkte der Mann eigentlich nicht. Im Gegensatz zu seiner stattlichen Erscheinung allerdings ziemlich dünnhäutig. Sozusagen am Rande des Nervenzusammenbruchs.

„Sehen Sie zu, was Sie damit anfangen können! Mir wird das alles zu viel. Ich muss raus aus diesem Knast. Ich will nach Haus. Sollen die doch selber mit ihrem Kram klarkommen. Entweder lassen die mich in Ruhe, oder ich lasse sie allesamt auffliegen. Genau so werde ich es ihnen sagen."

„Zurück nach Haus? Könnte schwierig werden."

„Wieso?"

„Da wohnt schon jemand."

„Bei mir? Wer?"

„Na ja, dieser Gratanovic, nehme ich an!"

„Der? Das geht zu weit! Na, dem werde ich was erzählen!"

Enricos Stirnfalten schoben sich zusammen. „Vielleicht sollten Sie etwas vorsichtig sein!"

🐘 33 🐘

Dass ihr der Schlüsselbund unter die Kartoffeln gerutscht war, hatte Irene erst vor der Haustür bemerkt. Sie hatte sich dann beeilt, ihn mit Daumen und Zeigefinger hervorzufischen, denn drüben am Müllcontainer konnte sie Wilm Nachtigall kramen hören. Eine Begegnung mit ihm versuchte sie neuerdings zu vermeiden.

Und nun stand sie vor ihrer Wohnung und bemühte sich, den bereitgehaltenen Schlüssel möglichst lautlos ins Schloss zu stecken, nachdem sie einen verstohlenen Blick zur Tür ihres neuen Nachbarn geworfen hatte.

Angesichts der Aufmerksamkeit, die ihr in der letzten Zeit zuteil geworden war, hatte sie bereits einen Klosteraufenthalt herbeiphantasiert.

Das kam ihr jedoch übertrieben vor, weshalb sie zunächst eine Sechserkarte für die Damensauna im Bäderland besorgt hatte. Kleine Fluchten sollten ausreichen, sie wieder ins Lot zu bringen.

Irene schloss stets zweimal ab. Als sie nun den Zylinder das zweite Mal nach links drehte, um die Tür zu ihrer Wohnung wieder zu öffnen, vernahm sie ein leises Wimmern. Es kam aus der Klosterfeld-Wohnung.

Sie stellte den Einkaufskorb schnell in ihren Flur und zog die Tür wieder zu. Dann schlich sie vorsichtig über den Hausflur.

„Hallo?"

Wieder ein Winseln. Es schien ganz nah zu sein. Hatte Herr Gratovic etwa einen Welpen in die Wohnung gesperrt?

Die Tür war nur angelehnt. Das Wimmern kam von unten; Irene ging unwillkürlich in die Knie.

„Herr ... Grato? Sind Sie es? Ist alles in Ordnung?"

Für einen Moment war Stille. Irene tippte mit spitzem Zeigefinger gegen das Türblatt. Radoslav Gratanovic hockte im düsteren Flur und drückte sich ein Handtuch vor das Gesicht. Für einen Moment trafen sich ihre Blicke. Dann schob er die Tür mit dem Fuß wieder zurück.

„Irene, nein. Gehen Sie. Alles ist gut."

„Das sieht mir aber nicht so aus. Was machen Sie denn da am Boden?", wisperte Irene.

Grato schob sich stöhnend mit dem Rücken die Wand hoch. Dann beugte er sich nach vorn und begann etwas zu schwanken. Irene stieß die Tür auf und stützte seinen Arm, sodass er einen Schritt nach vorn treten konnte. Das harte Licht der Leuchtstoffröhre im Hausflur fiel wie ein Scheinwerferspot auf sein Gesicht. Grato versuchte es noch mit dem Handtuch zu verbergen, doch – zu spät. Irene sah und erschrak. Es war rot und zu einer unvertrauten Physiognomie verschwollen.

„Um Gottes willen! Was ist passiert? Hatten Sie einen Unfall? Ich bringe Sie in Ihr Wohnzimmer. Hier können Sie doch nicht sitzen bleiben."

„Nein, nein, nicht da hinein! Das ist nichts für eine ... Frau", krächzte Grato.

„Dann kommen Sie mit zu mir. Sie brauchen dringend einen kalten Umschlag", befand Irene entschlossen.

Sie führte ihren Nachbarn am Arm über den Hausflur in ihre Wohnung, wo er sich dann doch erstaunlich behände auf die vertraute Couch fallen ließ. Irene lief in die Küche, füllte eine Schüssel mit Wasser und Eiswürfeln und griff sich ein frisches Leinentuch. Sie hantierte wie ferngesteuert. Die Situation behagte ihr nicht – mit Gewalt wollte sie nichts zu tun haben. Am liebsten hätte sie es nicht bemerkt.

Aber nun krümmte er sich da auf ihrer Couch. Wie lange hatte dort niemand außer ihr gelegen? Sie schüttelte diesen Gedanken verärgert ab und ging zurück ins Wohnzimmer. Grato lag elegisch ausgebreitet da. Irene hockte sich mit der Schüssel neben ihn auf die Sitzkante, tauchte das Tuch ins Wasser und wrang es aus. Unschlüssig musterte sie sein Gesicht.

„Wo ... tut es denn am meisten weh?", fragte sie.

Statt einer Antwort fischte Grato zwei Eiswürfel aus der Schüssel und drückte sie sich links und rechts auf die Jochbeine.

„Nase?"

Grato nickte, wobei ihm Wassertropfen vom schmelzenden Eis in die Ohren und in den eng sitzenden Kragen liefen. „Nicht das erste Mal."

Irene nickte zögernd. Das hatte sie eigentlich nicht wissen wollen. Überraschend war es aber auch nicht. „Dann war es kein Unfall?"

„Wünschte, es wäre so. Schäme mich, dass Sie mich so sehen. Hab ich nicht gesagt, man muss sich wehren? Bin ich schönes Vorbild."

„Was ist passiert?"

„Ist besser, wenn Sie es nicht wissen. Obwohl ..."

„Obwohl?" Irene biss sich auf die Lippen. Warum fragte sie bloß nach?

Zugleich konnte sie den Blick nicht von der immer dicker anschwellenden Nase abwenden. Die sah bald aus wie die vom knolligen Weihnachtsmann in dem Bilderbuch, dass sie Jan damals in der Adventszeit vorgelesen hatte.

„Ich werde Sie schützen. Aber geben Sie auf sich Acht. Wenn ich nicht da sein kann. Es geht um Patrick", raunte Grato, dem das Atmen beim Sprechen umso schwerer fiel, je dicker die Nase wurde.

„Herr Klosterfeld? Hat der Ihnen das verpasst?" Irene war ehrlich überrascht.

„Nein!", protestierte Grato. „Den hab ich nicht gesehen, seit ich hier bin. Aber er ist in etwas verwickelt. Hat schiefe Geschäfte gemacht. Die sind ihm über den Kopf gestiegen und er ist geflohen. Ich sollte ihn decken.

Nun steigt es mir über den Kopf. Hatte Besuch im Studio. Geht wohl um eine wertvolle Paketlieferung. Richtig viel Geld. Patrick hat's nicht weitergegeben. Diese Leute dachten, ich hätte es behalten. Sie kommen wieder, wenn ich ihnen nicht sage, wo Patrick ist. Aber weiß ich es denn?", schimpfte Grato verzweifelt.

„Der Herr Klosterfeld ist aber auch gar nicht … verantwortungsvoll. Wo zieht er uns nur mit hinein?" Irene fühlte sich sekündlich unbehaglicher. „Wissen Sie was? Dann rufe ich die Polizei."

Irene stellte entschlossen die Schüssel zur Seite und wollte sich aufrichten, als Grato blitzschnell ihre Handgelenke ergriff: „Keine Polizei!"

Seine Hände waren eisgekühlt und sein Griff fest wie der sprichwörtliche Schraubstock. Sie wollte sich reflexartig herauswinden, woraufhin er sie mit einem Ruck zu sich herunterzog. Irene landete, das war durchaus schmerzhaft für sie, mit der Nase auf seinem Brustbein.

Grato begann zu flüstern: „Sie hatten Informationen über mich. Über meine Familie. Ich muss das Päckchen finden – oder ihnen Patrick ausliefern."

Irenes Herz begann zu rasen. Die Schläge schienen in Gratos Brustkasten widerzuhallen. Oder war es sein Herz, das raste? Hatte sie denn Angst vor ihm? Nein, das war es nicht. Nicht nur. Es war die Zwickmühle, in der sie steckte. Sie musste das Richtige tun. Grato vertrauen? Die Polizei rufen? Das letzte Mal, als sie das Richtige tun wollte, hatte sie ihre Ehe zerstört.

„Verstehe", flüsterte sie.

Gratos Griff löste sich, aber Irene rührte sich nicht. Nun schlang er seine Arme um ihre Schultern und drückte sie an sich.

„Das ist gut", murmelte er. „Das ist gut."

🐘 34 🐘

Um Irenes Schuhe bildete sich eine Wasserlache. Sie hatte die Schüssel mit dem Eiswasser viel zu heftig in die Toilette entleert. Mechanisch griff sie ein Tuch und ging in die Hocke, um ihre Füße zu trocknen und den Boden zu wischen. Sie spürte ihren Herzschlag gegen ihre Knie wummern. Vorhin, als sie Gratos Gesicht kühlte und er sie an sich gezogen hatte, hatte sie sein Herz gefühlt.

Irene sackte auf dem Boden des Badezimmers in sich zusammen. Grato.

„Ich nenne ihn bei seinem Spitznamen, wenn ich an ihn denke", murmelte sie erschrocken. Sie wagte es kaum, sich zu fragen, ob es ein gutes Gefühl war, als er sie auf seine Brust zog.

Weg von hier! Klosteraufenthalt! – zuckte es wieder durch ihre Gedanken.

Wie in Trance rappelte sie sich auf, drehte den Heißwasserhahn auf und kramte eine Beruhigungsessenz für die Wanne aus der hintersten Ecke des Spiegelschranks über dem Waschbecken. Das hatte ihr damals geholfen, als Manfred sie verließ.

Sie ließ sich ins warme Wasser gleiten und versuchte ruhig zu atmen, aber das Gedankenkarussell ließ sich nicht anhalten.

Grato war in Gefahr. Wie man diesen kräftigen Mann zugerichtet hatte. Er hatte gestammelt vor Angst. Seine Stimme hatte gezittert, als er erzählte, wie die Kerle ihn umzingelt und bedroht hatten. Als er ihnen nicht sagen konnte, wo das Päckchen war, hatten sie ihn getreten, bis er zu Boden ging.

„Und das heißt schon was bei mir, bin ja kein Schlappschwanz", hatte Grato gestöhnt. „Feige Hunde, kommen nicht allein oder zu zweit, kommen im Rudel. Hatte keine Chance. Und, die kommen wieder – sonst", er schluckte, „die wissen, wo meine Familie wohnt ..."

Ob sie sich an irgendetwas erinnern könne, hatte er gefragt. Vielleicht hatte sie einen Boten beobachtet, der die Sendung bei Klosterfeld abgegeben hatte?

Als er das fragte, war Irene der Schweiß ausgebrochen, und ihr wurde klar: Er brauchte die Diamanten unbedingt. Musste man ihm nicht helfen? Aber was würde er tun, wenn er herausfände, dass sie das Päckchen angenommen hatte? Was war das überhaupt für ein Mann, der sich auf Geschäfte mit brutalen Kriminellen einließ? Die Frage, ob sie ihm vertrauen könne, war schon wie ein böser Stachel gewesen, bevor sie sich aus seiner Umarmung gelöst hatte. War Klosterfeld wirklich der eigentlich Schuldige, hatte er unsaubere Geschäfte gemacht und war deswegen abgetaucht?

Grato sollte ihn decken und war nun selbst in Schwierigkeiten ... Konnte das stimmen? Sagte Grato die Wahrheit? Von Anfang an war da so ein zwiespältiges Gefühl gewesen, trotz seiner Hilfsbereitschaft, trotz seines Charmes. War er nur in Klosterfelds Wohnung gezogen, um herauszufinden, wo das wertvolle Päckchen geblieben war?

Irene stöhnte. „Dieses verdammte Päckchen, hätte ich es nur nicht angenommen." Ahnte Grato etwas davon? Hat er sich deswegen an sie herangemacht?

Schlagartig erhöhte sich ihr Puls. Wieder dieses unkontrollierte Herzrasen! Nein, versuchte sie sich zu beruhigen. Er kann nicht wissen, dass ich die Postsendung angenommen habe. Wer sollte ihm das erzählt haben? Enrico? Er kannte Enrico doch gar nicht, sonst wäre er ja zu ihm gegangen, um herauszufinden, wo die Diamanten sind. Dann hätte Grato mich für seine Suche gar nicht gebraucht.

Elefantenkerzen. Irene entfuhr ein kieksiges Lachen. Kerzen, wer kommt schon auf die Idee, dass Diamanten in Kerzen versteckt sind? Diese Muskelfrau, die plötzlich in Enricos Laden auftauchte, wie hieß sie gleich? Irene grübelte. Ach, unwichtig. Auf jeden Fall wusste die, dass in den Elefantenfiguren etwas Kostbares verborgen war. Und dass der Inhalt nicht legal war. Warum hatte sie sonst damals Hals über Kopf den Laden verlassen, als sie draußen Polizeisirenen hörte?

An das, was da passiert war, habe ich lange nicht mehr gedacht. Komisch eigentlich. Selbstschutz, dachte Irene, während sie heißes Wasser in das lauwarm abgekühlte Bad einließ. Das war mir wohl zu viel.

Sie atmete tief ein und ließ sich in der Wanne zurücksinken. Das war die perfekte Temperatur. Sie schloss die Augen. Der Duft der Badeessenz prickelte in ihrer Nase. Das war wie Urlaub, weit weg von allem. Das Meer nicht weit … fehlten nur noch ein Glas Sekt am Wannenrand, leise Musik und in jeder Ecke eine funkelnde Kerze. Nun kam ihr das improvisierte Abendessen in Enricos merkwürdigem Kräuterladen in den Sinn. Bei Kerzenschein mit Brot, Käse und Wein. Dazu französische Chansons. Das war romantisch und wirkte so beruhigend nach dem Streit mit Betty. Und dann klackerten da plötzlich die Steine aus den Elefantenkerzen.

Kerzen … um Himmels willen, Betty! Weiß sie etwa auch davon? Steckt sie da mit drin? Klosterfeld ist – oder besser war – ihr Angestellter. Ihre Nervosität, ihr aggressives Verhalten in letzter Zeit: Womöglich war das auch Angst.

Dieser Irrsinn muss ein Ende haben!

Mit einem Ruck tauchte Irene aus dem Schaumbad auf und stieg aus der Wanne. Etwas in ihr hatte beschlossen Enrico anzurufen. Warum hatte er sie belogen, als er versicherte, er würde die Diamanten zur Polizei bringen?

Sie griff entschlossen nach einem Handtuch, zog ihren Frotteemantel über und holte das Notizbuch mit seiner Telefonnummer.

Warte, sagte eine innere Stimme. Sortiere erst einmal deine Gedanken. Koch einen Tee, setz dich hin und denk nach. Was willst du Enrico überhaupt sagen? Er weiß doch gar nicht, dass ich die Steine zwischen dem Kandis entdeckt habe. Er weiß doch nicht, warum ich Hals über Kopf seine Wohnung verlassen habe. Ohne eine Nachricht an ihn.

Vorsichtig schenkte sie sich den frisch aufgebrühten Tee in einen Becher. Ihre Hand zitterte. Als sie zur Zuckerdose griff, hörte sie sich hysterisch auflachen. Würde sie Tee ungesüßt trinken, wäre alles anders gekommen. Womöglich wäre sie nichts ahnend sogar noch bei Enrico in seiner Wohnung und hätte ihn näher kennengelernt.

„Hätte, hätte ... Bevor ich nicht weiß, ob Enrico die Steine noch hat, macht es keinen Sinn, Grato von ihm zu erzählen. Ich muss ... ja, das muss ich unbedingt ...“

Sie schlug das Notizbuch auf und wählte Enricos Telefonnummer.

„Relax, Laden für seelischen Frieden. Wie kann ich dir helfen?“

Enricos Stimme klang freundlich und entspannt.

„Ja nein, ich will nur ...“ Die Erwähnung von seelischem Frieden hatte sie aus dem Konzept gebracht.

„Irene, bist du das? Endlich ...“

„Ich möchte, dass du zu mir kommst. Wir haben etwas zu besprechen.“

„Allerdings, das haben wir!“ Enricos Stimme klang nicht mehr ganz so freundlich und wurde noch strenger, als er fortfuhr: „Du kannst doch nicht so lange einfach abtauchen! Behandelt man so einen alten Freund?“

„Ein schöner Freund bist du!", entfuhr es Irene empört.

„Waaas?"

„Du hast mich belogen!" Ihre Stimme überschlug sich. Sie hasste das. Aber nun gab es kein Zurück. „Du hast die Diamanten behalten!"

„Also! Also, also ...", verlor Enrico nun die Kontrolle über seine Artikulation. Er atmete hörbar ein und fuhr fort: „Das kann ich erklären. Ich wollte dich nicht außen vor lassen. Nur erst sichergehen. Ich hab 'n Plan!"

„Du hast ja keine Ahnung!", erwiderte Irene. „Du schadest anderen mit diesen Spielchen! Das werde ich nicht zulassen."

„Wovon sprichst du bitte?"

Schweigen.

„Na schön. Pass auf, Irenchen. Ich muss noch dies und das klären. Dann erzähl ich dir alles. Ich komm demnächst mal vorbei. Okay?"

„Okay, komm zu mir. Am Wochenende. Wir können frühstücken."

Einen Moment lang war es still. Irene konnte leise das Windspiel im Laden klimpern hören. Anscheinend war Kundschaft gekommen.

„Wochenende. Okidoki. Dann ... tschüss", verabschiedete sich Enrico unschlüssig.

Irene legte langsam den Hörer auf.

Sie starrte in den Teebecher und beobachtete, wie sich die Zuckerstücke langsam auflösten.

Das Frühstück schmeckte nicht. Es bestand aus derselben Zutatenpalette wie immer, aber Enrico konnte sich einfach nicht darauf konzentrieren. Es ging zu viel Energie drauf für seinen Ärger. Über Jan. Seit dessen Kündigung war es aus mit gemeinsamen Frühstücksmeetings und dem Kampf der Musikkulturen.

Enrico hatte im Radio einen Oldiesender eingestellt. Weil der Jan besonders zu nerven schien. Aber auch das konnte ihn zu keiner Reaktion bewegen. Manchmal zeigte der Junge so etwas wie Bedauern und teilweise sogar einen gesprächseröffnenden Gesichtsausdruck, aber dann kam doch nichts. Sturer Armleuchter!

Seine Lebenszeichen beschränkten sich fast nur noch aufs Türklappern, wenn er mal wieder zu seinen geliebten Pilzen wollte. Einmal hatte er so etwas wie „echter Durchbruch" gemurmelt, was aber schon so gut wie alles an Kommunikation in den letzten Tagen darstellte.

Im Moment spielten sie *California Dreamin'* von The Mamas and The Papas. In den letzten Tagen war es mehr und mehr zu Enricos Lieblingssong geworden. Mit 50 Jahren Verspätung. Aber wie dem auch sei: Die Musik hatte was. Das war kein oberflächlicher Happy-go-lucky-Hippie-Schnickschnack. Da war viel Mystik und Doppelbödigkeit drin.

Dazu der Text: Sein Englisch war zu schlecht, um alles zu verstehen. Aber zumindest konnte er ahnen, dass es um einen Kirchgang im Winter ging, bei dem die Vision von einem sonnendurchfluteten Kalifornien aufstieg. Der

Traum vom gelobten Land. Irgendetwas zurrte sich um seine Brust, das ihm das Atmen schwer machte. Fernweh, dachte er.

Ja, genau. Und deshalb durfte er sich nicht in die Parade fahren lassen. Nicht jetzt, wo seine Pläne im letzten Monat schwanger waren. Irene hatte ihn angerufen und zum Frühstück eingeladen. Daneben hatte sie nicht ganz so schöne Sachen vom Stapel gelassen.

Auf jeden Fall wusste sie, dass die Diamanten noch bei ihm waren. Wenigstens hatte das Rätseln ein Ende. Jetzt war klar, warum sie in der letzten Zeit so zickig war. Weil er die Steine nicht bei der Polizei abgegeben hatte.

Aber hatte er sie richtig verstanden? Er würde anderen schaden? Wollte sie jetzt etwa, dass er anderen mit den Klunkern half? Welche anderen? Gab es überhaupt „andere" in Irenes Leben? Moment mal. Hatte Jan nicht von dieser schrägen Kiezfigur erzählt, die sich an sie rangeschmissen hatte? Dieser Gratanovic? Sogar Klosterfeld kannte den Namen. Vielleicht hatte sich dieser Obergauner ja nur an sie rangemacht, weil er wusste, dass der Weg zu den Steinen über sie ging. Große Verschwörung? Ne, ne, jetzt nicht paranoid werden!

Natürlich würde er zum Frühstück kommen. Die perfekte Chance, mit Irenchen die Friedenspfeife zu rauchen. Und helfen würde er ihr auch gern. Wenn auch nicht unbedingt mit den Diamanten. Sie könnte gern endlich begreifen, dass *er* die besseren Ideen hatte. Zeit, ein wenig Gas zu geben.

Im Sitzen kramte er in seinen Hosentaschen und förderte ein Mobiltelefon ans Tageslicht. Eines von den nichtregistrierten, die seit einiger Zeit den Schwarzmarkt überschwemmten. Er hatte es sich von einem Flohmarktkollegen geliehen.

Als Nächstes barg er den Zettel, auf dem in Klosterfelds Krakelschrift die russische Telefonnummer stand.

Er pfriemelte sich den Kopfhörer ins Ohr, tippte die Nummer ein und lehnte sich schnaufend zurück. Das Freizeichen klang wie aus weiter Ferne. Dann meldete sich eine männliche Stimme. Auf Russisch.

„Das ist ein Anruf aus Hamburg. Ich möchte Jekaterina sprechen", artikulierte er in übertrieben deutlicher Aussprache auf Deutsch.

„Ja! Hamburg! Jekaterina!"

Im Hintergrund war für einige lange Sekunden mehrstimmiges Geluschel zu hören. Von der Stimmlage her teils ratlos, teils aufgeregt. Heftiges Poltern verriet ihm, dass der Hörer abgelegt wurde. Weiterhin unverständliches Gemurmel, aus dem hin und wieder das Wort „Gamburg" auftauchte. Raschelnd wurde der Hörer aufgehoben.

„Ja, Sie wünschen?", meldete sich eine volle, angenehme Frauenstimme.

„Ich möchte Ihnen helfen. Ich habe Ihr Eigentum gefunden. Kerzen! In Elefantenform. Mit Füllung. Die würde ich Ihnen gern zurückgeben!"

Die anschließende Pause war spürbar, aber kurz. Professionelle Reaktion, dachte Enrico.

„Ich habe keine Ahnung, wovon Sie sprechen." Ihr Deutsch klang ziemlich geübt. „Aber Sie scheinen ein interessanter Mensch zu sein. Wie heißen Sie, und wie ist Ihre Adresse?"

„Tut mir leid, das ist mir momentan entfallen! Ist ja auch nicht so wichtig. Ich hab da folgende Idee: Wir treffen uns irgendwo in Hamburg. Dann gebe ich Ihnen die Kerzen zurück. Na ja. Und da wäre noch etwas. Ich hab ja ein paar Stunden Arbeitsausfall, dazu kommen noch die Anfahrtskosten. Da ist eine kleine Aufwandsentschädigung doch gerechtfertigt, nicht wahr? Ich denke da an 200.000."

„Rubel?"

„Nein, Euro. Rubel passen so schlecht in die Kaugummiautomaten."

„Sie sind wirklich ein interessanter Mensch. Und sehr lustig!"

„Vielen Dank fürs Kompliment. Aber lassen Sie uns jetzt zu den Details kommen!"

🐘 36 🐘

Die Eingangstür von Klosterfelds Wohnung fiel ins Schloss. Der scharfe Geruch des Putzmittels war immer noch nicht abgezogen. Brombeersaftflecken, hatten seine Kumpel von der Reinigungsbrigade gesagt. Hatte diese Knalltüte von Klosterfeld wirklich gedacht, er könnte irgendwen mit diesem Zirkus hereinlegen?

Auf jeden Fall sind Brombeersaftflecken mindestens so hartnäckig wie Blut, dachte Gratanovic grinsend, riss das Fenster auf und schaute kurz raus.

Der Hausmeister war – vor Kraftanstrengung stöhnend – damit beschäftigt, die Gitter von den Kasematten

seitlich wegzuziehen, um dann matschiges Laub heraus-
zuschaufeln.

Mit einem Seufzer der Erleichterung ließ sich Grato
auf das herzförmige Sofa im Wohnzimmer fallen und
kickte seine Schuhe weg. Die Show, die Klosterfeld hier
mit dem vorgetäuschten Blutbad abgezogen hatte, war
dilettantisch gewesen, aber die Show, die er, Radoslav,
bei Irene abgezogen hatte, schien gewirkt zu haben. Er
war sich sicher, sie konnte ihm helfen das Päckchen zu
finden. Diese Dame tat unschuldig wie die Jungfrau Ma-
ria, wusste aber mehr, als sie sagte.

Ob sie auch wusste, was in dem Päckchen war? Eher
nicht, mutmaßte er. Besser nicht, man wollte ihr ja nicht
wehtun, wenn es sich vermeiden ließ. Er griff nach der
Wodkaflasche neben dem Couchtisch, goss ein Wasser-
glas fast randvoll.

Mit einer Zange fischte er die letzten Stücke aus dem
Eiswürfelbehälter – teures Design, Edelstahl, mit Deckel,
das hielt die Kälte besonders gut. „Hm", grunzte Gratanovic in sich hinein, „nobel geht die Welt zugrunde.
Klosterfeld, der Idiot, denkt, er kann mich austricksen
und das Geld für die Klunker verjubeln. Dummkopf.
Nicht mit Radoslav."

Er kippte den Drink hinunter, schenkte nach und
schaute sich um. Auch hier bei der Schwuchtel war alles
schön ordentlich, genau wie bei seiner Nachbarin. Gestank hin oder her, seine Jungs hatten gründlich geputzt.
Aber die penible Aufgeräumtheit, das war schon vorher
so. Er betrachtete das Dirndl, das akkurat auf einem Bügel drapiert am Schrank hing. Wo Klosterfeld das wohl
anzog, fragte sich Gratanovic, in Schwulenclubs? Kit-

schiges Herzchenmuster, aber hübsch ordentlich. Genau wie die sauber geflochtene blonde Zopfperücke. Sie gehörte offensichtlich zu dem Trachtenkostüm. Sauber. Ordentlich.

„Alles nur Scheinkulisse", knurrte er, „machen auf korrekt, aber wie sieht es hinter der Fassade aus?"

Sein Blick blieb an der Blutspur hängen, die er an Wand hinterlassen hatte, als er mit seiner Nase dagegengedonnert war. Ein kieksendes Lachen entfuhr seiner Kehle. Er dachte daran, wie Brutalo-Rosa ihn damals zugerichtet hatte. Sein Zinken hatte also schon mehr verkraftet als vorhin das bisschen Nasenbluten.

Na ja, weh tat es schon, aber immerhin hatte seine „Bin schwer verletzt"-Komödie bei der Dame Irene gewirkt. Soll unbedingt zum Arzt gehen, hatte sie immer wieder gesagt. Dann wollen wir ihr den Gefallen tun, beschloss er, werde mich selbst verarzten, damit sie glaubt, dass ich auf sie höre. Er schlitterte auf Socken ins Bad und kramte nach Wundpflastern suchend in dem Spiegelschränkchen über dem Waschbecken herum, fand aber nur Cremetiegel, Make-up und haufenweise Schminkkram. Wütend wischte er alles aus den Fächern. Lippenstifte rollten über die Bodenfliesen, eine Nagellackflasche zersplitterte.

„Proklet da si! So eine Scheiße!", knurrte er.

Er griff einen Putzlappen, der über einem Abflussrohr hing, und bückte sich, um die Scherben zusammenzuschieben und wegzuwerfen. „Die will ich nicht im Fuß haben!" Er öffnete den Abfalleimer neben der Toilette, schüttelte den Putzlappen mit den Resten der Nagellackflasche darüber aus und stutzte. In den losen Fäden am

Rand des Lappens hatte sich etwas verfangen, das mit einem Glassplitter nicht die geringste Ähnlichkeit hatte. Er fummelte einen etwas verblichenen, länglichen Plastikstreifen aus dem rauen Gewebe, hielt ihn unter die Lampe am Spiegel und stieß einen pfeifenden Ton aus.

„Wenn das kein Streifen ist, mit dem die Polizei Schnelltests nach Blutspuren macht ...", murmelte Gratanovic. Der war wohl beim Putzen der Wohnung am Lappen hängengeblieben. Aber wie zum Teufel kam der Teststreifen hierher?

Sein Kumpel beim bulgarischen Geheimdienst Zdravko, Exbulle, hatte ihm mal solche Dinger erklärt. Hießen Combur-Test oder so ähnlich. Und das, was dieser Streifen zeigte, war eindeutig keine Verfärbung auf dem Abschnitt für Blut.

War etwa die Polizei hier gewesen?, fragte sich Gratanovic. Er schüttelte innerlich den Kopf. Nein, die kamen immer mit großem Bahnhof, das hätte Irene bemerkt. Auf jeden Fall aber der Hausmeister, und der hätte es bestimmt herumerzählt. Polizei, Polizei ... das Wort flashte durch seine Gedanken.

Dann schlug er sich an die Stirn und fluchte: „Pa djabolite, die alte Polizeischlampe Rosa ist hier gewesen." Brutales Weib. Hat mir die Fresse poliert. Die ist immer noch hinter mir her, sie will sich an mir rächen und kann einfach nicht aufhören mit ihrer Schnüffelei. Wurde aber abserviert deswegen. Immerhin. Meinetwegen! Vom Dienst suspendiert. Aber macht trotzdem noch immer auf Kommissarin. Wenn die mich nicht endlich in Ruhe lässt, verpfeife ich sie. Dann kann sie sich die Gitterstäbe im Gefängnis von innen ansehen.

Gratanovic griff den Putzlappen und schrie auf. In der Fußsohle steckte kein einziger Splitter, doch dafür hatte sich ein spitzes Stück Glas unter seinen Daumennagel gebohrt.

„Auch das noch! Und Scheiße, Scheiße, keine Pflaster!", fluchte er, steckte den blutenden Daumen in den Mund und ging leicht taumelnd ins Wohnzimmer zurück. Auf dem Weg dorthin schnappte er sich die Perücke, stülpte sie sich über den Schädel und wieherte ein kehliges Lachen. „Ha, ha, seh ich jetzt aus wie Julija Tymoschenko mit ihren falschen Zöpfen. Noch so ein sauberes Früchtchen."

Die Wodkaflasche war fast leer. Auf leerem Magen blieb das selbst bei Gratanovic nicht ohne Wirkung. Rülpsend schlitterte er auf Socken in die Küche und holte Nachschub. Er machte sich nicht mehr die Mühe mit dem Glas, sondern trank gleich aus der Flasche.

„Bin verdammt guter Schauspieler", kicherte er, „schwer verletzt von bösen Gangstern. Hat die Dame Irene geglaubt. Prost, Irenchen!"

Er warf sich auf das Herzsofa, rutschte auf dem glatten Satinbezug mit Karacho zu Boden und donnerte gegen den Couchtisch. Das tat richtig weh. Er rieb sich stöhnend den Hinterkopf.

Bloß keinen Lärm machen, sonst ruft sie doch noch die Polizei.

Was war das? Er hob den Kopf und lauschte. Das Geräusch kam von der Wohnungstür. Dann sah er im Flurspiegel, wie die Tür sich ganz langsam öffnete. Die offenen Fensterflügel schlugen durch die Zugluft vom Flur zu und wieder auf. Trotz seines Alkoholpegels war Gralanovic mit einem Satz auf den Beinen, taumelte und rutschte haarscharf an Klosterfeld vorbei. Der schrie erschrocken auf, machte kehrt und sprang zurück in den schmalen Hausflur. Die Türklinke schon in der Hand, wollte er sich davonmachen, aber eine Pranke hatte seinen Arm gepackt und zerrte ihn zurück.

„Bleibst du schön hier, Freundchen! Hast du dich etwa allein hergetraut?" Gratanovic spähte kurz in den Flur. „Schnüffelst du mir etwa nach?", lallte er dann, wurde aber zusehends nüchterner.

Er schubste den geschockten Klosterfeld auf einen Sessel und kam gleich zur Sache: „Und wo du schon mal hier bist: Wo ist die Lieferung?! Wo?!", brüllte er.

Als statt einer Antwort nur ein jämmerliches Schulterzucken kam, packte er Klosterfeld am Kragen.

„Ich schüttel dir das Hirn raus, wenn du nicht sagst!", brüllte der Bulgare noch lauter. „Was sollte dieses Theater mit dem Blutbad? Hä?! Sollte ich glauben, böse, böse Männer haben dir Päckchen gestohlen?! So ein Quatsch! Brombeersirup. Meine Jungs mussten nur mal schnüffeln. Darauf ist nicht mal die Polizeischlampe Rosa hereingefallen. Und ich schon gar nicht. Also, letzte Chance – wo sind die Steine?"

„Aber, wenn ich es doch nicht weiß. Ich habe das Päckchen doch gar nicht bekommen", piepste Klosterfeld. „Ich", er langte nach der Wodkaflasche, „ich muss jetzt etwas trinken."

„So, musst du das." Gratanovic setzte sich vorsichtig auf das seidenrutschige Sofa und sah zu, wie Klosterfelds zitternde Hand nach der Flasche griff. Aber schon nach paar Sekunden, blaffte er wieder los: „Du hast genau zwei Möglichkeiten: Mit dem Päckchen herausrücken oder du bist tot!"

„Ich muss aufs Klo", wimmerte Klosterfeld. „Bitte, ich weiß doch nichts. Das müssen Sie mir glauben."

„Machst dir ins Hemd vor Angst. Das ist gut", brummelte Grato, rülpste und musste wiehernd lachen, weil ihm einfiel, dass er diese dämliche Perücke noch immer auf dem Kopf hatte.

„Wo warst du eigentlich die letzten Tage? Wo hast du Ratte dich verkrochen, bei deinen Schwuchtelfreunden? Hä?! Hast dein Kleidchen vergessen, Herzchen." Als Klosterfeld aus dem Bad zurückkam, deutete Grato auf das Dirndl. Klosterfeld zuckte ratlos mit den Schultern, nahm erst jetzt die Zopfperücke auf Gratos Schädel bewusst wahr und fing hysterisch an zu lachen.

„Lachst du Freundchen nicht mehr lange. Los, anziehen. Will auch was zu lachen haben! Na los, mach schon."

Grato nahm noch einen kräftigen Schluck aus der Wodkaflasche und sah staunend zu, wie Klosterfeld den gepolsterten Büstenhalter um den Brustkorb schnallte und mit Heftpflaster fixierte. Grato schlug sich auf die Schenkel und begann sein Lieblingslied aus der Muckibude zu grölen: „Bettina, pack deine Brüste ein …", dazu trommelte er so laut im Takt, als wären seine Finger Besenstiele.

Mit flatternden Fingern versuchte Klosterfeld das Mieder zuzuhaken.

„Nun mach schon, Schwuchtel, will dich das Röckchen schwingen sehn!" Gratanovic wurde ungeduldig, stand schwankend auf und fummelte vergeblich selbst an den Haken. Er zerrte sein Opfer ins Licht zum Fenster, um die Ösen besser zu erkennen.

Plötzlich kam ihm die Idee, die Diamanten könnten in dem ausgestopften Büstenhalter versteckt sein. Mit einem Ruck riss er das Spitzenteil samt Heftpflaster von Klosterfelds Schultern, zerrte die Polsterung heraus und fand: Nichts.

„Proklet da si, verdammte Scheiße! Wo sind die Klunker?" Rasend vor Wut grabschte er Klosterfeld zwischen die Beine. „Soll ich dir machen Rühreier?"

Klosterfeld wehrte sich verzweifelt, schrie wie aufgespießt, ohne gegen den immer aggressiver zupackenden Bulgaren die geringste Chance zu haben. Der hob den schmächtigen Mann hoch wie eine Puppe, schleuderte ihn hin und her und verlor selbst den Halt auf den rutschigen Socken. Klosterfeld versuchte sich freizustrampeln und flog dann plötzlich in hohem Bogen aus dem Fenster. Mit einem dumpfen Knall landete er kopfüber in der Kasematte.

Gratonovic glotzte ungläubig hinterher, wurde schlagartig nüchtern. „Proklet da si", fluchte er wieder. Dieses Mal ganz leise. Er ahnte nichts Gutes. Er beugte sich über die Fensterbank nach draußen und fragte mit gedämpfter Stimme, „Klosterfeld, kannst du aufstehen?"

Er bekam keine Antwort.

Kurz darauf wunderte sich Wilm Nachtigall, der gerade aus dem Keller kam, dass der neue Untermieter einen großen Müllsack zu seinem protzigen Wagen schleppte. „Ziehen Sie jetzt schon wieder aus?", wollte er kopfschüttelnd wissen.

Auch er bekam keine Antwort.

Es war wie verhext. Sie war voller Selbstvertrauen in den Kampf gegangen. Aber jetzt bekam sie die Arme einfach nicht mehr hoch. Der andere konnte mit ihr machen, was er wollte. Seine Fäuste und Beine wirbelten in einem verrückten Tanz um sie herum und versetzten ihr Treffer nach Belieben. Währenddessen hingen die Arme an ihr herunter wie nasse Säcke. Sie war verloren. Dann die Trompete. Die Kavallerie. Rettung. Aber war das wirklich für sie gedacht?

Während sie verzweifelt darüber nachgrübelte, was das Signal zu bedeuten hatte, schlug sie die Augen auf.

Die Trompete war echt. Sie kam aus dem Smartphone, das neben dem Sofa auf dem Boden lag. Stockend setzte die Erinnerung ein. Diesen Klingelton hatte sie für einen einzigen Kontakt eingestellt – wenn das Handy anrief, das sie Henk überlassen hatte. Das Display zeigte kurz vor drei an. Sah nach einer wichtigen Sache aus.

„Hallo, hier ist Rosa!", brummte sie mit rauer Schlafstimme ins Mikro.

„Du musst kommen! Sofort!", hörte sie eine junge Stimme haspeln. Wahrscheinlich eines von Henks Mädchen.

„Was ist passiert?"

„Der bulgarische Mann!"

„Gratanovic? Ist er bei euch? Hat er euch was getan? Bedroht er euch?"

„Nein, er ist wieder weg."

„Erzähl schon! Was ist passiert?"

„Nein. Du musst kommen. Sofort!"

„Gib mir Henk doch mal."

„Schläft!"

„Okay!" Sie setzte sich auf dem Sofa auf. Instinktiv fuhr ihre Hand zu den Rippen, wo sie der andere getroffen hatte, dann rief sie sich zur Ordnung.

„Ich bin in fünfzehn Minuten bei euch. Ihr wartet am Tor, ja?"

Im Wagen peitschte sie das Radio auf maximale Lautstärke und ließ das Seitenfenster hinuntersurren, bis ihr der Fahrtwind in die Haare fuhr. „Komm schon, wach werden!", zischte sie. Mit den Handballen lenkend klopfte sie zwei Koffeinpillen aus dem Röhrchen, die sie mit einem tiefen Schluck aus einer Coladose hinunterspülte.

Auch die Veddel schlief nicht. Ein paar hundert Meter von ihr entfernt rasten Eisenbahnzüge durch die Nacht, aus den Lagerhallen drang grelles Scheinwerferlicht, Gabelstapler huppelten über den Asphalt, und an den Anlegern taten die Containerkräne unter kreisendem Warnlicht ihre Arbeit.

Einige Minuten später erreichte sie das alte Fabrikgelände. Im Scheinwerferkegel tauchten die beiden Mädchen auf. Sie hatten sich eng aneinandergeschmiegt. Wie sie die Hände in die Hosentaschen gesteckt und die Köpfe zwischen den Schultern eingezogen hatten, erinnerten sie Rosa an kleine frierende Vögel. Während sie den Wagen auf dem Gelände ausrollen ließ, liefen die beiden neben ihr her.

„Du brauchst Licht!", kommandierte eine von ihnen, als Rosa noch im Aussteigen begriffen war.

„Wenn du das sagst", brummte sie, öffnete den Koffer-
raum und kramte ihren superstarken Handstrahler heraus. Sie knipste das Gerät an, wobei sie den Strahl auf
den Boden richtete.

„Noch nicht!"

„Ist ja gut!" Sie schaltete den Strahler wieder aus.
„Dann zeigt mir mal, was ihr gesehen habt!"

Auf leisen Sohlen tappten sie am Fabrikgebäude entlang. Auf der rechten Seite ahnte Rosa die dunklen Schemen von Henks Zelt.

Nach ungefähr einem Dutzend Metern blieben die
Mädchen abrupt stehen und deuteten auf eine Stelle im
niedergetretenen Gras.

„Hier!"

Rosa schaltete den Strahler an, mit dem sie die Stelle
ausleuchtete. Zu ihren Füßen erkannte sie eine große
Blutlache. Unwillkürlich pfiff sie durch die Zähne.

Mit einem Schwenk der Lampe überzeugte sie sich,
dass sich die Spur in unregelmäßigen Flecken fortsetzte.

„Na los, weiter!"

Aber die Mädchen rührten sich nicht und schüttelten
nur die Köpfe. Keine Spur mehr von Pampigkeit. Sie
wirkten nur noch ängstlich und verstört.

„Im nächsten Tor", brachte eine von ihnen drucksend
hervor.

„Na gut! Ihr rührt euch nicht von der Stelle!"

Nach ein paar Schritten erreichte sie ein offenes Hal-
lentor, das ihr tiefschwarz entgegengähnte. Mit der flachen Hand tätschelte sie ihre rechte Hüfte, womit sie
sich vergewisserte, dass sie wirklich den Waffenhalfter
angelegt hatte.

In der Halle erfasste der Lichtstrahl eine Gruppe zwergenhafter Gespenster mit hochgerissenen Armen. Auf den zweiten Blick entpuppten sie sich als Heimtrainer oder Ähnliches, eingeschweißt in milchig weißer Kunststofffolie.

Breite Wasserstreifen auf dem bröckeligen Betonboden wiesen nach rechts auf einen halbhohen Palettenstapel.

Hatte hier jemand versucht, die Blutspuren wegzuwischen?

Hinter dem Stapel lag etwas großes Längliches – versteckt unter einer dunkelgrauen Decke, wie sie Spediteure oder Umzugsunternehmen verwendeten.

Mit einem Ruck riss sie die Decke weg. Sie wusste nicht, warum sie an einen eingeschnürten Tannenbaum denken musste. Denn das da im dunkelblauen Kunststoffsack war ziemlich eindeutig ein erwachsener Mensch. Die Folie war an einigen Stellen eingerissen. Am Kopfende hatte sich eine dunkle Lache gebildet.

Im Knien zog sie ihr Klappmesser aus der Jackentasche und setzte die Klinge auf die Folie. Beim Schneiden hielt sie den Atem an und wandte das Gesicht ab. Ach was, wird nicht so schlimm sein, dachte sie. Sieht alles noch sehr frisch aus.

Mit kraftvollen Griffen zog sie die klaffenden Folienränder auseinander und legte den Kopf frei. Dann hielt sie den Strahler nah ans bleiche Gesicht.

Ein junger Mann. Gutaussehend. Eigentümlich vertraut. Es dauerte ein paar Sekunden, bis sie Patrick Klosterfeld erkannte.

„He, wie kommst du denn hierher?", raunte sie.

Hatte sie sich geirrt? Waren die Flecken in der Wohnung doch echt gewesen? Quatsch! Der Körper lag höchstens seit ein paar Stunden hier. Sie legte ihre Fingerspitzen auf Klosterfelds schweigende Halsschlagader. Noch ziemlich warm.

Sie hatte ihn nur kurz gekannt – und das als überdrehte Drama-Queen. Jetzt waren seine Gesichtszüge von majestätischer Ruhe erfüllt.

Als Toter machte er eine wirklich gute Figur.

Das Ganze wirkte ziemlich improvisiert. Wahrscheinlich diente der Schuppen nur als schnelles Zwischenlager, bevor die Leiche endgültig entsorgt werden sollte. Sie würde schnell sein müssen.

Nachdenklich verharrte sie eine Weile in Hockstellung, dann erhob sie sich und ging zurück zu den Mädchen, die abwehrend die Arme hoben, als sie vom Strahler geblendet wurden.

Es war ihr schon vorher aufgefallen. Diesmal trugen die beiden nicht ihre gewohnten Schlabberklamotten, sondern superenge schwarze Hosen, ziemlich hochhackige Schuhe und Spaghettiträger. Außerdem hatten sie sich mit reichlich Kajal und Lippenstift verziert.

Alles klar, dachte Rosa. Die zwei Süßen waren auf Party gewesen. Wahrscheinlich hatten sie Gratanovic beim Nachhausekommen beobachtet. Und Henk sollte nach Möglichkeit nichts von ihren nächtlichen Eskapaden mitbekommen.

„Geht jetzt einfach schlafen. Keine Angst, euch passiert nichts!"

Das war gelogen, dachte sie. Die beiden waren als Zeugen Gold wert. Ohne mit der Wimper zu zucken, würde sie ihren alten Kollegen stecken, dass die Mädels etwas wussten. War zu hoffen, dass sie über gültige Aufenthaltstitel verfügten. Aber für jemanden wie Henk dürfte das keine unüberwindbare Hürde darstellen. Ansonsten – Pech gehabt. Mitgefühl hatte in der ganzen Geschichte irgendwie keinen Platz.

Sie jedenfalls war am Ziel.

Wer immer Klosterfeld auf dem Gewissen hatte und warum: Gratanovic hatte seine Finger im Spiel. Beihilfe zum Mord dürfte das Mindeste sein, was für ihn rauskommen sollte. Sie konnte nicht verhindern, dass sich ihre Lippen zu einem triumphierenden Grinsen verzogen. „Tja, Grato! Tick, du bist!"

🐘 38 🐘

Jan fühlte sich unwohl. Er hatte sich gut auf diesen Termin vorbereitet, war aber leider von völlig falschen Voraussetzungen ausgegangen – wie er nun sah.

Statt des erwarteten Alt-Hippie-Chefs einer Altonaer Hinterhof-Druckerei saß auf der anderen Seite des Schreibtisches aus Glas und Stahl der neue Geschäftsführer des alteingesessenen Betriebs, Marcel Konrad.

Das war definitiv nicht der frühere Kifferkumpel von Enrico.

Der hier war Anfang Dreißig, hatte wässrigblaue Augen und steckte nur deshalb in einem Hoodie, um etwas besser in die pittoreske Umgebung zu passen. Denn der BWLer quoll ihm aus jeder Pore. Sogar ein Kugelstoßpendel thronte zwischen Macbook und Manufaktum-Kaffeebecher.

Kaffeetrinker, dachte Jan. Schlechter konnte es nicht laufen.

Marcel Konrad blätterte mit einer Hand in einem Stapel Papier und mit der anderen fahrig in einem Büschel Post-Its herum, das sich am Kopfende seines Tisches gebildet hatte. Er schien nicht zu finden, was er suchte, und sah zu Jan auf.

„Sie hatten ein Angebot von uns bekommen, richtig? Für das Messebanner – Gestaltung, Druck, Montage?", begann er zu raten.

„Nein", Jan richtete sich auf, „ich hatte Ihnen ein Angebot geschickt, quasi. Es ging um Promo-Bags. Für verschiedene Sorten Teebeutel. Die erste Mischung heißt ‚Dip to dope'".

„Dib to do?" Herr Konrad runzelte die Stirn und fingerte nun mit beiden Händen durch seinen Papierstapel. „Dib to do, dib to do … Ich sehe gerade nicht …"

Plötzlich fiel sein Blick nach links unten auf den Papierkorb. Er räusperte sich.

„Ah, ja. Jetzt weiß ich wieder … Sie hatten uns eine Projektskizze geschickt. Das Produkt lief aber doch unter einem anderen Namen, etwas wie ‚Striptease'?"

Jan zuckte zusammen.

„‚Trip Teas', ja, das war der Arbeitstitel für die Marke. Es handelt sich, wie ich kurz skizziert hatte, um neuartige Mischungen aus Kräuter- und Früchtetees, die in Kombination mit Pilz…" – kein Anzeichen von Verständnis auf der anderen Seite des Schreibtischs – „…gerichten deren erdiges Aroma auffangen. Es ist eine Innovation, ein Nischenprodukt, aber ich bin sicher, dass sich ein festter Käuferkreis finden würde."

Jan schluckte. Komm mal zur Sache, ermahnte er sich selbst. „Ich suche Sponsoren für einen Testlauf, und da vom Anfasser bis zur Pappschachtel einiges zum Bedrucken dabei wäre, dachte ich, mit ein bisschen Werbefläche für Ihr Unternehmen könnte sich für uns eine Win-win-Situation ergeben, wenn Sie für die erste Charge kostenfrei ..."

Jan verzweifelte. Herr Konrad gab sich offensichtlich Mühe, seine Erinnerung aufzufrischen. Wahrscheinlich hatte er das Anschreiben im Schnellleseverfahren gecheckt.

Den Aspekt mit den Pilzen hatte Jan natürlich etwas verklausuliert formuliert, in der festen Annahme, es mit einem Kenner der Materie zu tun zu haben. Der seit den Achtzigern Plakate für Demos und Flyer für Enricos Sortiment gedruckt hatte.

Der hier aber, offensichtlich der Nachfolger, hatte keinen blassen Schimmer.

Herr Konrad hingegen hatte sich inzwischen wieder gesammelt. Er drückte einen Knopf auf seinem Telefon und klopfte dann entschlossen mit der Handfläche auf die Glasplatte.

„Ich will Sie da gar nicht zappeln lassen! Zeit ist Geld. Ich sehe durchaus Ihr USP, aber für ein win win ist das Käuferpotenzial einfach zu klein. Sicher, das Food-Thema ist wieder ganz groß, da mag sich was entwickeln. Haben Sie schon mal an Crowdfunding gedacht?"

Das war ein guter Vorschlag, aber Jan fühlte sich trotzdem vorgeführt. Er nickte langsam.

„Gut! Dann hat sich das ja schnell geklärt. Unsere Praktikantin wird Sie hinausbringen. Ah, da ist sie ja schon."

Im selben Moment öffnete sich die Bürotür. Nadine kam herein. Jan starrte sie verblüfft an.

Sie wirkte weniger erstaunt, hob nur lässig den rechten Arm mit der Handfläche nach oben und deutete damit Richtung Tür: „Bitte sehr!"

Überrumpelt von der Abfuhr durch Herrn Konrad und ihrem Anblick folgte Jan der Aufforderung, ohne zu zögern. Im Flur fand er seine Sprache wieder.

„Was tust du denn hier, zum Teufel?"

„Hi, Jan. Ich wusste schon, dass du kommst. Ich mache hier nämlich die Post auf", sagte sie und rollte leicht die Augen.

„Warum?"

„Warum? Du bist witzig! Du hast mir doch dieses Praktikum vermittelt!"

„Ich?", fragte Jan verdutzt.

„Ja, du! Gewissermaßen. Als wir in Vegesack waren, hast du erwähnt, dass dein Chef da was vermitteln könnte."

Sein Chef? Jan wühlte angestrengt in der Festplatte. Vegesack hatte er eigentlich abschließend verdrängt. Aber stimmt, da war was …

„Oh. Ja, war eigentlich nur so eine Idee damals."

„Mein Vater fand sie gut. Er hat mich dreimal erinnert, dann bin ich zu euch in den Laden. Als du nicht da warst. Und schwupps bin ich hier gelandet. Die suchen allerdings keine Praktikantin", sie schnaufte verärgert, „die suchen eine Tippse für den neuen Chef. Der hat nämlich noch absolut gar nichts, keine Ahnung und kein Geld."

„Na ja, ich hatte hier wohl auch keinen Erfolg."

Jan sah Nadine an. Eigentlich freute er sich sogar, sie hier zu treffen. Wenigstens ein vertrautes Gesicht. Nadine schien auch nichts gegen seine Anwesenheit zu haben. War er hier das kleinere Übel?

Oder sollte er sich jetzt lieber verabschieden?

Nadine setzte sich auf den Schreibtisch neben der Eingangstür, der ihr offensichtlich zugeteilt war, und schlug die Beine unter. Dann ließ sie ihren Blick nachdenklich auf Jan ruhen.

„Ich hab deine Projektbeschreibung gelesen. Und ich hab echt versucht, sie Marcel unter die Nase zu reiben. Ganz oben auf den Poststapel hab ich dein Anschreiben gelegt."

Jan grinste.

„Aber das konnte nichts werden, echt. Die Idee ist witzig, aber weißt du, mit welchen Mengen du da kalkulieren musst?"

„Deshalb fange ich ja erst mal ganz low cost an! Ich hatte auf einen offenen, kreativen Geist hier gehofft. Das war wohl nichts."

„Dann soll ich dir keine Skizzen machen?", fragte Nadine und zwinkerte ihm ironisch mit schräg gehaltenem Kopf zu. „Für ein kleines Probesortiment? Du könntest dir einen Bauchladen für Festivals machen."

„Ist das dein Ernst?"

„Klar! Ich hab schon eine Idee für das Logo. Und auch eine, wie du zu Geld kommst. Aber dazu müsstest du mich erst zum Tee einladen."

39

Gerade war Irene im Begriff, die Zuckerdose auf den fast fertig gedeckten Frühstückstisch im Wohnzimmer zu platzieren. Dann zögerte sie und wiegte das Döschen in der Hand.

Vielleicht keine so gute Idee, dachte sie. Zuckerdosen könnte Enrico als Anspielung verstehen. Besser, sie beschränkte sich auf Süßstoffdragees. Wie sie Grato einschätzte, trank der seinen Kaffee soundso schwarz wie die Nacht und ungesüßt. Und Süßstoff würde Enrico weiß Gott nicht schlecht bekommen.

Wenn Grato kam, würde sie ihn als Erstes fragen, ob er wüsste, was das für ein komischer Lärm gewesen war heute Nacht. Stimmen, Poltern, eine Art Knall. Und danach eigenartige Geräusche. Verstohlene Schritte, Türschließen, Knistern. Direkt hinterhältig.

Ach was, Unsinn! Wie konnten Geräusche denn hinterhältig sein? Na ja ... Immerhin gab es Geräusche, denen anzuhören war, dass sie *nicht* gehört werden wollten.

Es klingelte.

Als sie öffnete, fiel ihr Blick auf einen nicht besonders gut aussehenden Gratanovic. Sein Gesicht wirkte blass und zerfurcht. Die Augen, deren Blicke hektisch hin und her sprangen, zeigten einen verschmierten, fiebrigen Glanz.

Er stapfte an ihr vorbei in den Flur, spähte ins Wohnzimmer und brummte: „Noch nicht da, dein komischer Freund?"

Während Irene ihm nachblickte, stemmte sie die Hände in die Hüften. „Ebenfalls einen wunderschönen guten Morgen, mein lieber Grato!"

Wortlos ließ er sich auf einen Stuhl am Frühstückstisch plumpsen und massierte mit beiden Händen das Gesicht.

Sie griff nach der Kaffeekanne und füllte die Tasse, die vor ihm stand.

„Geht's dir nicht gut?"

In dem Moment, als sie die Kanne abgestellt hatte, schoss sein Arm hervor. Mit unnachgiebiger Festigkeit umschlossen seine Finger ihr Handgelenk.

„Ich habe keine Zeit. Begreif es!"

Der Griff tat weh. Aber viel schlimmer waren seine Augen. Als kleines Mädchen hatten sie ihre Eltern einmal übers Zirkusgelände geführt. In einem Käfigwagen entdeckte sie einen Löwen. Seine riesig breiten Pranken tappten über die Bohlen. Bei jedem Schritt tauchten unter dem gelben Fell Muskeln auf wie Muster auf dem Wasser, um sofort wieder zu verschwinden. Während seine Kette rasselnd über den Käfigboden schlingerte, schob sie in kleinen Häufchen schmutziges Stroh vor sich her. Dann hatte er sie angesehen. Es war ziemlich genau wie jetzt.

Bloß dass sie diesmal im Käfig war.

„Schon gut, schon gut! Aber das ist doch kein Grund …"

Als es klingelte und Grato seinen Griff lockerte, war sie froh, seiner Nähe zu entkommen.

An der Haustür stand Enrico, der mit dem rechten Arm eine braune Einkaufstüte an die Brust presste. Zwi schen den Pappgriffen sah sie Baguettes und Ananasbüschel herausragen.

„Damit wir auf keinen Fall verhungern müssen!", verkündete er munter.

Durch die offene Tür zum Wohnzimmer sah er Gratanovic am Tisch sitzen und nickte ihm leicht überrascht zu. Dann verschwand er in der Küche, um nach ein paar Sekunden mit einem Stangenbaguette in der Hand ins Wohnzimmer zurückzukehren.

„Soll ich's schneiden oder wollen wir uns davon Stückchen abbrechen? Ein bisschen Fingerfood?" Die Frage war an Irene gerichtet, die sich mittlerweile hinter den Frühstückstisch zurückgezogen hatte.

Sie antwortete nicht, dafür erhob sich Grato und schritt auf Enrico zu, wobei sein Blick nichts Gutes verhieß. Mit einem Kopfnicken wies er in Richtung Irene.

„Los, rüber!"

Enricos einzige Reaktion bestand aus einem verdutzten Gesicht.

Ungeduldig scheuchte Grato ihn mit einer wischenden Handbewegung, als wäre er widerspenstiges Hühnchen.

„Na los, wird's bald?"

Während sich Enrico – unverständlich brummelnd – an Irene drängelte, baute sich Grato vor den beiden auf. Andeutungsweise rollte er mit den Schultern. „Also: Wo sind sie?"

„Sie? Von welchen ‚sie' sprechen Sie gerade?"

„Hör zu, Kasper. Du weißt ganz genau, wovon ich rede!" Gratos Stimmlage hatte sich in den Frequenzbereich gefährlichen Grollens verschoben.

Enrico sandte einen hilfesuchenden Blick an Irene. „Kannst du mir bitte mal erklären, was das Ganze soll? Was ist das hier? Eine Falle für mich?"

„Nein, um Gottes willen! Ich hab auch keine Ahnung, was er plötzlich hat!"

Grato schob sein Gesicht auf Handbreite an das von Irene.

„Was ich habe? Was ich habe?", flüsterte er in drohendem Tonfall. „Oder was ich nicht mehr habe? Was ich gern zurückhaben will? Wo sind meine gottverdammten Klunker?"

„Entschuldigung! Aber bitte nicht so respektlos zu einer Dame!"

Von der Seite stupste ihm Enrico das Baguette gegen die Brust. Die Art, wie sich Grato zu ihm umwandte, hatte etwas vom Schwenk eines Geschützturms.

Noch immer richtete Enrico das Baguette mit beiden Händen auf Gratanovic. Der tippte mit dem Finger leicht auf die Spitze des Brotlaibs und schob ihn nach unten. Dabei lächelte er zwielichtig.

„Na gut. Vielleicht können *Sie* mir ja helfen."

Seine Stimme hatte eine süßliche Höflichkeit angenommen. „Also: Wo sind meine Diamanten?"

„Ich kann Ihnen beim besten Willen nicht folgen!"

„Ah, verstehe! Keine Erinnerung mehr? Schlecht! Aber Erinnerung kann man trainieren! Mnemotechnik heißt das. Ich habe Mnemotechnikgerät bei mir. Wollen Sie sehen?"

Er griff mit der Rechten in den Aufschlag seines Jacketts und förderte eine imposante Automatikpistole zutage, deren Lauf er auf Enricos Nasenspitze presste. Knapp über Gratos Abzugsfinger war auf der schwarzen Lackierung ein kyrillischer Schriftzug zu erkennen.

„Na, wirkt schon?"

„Grato, das ist unglaublich ..." In Ermangelung des passenden Ausdrucks brach Irene ab und bewegte nur noch tonlos die Lippen. Es klingelte.

„Wer ist das?"

„Woher soll ich das wissen?", schnappte sie, während Enrico weiterhin stumm auf die Waffe vor seiner Nase schielte. Vor Schreck war ihm das Baguette aus den Händen geglitten.

Es klingelte noch mal. Einmal, zweimal.

„Ach was! Wird schon wieder verschwinden!"

Das Klingeln verstummte tatsächlich. Dafür war nach ein paar Sekunden ein metallisches Kratzen im Türschloss zu hören.

Die Tür öffnete sich. Rosa trat ins Wohnzimmer und ließ den Türöffner lässig in der Jackentasche verschwinden. Ihre Reaktion, als sie Gratos Waffe erblickte, bestand in einem leichten Heben der Augenbrauen. Es wirkte eher neugierig als bestürzt.

„Ich störe doch hoffentlich nicht?"

„Was willst du hier?"

„Tja. Eigentlich wollte ich mich ein wenig bei Patrick umsehen. Aber dann habe ich dieses altvertraute Grunzorgan vernommen. Übrigens kann ich das auch!"

Was folgte, ging Irene eindeutig zu schnell, aber jedenfalls stand Rosa plötzlich in breitbeiniger Stellung da und hielt mit beiden Händen eine Waffe, die sie auf Grato richtete.

40

Jan schlurfte mit schweren Füßen den Weg zu seinem alten Zuhause hinauf. Er hatte beschlossen, diesen Canossagang nicht weiter aufzuschieben, um sich das restliche Wochenende nicht völlig zu verderben.

Ich geh nicht betteln, versuchte er sich Mut zuzureden. Ich biete ihr ein Investment an. Und wenn es nichts wird ... er seufzte. Bei Tante Irene wollte er sowieso mal wieder vorbeischauen. Sie hatte ihn noch nie im Stich gelassen, wenn es wichtig war.

Obwohl, so wie sie sich in letzter Zeit benahm – wer weiß.

Jan war seit einigen Tagen nicht hier gewesen. Deshalb bemerkte er erst jetzt, als er vor dem Kerzenladen stand, dass die Leuchtbuchstaben schon wieder defekt waren. Das zweite „L" in LICHTER LOH" hatte sich erneut verabschiedet. Zusätzlich flackerten nun auch das erste „L" und das „T".

Wie ein Menetekel flackerte ihm so die Botschaft „ICH – ER – OH" entgegen – und Jan spürte wieder den Diamantschneiderblick auf sich, mit dem ihn Gratanovic neulich im Laden bedacht hatte. Er wurde unruhig und machte ein paar schnelle Sätze zur Ladentür, die er mit Schwung aufriss.

Das hektische Klimpern des Glasperlenspiels in der Eingangstür ließ Betty zusammenfahren. Sie hatte sich auf den Verkaufstresen gestützt, vor sich das geöffnete Kassenbuch, und kaute an einem Bleistiftstummel. Es war erst später Vormittag, doch sie machte anscheinend schon die Wochenabrechnung.

„Spinnst du?", fauchte sie vor Schreck. „Musst du hier so reinplatzen?"

„Sorry, Mama", sagte Jan. „Irgendwie dachte ich plötzlich, du hättest wieder Besuch ..."

Betty richtete sich auf und ließ die Schultern sinken. „Ach, heute würde ich mich über jeden Besuch freuen."

Verdammt, dachte Jan. Wenn sie jedes Mal so reagiert, wenn jemand zur Tür hereinstürmt, ist es kein Wunder, wenn die Kundschaft ausbleibt.

Doch dann schwang er sich betont lässig auf den Kassentresen und warf einen Blick auf die Zahlenreihen. Er hatte früher oft die Abrechnung vorbereitet und sah nun schnell, was los war. Beziehungsweise nicht.

„Hey, soll das etwa das Adventsgeschäft werden? Das hat doch bisher immer alle Flauten des Jahres ausgeglichen!"

Seine Mutter warf ihren Bleistiftstummel in die geöffnete Kassenschublade. „Tja, das scheint vorbei zu sein! Seit sich die Weihnachtsmärkte wie Fadenwürmer durch Hamburg ziehen, kaufen alle dort ihre Weihnachtskerzen. Ich hatte sogar überlegt, selbst einen Stand anzumelden. Aber die Gebühren sind happig, und wer hätte hier die Stellung gehalten? Patrick ist weg – und du bist hier ja auch nicht mehr ..."

Jan wich ihrem Blick aus und sah zum Schaufenster hinüber.

Dort lag immer noch der merkwürdige rote Samt drapiert, nur war um die darauf gruppierten Kerzen nun goldener Glitter verstreut worden. Jan meinte sogar, das

Engelshaar wiederzuerkennen, das schon zu seinen Kindergartenzeiten an Weihnachten aus dem Keller geholt worden war.

„Traditionelle Deko in diesem Jahr?", fragte er unverfänglich.

„Bemüh dich nicht! Zu mehr hat es einfach nicht gereicht. Ich hab ja nicht mal aktuelle Ware bestellen können. Selbst wenn es auf Kommission gewesen wäre. Es fehlt einfach am Cash." Betty hielt ihm ihre Hand vor die Nase und rieb den Daumen gegen den Zeigefinger. „Und der Stoff ... das sollten ja mal seine Vorhänge sein. Ich weiß doch eh nicht, was ich jetzt damit machen sollte."

Jan dachte plötzlich, dass es ihm – unter anderen Umständen, unter ganz anderen Umständen – Spaß machen könnte, mit seiner Mutter über Geschäftliches zu sprechen. Auf Augenhöhe.

Wenn sie nicht so in der Falle stecken würde.

Wenn sie von seinen Plänen wüsste.

„Weißt du noch, wie ich als Kind einen Adventskranz mit sechzehn Halterungen entworfen habe? Damit du mehr Kerzen verkaufen kannst?"

„Oh ja. Den musstest du bei meiner Schwester ausprobieren. Sie konnte gar nicht so schnell reagieren, wie der Feuer gefangen hat."

Jan sah es wieder vor sich. Das Tannengrün, das man ihm zum Basteln überlassen hatte, war wohl schon sehr trocken gewesen.

„Vielleicht solltest du doch noch einen Weihnachtsmarkt mitmachen. So einen, der übers Wochenende läuft. Kirchenbasar, keine Ahnung."

„Und hier auf das Samstagsgeschäft verzichten? Wie stellst du dir das vor?", begann Betty sich zu empören, doch dann schwieg sie prompt wieder und zog ihre Strickjacke fester um sich. „Vielleicht sollte ich Glühwein im Laden ausschenken? Kalt genug wäre es hier ja."

Jan sah sie einen Moment ungläubig an, zögerte, doch dann begann er laut zu lachen.

Betty musste auch grinsen. „Wolltest du eigentlich was Bestimmtes?", fragte sie ihn dann.

„Nein, nur mal nach dir sehen." Diesmal schaffte er es, ihrem Blick standzuhalten.

🐘 41 🐘

Für einen Moment starrte Irene fassungslos in die Mündung des Laufs, den Rosa noch immer auf Gratanovic richtete, dann hakte sie sich in Enricos Arm ein und zog ihn mit sich, während sie rückwärtsgehend ein paar Schritte aus der Schusslinie trippelte. Gleichzeitig begann Grato mit seiner Waffe auf Rosa zu zielen.

Die ließ sich davon nicht beeindrucken. „Schöne Grüße von Patrick!", sagte sie mit süffisantem Lächeln. „Übrigens braucht er seine Wohnung nicht mehr!"

„Ach ja?"

„Tu nicht so scheinheilig! Du bist gesehen worden!"

Gratanovic verzog unwillig den Mund. „Tja, dumme Geschichte", brummte er schließlich. „Ein Unfall! Was kann ich dafür, wenn diese dumme Schwuchtel keine Augen hat im Kopf?"

„Ein Unfall! Na klar! Mann, so blöde Richter gibt es ja gar nicht, dass du damit durchkommen könntest."

„Moment, Moment! Was ist das für eine Sache mit Herrn Klosterfeld?", fuhr Irene dazwischen.

„Ihr schießwütiger Besuch hat gestern Nacht Patrick Klosterfeld umgebracht!"

„Du hast was?"

„Nein, nein, nein!" Gratos Stimme begann, ins Hysterische zu kippen. „Es war Unfall, Unfall, Unfall, Unfall!"

„Du Schuft!"

Rosa lachte auf. „Ganz schönes Problem, das du dir ans Bein gebunden hast, nicht wahr?"

Langsam schien sich Grato zu alter Coolness zurückzukämpfen. „Problem? Ich habe keine Probleme. Höchstens mit dir, du durchgeknallte Stalkerin! Und? Was hast du vor? Zur Polizei? Sehr schön. Da nimmst du mir nämlich einen Weg ab!"

„Gerede!"

„Gerede? Glaubst du? Wirst schon sehen!" Auf der Faltenlandschaft seines Gesichts breitete sich ein triumphierendes Grinsen aus.

Während er mit der Rechten immer noch auf Rosa zielte, fuhr seine linke Hand in die Hosentasche. Das Grinsen erstarb zusehends, seine fleischige Hand ruckelte auf halber Höhe hilflos in der Hosentasche hin und her. Es dauerte Sekunden, bis er sie befreien konnte.

Sein missmutiger Blick fiel auf Irene. „Herkommen!"

Zögernd trat sie auf ihn zu.

„Linke Hosentasche!", kommandierte er.

Sie griff zaghaft in die Tasche und holte etwas rötlich Schimmerndes hervor. Ein Feuerzeug mit aufgedrucktem

Wechselbild, das eine äußerst leicht bekleidete Frau zeigte. Wenn man das Bild ein wenig drehte, verschwand auch der BH.

„Und was soll das jetzt beweisen?"

„Doch nicht das, du blinde Eule! Das andere!"

„Ich muss doch sehr bitten!"

Nochmals versenkte sich ihre Hand in die Tasche. Diesmal kam eine kleine Zellophanhülle zum Vorschein. Mit rücksichtslosem Armschwung riss Grato sie an sich.

„Und jetzt zurück zu deinem komischen Weihnachtsmann!"

Während er das Kunststofftütchen wedelnd in die Höhe hielt, richtete sich sein neu belebtes Grinsen auf Rosa. „Was glaubst du, was da drin ist? Ein Blutteststreifen! Bestimmt mit vielen hübschen Fingerabdrücken drauf. Hab ich bei Patrick gefunden. Komisch, was? Na, was passiert wohl, wenn deine Kollegen spitzkriegen, dass du auf eigene Faust geschnüffelt hast? Wo du suspendiert bist?"

Irene erkannte ein leichtes Runzeln auf Rosas Stirn. Außerdem glaubte sie wahrgenommen zu haben, dass sie sich – zumindest mit einem Eckzahn – auf die Lippe biss.

„Glaubst du, du bekommst Sternchen? Nee, dann bist du kaputt. Mausetot als Bulle!"

„Trotzdem nicht so tot wie Klosterfeld!" Hektisch schaute Rosa nach links und rechts, als suchte sie etwas, womit sie Zeit gewinnen könnte. Schließlich blieb ihr Blick an Irene und Enrico haften.

„Was ist das hier überhaupt für ein Zirkus? Was hat sich Gratanovic bei Ihnen rumzutreiben? Um was in alles in der Welt geht es eigentlich?"

„Di...", setzte Irene an, spürte aber sofort einen unsanften Stoß in der Flanke.

„Dies wissen wir auch nicht!", sprang Enrico ein, wobei er ein maximal glaubwürdiges Gesicht versuchte. „Wir stehen vor einem kompletten Rätsel!"

Für einen Moment verdrehte Rosa die Augen.

„Okay, als Erstes würde ich sagen, Waffen runter!", sagte sie wieder an Grato gewandt, wobei sie selber langsam die Arme senkte.

Er folgte ihrem Beispiel.

„Gut. Unfall, sagst du? Bevor ich anfange, dir zu glauben, müssten allerdings ein paar Dinge geklärt werden."

„Schieß los!"

„Erstens: Du verschwindest aus der Wohnung. Sofort. Und die beiden hier lässt du ab jetzt in Ruhe. Zweitens: Du verschwindest aus Hamburg. Drittens: Du verschwindest aus meinem Leben."

„Mit Vergnügen!"

„Viertens: Kannst du überhaupt schreiben?"

„Natürlich kann ich. Vor allem deinen Namen. Steht überall auf meinen Patronen!"

„Dann wirst du mir zur Abwechslung vor deinem Abgang eine eidesstattliche Versicherung aufsetzen. Dass du mich beim Verhör angespuckt hast. Um mich zu einer Affektreaktion zu provozieren!"

Für ein paar Sekunden sagte Grato nichts, sondern schaute zu Irene und Enrico, wobei sein Blick immer wehmütiger wurde.

„Kein Problem!"

„Na, dann ist ja alles geklärt. Komm jetzt!"

Während er auf Rosa zutrat, die ihn aus dem Wohnzimmer winkte, ließ er die Pistole im Jackett verschwinden.

„Willst du wirklich zurück zu deinem Trachtenverein? Ich könnte noch einen Bodyguard gebrauchen."

„Bodyguard? Bei deiner Beliebtheit könnte ja noch nicht mal das komplette Navy-Seals-Corps deinen Allerwertesten retten!"

Im Türrahmen drehte sich Grato um und warf Irene augenzwinkernd ein Kusshändchen zu. Dann wurde er von Rosa am Arm gepackt und in den Flur gezerrt.

Von dort drangen ihre Stimmen nur noch gedämpft ins Wohnzimmer.

„Oder warum fängst du nicht in meinem Studio an? Da kann ich immer kräftige Kerle gebrauchen, hehehe!"

„Und? Was soll ich da? Den Dreck wegwischen, wenn wieder einmal eines deiner aufgeblasenen Testosteronmännchen geplatzt ist?"

„Rosa, Rosa! Stachelige Schale, aber stahlharter Kern!" Die Wohnungstür fiel ins Schloss.

Für ein paar Sekunden standen Irene und Enrico regungslos in ihrer Zimmerecke. Dann ging er in die Knie und hob das fallengelassene Baguette auf.

Als er sich wieder aufgerichtet hatte, warf er Irene einen schüchternen Blick zu: „Also, auf den Schrecken könnte ich jetzt einen Happen vertragen. Und du?"

🐘 42 🐘

„Du kannst jetzt essen?!" Irene schaute Enrico fassungslos an und sackte matt auf das Sofa in ihrem Wohnzimmer.

„Na ja, irgendwie den Schreck verarbeiten ... den Kloß im Hals runterschlucken", murmelte Enrico, lauschte den im Flur verhallenden Schritten nach, ging in die Knie und pickte wahllos einige der Baguettekrümel auf, die weit verstreut auf dem Parkettboden lagen.

Dann war es still. So still, dass sogar das dezente Ticken der kleinen Pendeluhr über dem Fernsehgerät immer lauter zu werden schien.

Leise fluchend rappelte sich Enrico auf, räusperte sich und knurrte: „Dass ich Hunger habe und etwas frühstücken möchte, ist das alles, worüber du erstaunt bist? Was soll ich denn denken? WAS verdammt noch mal, war DAS eben? Der Kerl hat mich bedroht. Mit einer geladenen Knarre!! Und es sah nicht danach aus, dass der einen Spaß machen wollte. Kannst du mir das bitte mal erklären?"

Irene schwieg. Ihre Augenlider flatterten.

„Ob du mir das bitte erklären würdest, habe ich gefragt! Und was hat Karate-Rosa mit deinem Brutalotypen zu tun? Ziemlich beste Freunde scheinen die beiden ja nicht gerade zu sein."

„Das weiß ich doch auch nicht." Irene fasste sich an den Kehlkopf, um das Piepsen ihrer Stimme loszuwerden. „Ich habe diese Frau vorher noch nie gesehen. Das musst du mir glauben."

„Dir glauben! Ha, ha! Und dieser Gratanovic, bist du wahnsinnig geworden?

Du lädst mich zum Frühstück ein, und dann: Überraschung! Dann lauert da dieser Gangster auf mich. Der hätte mich umbringen können!"

„Grato, also der Herr Gratonovic, das konnte ich doch nicht wissen. Er war bisher immer nur nett. Sehr nett sogar. Ein wenig proletenhaft vielleicht, aber sehr charmant. Er hat auf Herrn Klosterfelds Wohnung aufgepasst. Er hat mir sogar einen sehr günstigen neuen Fernsehapparat besorgt."

Enrico verzog das Gesicht zu einem höhnisch verärgerten Grinsen. „Ach, er war ja so nett und charmant, der Herr Gratonovic. Einen günstigen Fernseher hat er besorgt. Von wegen günstig. Wahrscheinlich geklaut.

Aber so etwas kommt dir ja gar nicht in den Sinn! Und weil er so gefällig war, sollten wir zu dritt frühstücken, oder was? Wolltest du mir zeigen, wie viele Verehrer du hast? ... Auf Herrn Klosterfelds Wohnung hat er also aufgepasst?! Na, eben klang das aber anders. Umgebracht hat er den armen Kerl!

Dein charmanter Verehrer ist ein MÖRDER! Und wenn Rosa nicht hereingeplatzt wäre, nicht auszudenken, was der mit mir gemacht hätte! Und mit dir!"

Irene rappelte sich vom Sofa hoch.

„Ich wollte doch nur helfen. Der Herr Grato war doch so verzweifelt. Man hat ihn fürchterlich zugerichtet, er hat geblutet. Gangster bedrohen ihn. Dieser gestandene Mann hat geweint. Seine Familie ist in Gefahr. Er hat mich angefleht, er braucht die Diamanten unbedingt, sonst tun sie seinen Eltern schlimme Dinge an. Die ha-

ben in Rumänien oder Bulgarien, also, in diesen Balkan-
ländern, überhaupt keine Skrupel."

Sie holte tief Luft, ging einen Schritt auf Enrico zu.

„Und du, puste dich bloß nicht so auf, du Ehrenmann!
Ist das, was du mit den Diamanten gemacht hast, etwa
nicht kriminell?

Du hast mich belogen. Du hast die Steine nicht zur
Polizei gebracht. Ich habe sie nämlich zufällig bei dir ge-
funden, in der Dose mit dem Kandiszucker. So ist das.
Um ein Haar hätte ich einen der Steine in meinen Tee ge-
worfen, wäre womöglich sogar daran erstickt! Diese
Dinger bringen nur Unglück! Deshalb dachte ich, es
wäre besser, wenn du sie loswürdest. Und Herrn Gratos
Familie wäre gerettet."

Mit einem Seufzer ließ sich Irene wieder zurück auf
das Sofa fallen.

„Ich brauche jetzt dringend etwas zu trinken. Warum
falle ich immer auf Lügner, Betrüger und jetzt sogar auf
einen Gangster herein? Erst mein Ex Manfred, dann du,
Enrico – und immer mache ich alles falsch. Ich wollte
doch nur helfen."

„Hier." Enrico kam mit einem Glas Wasser aus der Küche
zurück. „Ich habe Wasser für frischen Tee aufgesetzt.
Darf ich?"

Er setzte sich neben Irene auf das Sofa.

„Ja, ich habe dich angelogen. Wenn du wüsstest, wie
leid mir das tut. Das wollte ich doch gar nicht. Zuerst
hatte ich wirklich vor die Steine zur Polizei zu bringen,
aber dann bin ich ins Grübeln gekommen. Die hätten ja
alles Mögliche wissen wollen. Verhöre ohne Ende. Dich

hätten sie auch in die Mangel genommen. Und dann ... mein Laden. Es ist nicht wirklich illegal, was ich da mache, aber na ja – wenn einer ein bisschen Gras verkauft, vermuten die gleich sonst noch was. Je länger ich gewartet habe, desto gefährlicher ist die ganze Angelegenheit geworden. Verstehst du das, Irene?"

„Ich verstehe gar nichts mehr. Und, was willst du jetzt machen? Du darfst die Dinger auf keinen Fall behalten. Hörst du! Wer weiß, wer morgen plötzlich in meiner Wohnung steht. Ich muss unbedingt meine Tür besser absichern. Sonst mache ich hier kein Auge mehr zu."

Enrico rückte ein kleines bisschen an Irene heran: „Will ich auch gar nicht, die Steine behalten. Ich hatte nämlich eine brillante Idee ..."

„Brillant, deine Idee, so so!" Irene musste plötzlich fast hysterisch lachen, verharrte dann aber erschrocken. Sie deutete in den Flur. Das Klopfen an der Wohnungstür war nicht mehr zu überhören.

Enrico zog unwillkürlich den Kopf ein, legte einen Finger auf seine Lippen.

„Psst! Rosa kann es nicht sein", flüsterte er, „die klopft nicht an, die kommt auch so rein."

Sie lauschten wie erstarrt auf das Klopfen, bis sie eine Stimme erkannten.

„Tante Reni! Mach doch auf. Ich bin's, Jan."

Eine gute Ausrede fiel Irene so schnell nicht ein, also öffnete sie die Tür: „Hallo Jan, das ist ja eine Überraschung, hab dich lange nicht gesehen. Na, dann komm rein."

Enrico war in die Küche abgetaucht, um sich zu sammeln und frischen Tee aufzubrühen.

„Du hast schon Besuch?" Jan schaute auf den gedeckten Frühstückstisch. „Für drei Personen. Wer kommt denn alles?"

Irene deutete auf die Küche. „Einer ist schon wieder – äh – gegangen, aber Enrico ist gerade in der Küche."

„Enrico kocht Tee in deiner Küche. Einer ist schon gegangen, da werde ich ja richtig neugierig, Tantchen. Erzähl mal, wer war das denn?"

„Ach, nur ein Nachbar."

„Und der", tönte es aus der Küche, „hatte es zum Glück plötzlich ziemlich eilig. Kannst dich auf seinen Platz setzen, wenn du schon mal hier bist."

„Hm." Jan schaute auf das bekrümelte Parkett. Dass Enrico ausgerechnet jetzt hier sein musste, passte ihm gar nicht. Der kam mit Tee, Ananasscheiben und dem lädierten, nun in zwei Hälften aufgebrochenen Baguette aus der Küche und brummelte ebenfalls wenig erfreut: „Tach."

„Tach, Enrico."

Schweigen.

Jan deutete auf das Parkett und das zerquetschte Brot und lachte. „Ihr seid so komisch drauf, habt ihr euch mit den Dingern gekloppt?"

„Genau!" Enrico, der sich langsam von dem Schrecken erholte, fand zu seiner gewohnten Flapsigkeit zurück. „Damit üben deine Tante und ich Selbstverteidigung. Man kann ja nie wissen, wozu man das mal braucht. Und – was führt dich hierher?"

„Ähm. Eigentlich wollte ich meiner Tante von meiner neuen Geschäftsidee erzählen."

„Mit anderen Worten – du brauchst Geld." Enrico grinste: „Für die Miete, die du mir noch schuldest?"

„Deine Miete! Ist das alles, an was du denken kannst, an verschissenes Geld?! Du wirst deine Miete schon noch bekommen."

Jan sprang von seinem Stuhl auf.

„Ich geh dann wohl mal besser. Tut mir leid, Tante Reni, ich komme ein anderes Mal wieder, wenn es hier nicht so nach Miethaien stinkt."

Enrico griff Jans Arm. „Nun bleib schon hier. Komm, trink erst mal einen Schluck Tee und beruhige dich. Was für eine superbe Geschäftsidee ist das denn? Vielleicht hätte ich ja Interesse an einer Partnerschaft."

Irene nickte Jan aufmunternd zu. „Ja, erzähl mal. Weiß Betty schon davon? Sie wird sich freuen, wenn du an deine berufliche Zukunft denkst."

„Also gut." Jan rührte in seiner Tasse. „Tee ist ein gutes Stichwort. Ich werde besondere Teesorten kreieren. Es gibt eine ganz bestimmte Zielgruppe, die sich mit Sicherheit dafür interessieren wird."

„Tee?" Enrico prustete los. „Was für ein genialer Einfall! Mann, Junge, darauf hat der Markt nur gewartet. Teetrinker haben ja auch kaum eine Auswahl bei den hunderten von Sorten, die es schon gibt."

„Nun lass ihn doch mal erzählen, Enrico. Der Junge ist doch nicht weltfremd."

Irene lächelte Jan, der schon wieder aufspringen wollte, aufmunternd zu.

„Genau, so blöd, nicht zu wissen, wie viele Teesorten es gibt, kann wohl niemand sein. Nicht mal ich, Enrico! Natürlich geht es nicht wirklich um Tee, sondern um –",

Jan warf einen Blick in Richtung Irene und suchte nach einer passenden Formulierung, „sondern um glücklich machende Pilze."

Auf Enricos Gesicht breitete sich ein Grinsen aus: „Verstehe ..." Dann wurde seine Miene ernst: „Die Dinger willst du aber hoffentlich nicht bei mir im Laden verticken? Das kannst du dir aus dem Kopf schlagen. Das ist strafbar. Nicht mit mir ..."

„Gar nichts verstehst du, Enrico. Glaubst du, das weiß ich nicht? Natürlich kenne ich die bescheuerten Gesetze zum Wohle der Bürger. Ein Schwachsinn ist das."

„Und wozu hast du denn dann die Rauschpilzkulturen in dem Keller deiner Tante angelegt? Hm?!"

„Verbotene Pilze?" Irenes Stimme überschlug sich.

„In meinem Keller? Das verbiete ich dir, Jan. Hörst du! Wenn der Herr Nachtigall das merkt, der zeigt mich an!"

„Keine Sorge, der Nachtigall glaubt, ich würde Experimente machen, um ökologisch korrekten Klebstoff aus Pilzen herzustellen", fiel Jan ihr ins Wort.

„Klebstoff? Ich dachte es geht um Pilze, äh Pilztee ..."

Irene begriff gar nichts mehr. Alle weiteren Erklärungen zu Teemischungen mit seltsamen Namen wie ‚Dip to dope' und ‚Triptea' ... muffigem Pilzgeschmack, der sich durch Kräuter- und Safranbeigaben geschmacklich äußerst positiv verändern würde ... Nichts Illegales, das würde den Konsumenten überlassen ... es würde auch nicht viel kosten, dieses neue Produkt bekannt zu machen ... Nadine würde ein Logo entwerfen und Verpackungen – drangen wie eine Informationskakophonie an Irenes Ohren, jedoch nicht bis in ihr Hirn.

„Schluss! Aus! Mir reicht es jetzt! Sag mir, wie viel Geld du brauchst, und dann geh bitte, Jan. Ich kann nicht mehr. Aber du", sie zeigte auf Enrico, „Du bleibst noch. Was war das mit DEINER brillanten Idee? Das will ich noch wissen, bevor ich umfalle!"

🐘 43 🐘

Während Enrico mit seinem Mokick über die Elbbrücken tuckerte, spürte er den Fahrtwind scharf durch seine Jacke blasen. Es war ein sonniger, aber ziemlich kühler Tag. Trotzdem fühlte er sich heiß und schwitzig.

Außerdem sah er ständig Gratanovic mit der Waffe vor seinem Gesicht fuchteln. Bisher hatte er keinen Dreh gefunden, dieses Bild abzuschütteln. Es war wie ein negativer Ohrwurm. Posttraumatische Belastungsstörung, dachte er. Nee, nee, mal nicht so auf die Pauke hauen. Früher hätte man einfach gesagt, er sei etwas aufgeregt. War ja nicht gerade alltäglich, was er vorhatte.

Wieso ausgerechnet die Veddel? Es war ihm ein Rätsel, dass Jekaterina diese Gegend überhaupt kannte. War die Sache am Ende doch eine Nummer zu groß für ihn? Sollte er nicht besser einfach umdrehen? Immerhin hatte es einen Toten gegeben – Patrick, von dem er Jekaterinas Telefonnummer hatte. Musste er etwa nur deshalb sterben?

Und was zum Teufel hatte sich da bei Irene abgespielt? Hatte sich Rosa tatsächlich mit diesem Gratanovic arrangiert? War mir nichts, dir nichts bereit gewesen, einen Mord unter den Teppich kehren, nur damit sie zurück in den Polizeidienst durfte? Die ach so superkorrekte Rosa? Die ihm mehr als einmal wegen ein paar Krümeln Hasch die Hölle heiß gemacht hatte?

Die Welt war ganz schön korrupt.

Er fuhr weiter. Ein paar Minuten später erreichte er die Straße, die ihm Jekaterina durchgegeben hatte. Ein altes Lagerhaus, hatte sie gesagt. Man würde ihn erwarten. Er müsste nur die Diamanten mitbringen.

Unter der Hausnummer fand er tatsächlich einen langgestreckten Lagerschuppen. Ziemlich heruntergekommen. Und es stand jemand an der Einfahrt. Ein Mann in abgeschabter Lederjacke. Mittelalt, mittelgroß, mittlere Glatzenbildung, wie er erkannte, als er das Mokick einen halben Meter vor ihm zum Stehen brachte.

„Jekaterina?", raunte er.

Der Mann nickte wortlos, winkte ihn aufs Grundstück und wies ihm mit einer stummen Geste die Stelle an, wo er sein Gefährt abzustellen hatte.

Während er dem Schweigsamen folgte, erkannte er rechts auf dem Rasengrundstück eine Art Zelt aus fleckigen Planen. Allerdings bog der Mann in die entgegengesetzte Richtung ab, so dass sie jetzt an der Längsfront der Halle entlanggingen. Von der Straße aus wären sie nicht mehr zu sehen.

Keine Zeugen. Die perfekte Gelegenheit, ihm eine Eisenstange über den Schädel zu ziehen.

Worauf habe ich mich da eingelassen, hämmerte es zwischen Enricos Schläfen. Er rief sich die Sätze ins Gedächtnis zurück, die er in der Hoffnung improvisiert hatte, dass sie ihm das Fell retten könnten, wenn es drauf ankam.

Sie erreichten ein hochgezogenes Rolltor. Mit ausgestreckten Armen und einem übertriebenen, wohl ironisch gemeinten Bückling forderte ihn der Lederjackenmann zum Eintreten auf.

In der Halle brannte kein Licht, aber es schien genug Sonne durch die Fenster und das Oberlicht. Drei, vier Meter vor sich sah er einen kahlköpfigen älteren Mann im dunkelgrauen Anzug an einem Klapptisch sitzen. Vor ihm ein schwarzer Koffer, daneben ein kleiner, flacher Gegenstand, der metallisch schimmerte. Hinter ihm zwei extrem bullig gebaute Männer mit Sonnenbrille, die ihn mit ihren steinernen Mienen ins Visier zu nehmen schienen.

Mit gespielter Selbstsicherheit schritt er auf den Kahlköpfigen zu. Im Näherkommen erkannte er, dass es sich bei dem flachen Etwas um eine Feinwaage handelte.

„Und? Wo ist Jekaterina?"

„Eigentlich sind wir alle Jekaterina!", antwortete der Ältere mit einem Schulterheben.

Wieder sah Enrico Gratanovics Pistole vor seinem Gesicht. Es war, als spräche er seinen zurechtgelegten Text direkt in den schwarzen gähnenden Lauf. „Meiner Meinung nach sollten wir das Geschäft so sauber wie möglich über die Bühne bringen. Wenn nicht: Falls mir etwas passieren sollte, habe ich beim Notar Ihre Telefonnummer hinterlegt. Und alles andere, was ich über Sie in Erfahrung bringen konnte. Diese Art von Publicity sollte nicht in Ihrem Interesse sein."

Der Mann setzte ein feines Lächeln auf: „Notar? Wie interessant! Aber wie soll das möglich sein? Wann hätten Sie das machen sollen? Wir haben Sie in den letzten Tagen durchgehend observiert!"

Enrico wurde vom Bedürfnis übermannt, einfach wegzurennen. Aber statt sich zu rühren, hörte er sich sagen: „Dann würde ich an Ihrer Stelle Ihre Leute feuern, wenn schon so etwas ihrer Aufmerksamkeit entgeht!"

Der Mann lachte. „Nur ein kleines Späßchen! Natürlich haben wir Sie nicht observiert. Wir wussten doch noch nicht einmal, wer Sie sind. Ich wollte nur Ihre Reaktion testen. Ich weiß nämlich gern, mit wem ich es zu tun habe!"

„Und? Wie ist der Test ausgefallen?", fragte Enrico aufatmend, während er sich die Handinnenflächen dezent an der Hose trockenrieb.

Der Mann schüttelte den Kopf, wobei er den Mund zu einem säuerlichen Ausdruck verzog. „Jedenfalls möchte ich mit Ihnen nicht am Pokertisch sitzen!"

„Das ist auch gar nicht nötig. Okay, lassen Sie uns zum Geschäft kommen. Schließlich möchte ich Ihnen ja helfen!"

„Helfen? Wie der barmherzige Samariter? Aber ich glaube, der hat seine Dienste umsonst angeboten?"

„Na ja. Das Preisgefüge hat sich etwas geändert in den letzten zweitausend Jahren. Und das hier sollte es Ihnen wert sein."

Bei diesen Worten griff er in seine Tasche und ließ ein halbes Dutzend Diamanten auf die Tischplatte kullern, die der Mann eingehend begutachtete und Stück für Stück auf die Waage legte.

„Der Rest kommt nach dem Geld."

Der Mann öffnete den Koffer und schob ihn zu Enrico rüber. Der ließ seinen Blick über die säuberlich aneinandergereihten Geldstapel gleiten, bevor er einen davon in die Hand nahm und die Scheine durch die Finger flippen ließ. Dann legte er sie zurück und schloss den Koffer, wobei er eine Hand auf den Deckel legte. Wieder griff er in seine Jackentasche und platzierte einen kleinen Lederbeutel auf dem Tisch.

„Die letzte Lieferung. Komplett!"

Nachdem der Mann den Beutelinhalt behutsam auf die Waage geschüttet und die bläuliche Anzeige inspiziert hatte, schaute er wieder zu Enrico.

„Sie sind sehr korrupt!"

Schmollmündig spitzte Enrico die Lippen und wiegte den Kopf. „Nun, nun! Ich hab zehn Prozent Finderlohn geschätzt. Neunzig Prozent bleiben bei Ihnen!"

„Keine Angst, das sollte keine Beleidigung sein. Wissen Sie, was das Hauptproblem ist? Unfähigkeit! Alle sagen, Korruption macht die Wirtschaft kaputt. Aber das ist Unsinn! Es gibt auch gute Korruption. Ein Handel wie jeder andere auch. Gutes Geld für gute Leistungen. Aber Unfähigkeit? Was wollen Sie dagegen machen? Gar nichts können Sie machen. Wenn ich nur an unsere Jungmanager denke, diese aufge..." Er schien nach dem richtigen Wort zu suchen.

„Aufgeblasenen?"

„... diese aufgeblasenen Typen. Hosenscheißer mit Notebook und Handy, mehr nicht!" Er hob die Stimme und setzte einen blasierten Blick auf. „„Natürlich wissen wir ganz genau, wie wir die Steine am Zoll vorbei nach

Deutschland bringen. Der Plan ist absolut perfekt! Hausfrauenconnection!' Pahh! Perfekt!" Wehmütig blickte er auf den Geldkoffer. „Ich war immer dagegen. Wie sagt Ihr Deutschen: Ehrlich währt am längsten?"

„Na ja. In der Theorie …"

Der Mann machte mit dem Arm eine umfassende Geste, die anscheinend die gesamte Halle einschließen sollte. „Sogar diesen Schuppen mussten wir diesem Ganoven Gratanovic bezahlen! Aber natürlich ging alles schief. Und wer bitte schön muss dann wieder alles in Ordnung bringen? Genau – der alte Arkadi."

Er legte die flache Hand auf den Bauch. „Und das alles mit meinem kaputten Magen!"

„Aber Sie können doch froh sein! Immerhin haben Sie die Steinchen wieder. Na, und was sind schon die paar Prozent Finderlohn?"

„Sie haben ja recht. Es war mir eine Freude, mit Ihnen Geschäfte zu machen."

Enrico spürte die Erleichterung bis in die letzten Ausläufer seines Körpers. Es war, als hätte man ihm an beiden Armen und Beinen gleichzeitig Gipsverbände abgenommen.

Sein Blick, den er in der Halle hin und her schwenken ließ, saugte sich an einer Stelle ungefähr zwei Meter rechts vor ihm auf dem Boden fest. Fluchtartig zog sich das Erleichterungsgefühl zurück.

„Sieh zu, dass du hier so schnell wie möglich rauskommst!", dachte er.

Was er da sah, war keine Farbe und kein Öl. Solche Flecken machte nur Blut. Er wollte aufhören, so offensichtlich draufzustarren, aber gleichzeitig scheute er sich, Arkadi anzuschauen.

In diesem Augenblick hörte er eine Stimme hinter sich, die krächzend und basslastig zugleich klang. In typisch pampigem Hamburger Slang.

„'N Scheiß will ich stören. Die sind doch bestimmt froh!"

Als er sich umwandte, sah er eine Gruppe von Leuten in die Halle stürmen. Den Mittelpunkt bildeten der Lederjackenmann und ein Fremder. Zwischen den beiden zuckte ein Knäuel fuchtelnder Arme. Flankiert wurden sie von zwei jungen, dunkelhaarigen Mädchen.

Bei dem Fremden handelte es sich um einen älteren Mann mit unordentlichem Vollbart in einem langen schmutzigen Mantel. Er sah aus wie ein Obdachloser.

Als es dem Alten endlich gelang, sich freizukämpfen, baute er sich vor Arkadi und Enrico auf. Während er die beiden abwechselnd aus seinem krautigen Bart heraus anlächelte, tauchten die jungen Frauen neben ihm auf.

„Möchten die Herren vielleicht etwas trinken? Wasser, Bier, Säfte? Oder vielleicht auch einen Sekt? Erstklassige Ware zu Discountpreisen. Ich schick die Mädchen sofort zum Zelt!"

„Henk, Sie sind ein fürchterlicher Mensch!", hörte Enrico Arkadis resignierte Stimme.

„Höchstens fürchterlich aufmerksam!"

„Sie wollen ja doch nur lauschen!"

„Na, das geht jetzt aber stark gegen die Ehre!"

Wie auf der Suche nach Verbündeten wandte sich der Alte an Enrico. „Und Sie? Vielleicht doch ein kleines Bierchen?" Er scannte Enrico mit einem Blick, dem auch der graue Pferdeschwanz nicht entging. „Ich hab sonst auch noch 'n paar andere Sachen. Wenn Interesse besteht."

Wortlos schüttelte Enrico den Kopf, wobei sein Blick immer wieder zum Fleck am Boden sprang. Auch das wurde von Henk registriert.

„Ach das? Verstehe!", sagte er gedehnt und fuhr sich mit der Hand durch den Bart. „Da hat sich ein angefahrener Hund zum Sterben hingelegt. Den Kadaver haben wir vergraben. Um den Fleck kümmere ich mich noch!" Er verzog das Gesicht zu etwas, das zu unangenehm war, um Lächeln genannt zu werden.

„Henk, es ist genug!"

Aus dem Augenwinkel nahm Enrico wahr, wie Arkadi den beiden Bulligen im Hintergrund ein Zeichen gab. Sie marschierten um den Klapptisch herum und schoben sich eng an Henk heran, ohne ihn zu berühren. Anscheinend verstand er diese Art von Körpersprache auf Anhieb.

„Dann verdurstet doch einfach, ihr Geizknöppe!", krächzte er im Umdrehen.

Eines der Mädchen warf im Gehen einen knappen Blick auf den bräunlichen Fleck auf dem Steinboden. Enrico meinte in ihrem Gesicht nichts als komplettes Entsetzen zu lesen.

„Es tut mir leid", sagte Arkadi an Enrico gerichtet. „Aber man kann sich seine Geschäftspartner nicht immer aussuchen! Auch wenn man manchmal Glück hat."

Er deutete einen Fingerzeig auf Enrico an. „Trotzdem wäre es mir lieb, wenn wir uns nicht so schnell wiedersehen. Auf Ihre Verschwiegenheit kann ich mich verlassen?"

„Selbstverständlich!"

„Ich denke, dann sind wir fertig. Wie gesagt: Es war mir ein Vergnügen!"

„Die Freude war ganz meinerseits!", erwiderte Enrico, wobei er den Geldkoffer aufhob und an seine Brust presste.

Eilig wandte er sich um und strebte dem Tor entgegen. Erleichtert stellte er fest, dass er dem Drang widerstehen konnte, dem Fleck noch einen Seitenblick zuzuwerfen. Zwei Schritte noch, dann wäre er im Freien. Da bohrte sich Arkadis Stimme in seinen Rücken.

„Einen Moment noch!"

Er stoppte und wandte sich zögernd um.

„Kennen Sie eigentlich ein gutes Restaurant in der Nähe? Eines mit laktosefreien Gerichten?"

🐘 44 🐘

„Komm rein!" Jan hauchte Nadine einen Kuss auf die Wange. Sie lächelte und schaute sich in Enricos chaotischer Wohnung um. „Na, das passt ja zu dir."

„Wie meinst du das?" Jan runzelte die Stirn.

„Na, nicht so überaufgeräumt spießig, schon Einstein sagte, dass es kreative Menschen nicht so mit der Ordnung haben."

„Hm." Jan fühlte sich leicht angesäuert durch Nadines wie er fand überflüssige Bemerkung, denn bislang war sein Leben wirklich nicht besonders geordnet verlaufen. Sie hat recht, dachte er, trotzdem muss sie nicht darauf herumhacken. Das nervt. Aber die gute Stimmung wollte er jetzt nicht verderben.

Er zeigte ihr den Weg in die Küche, wo er vorsichtshalber wenigstens etwas aufgeräumt hatte, bevor sie kam.

„Was möchtest du trinken? Tee?" Beide lachten.

„Aber bitte keinen Triptea." Nadine setzte eine selbstgenähte bunte Patchworktasche vorsichtig auf den Boden. „Ist dein Vermieter – wie heißt er gleich – nicht da?"

„Enrico ist mit meiner Tante Irene unterwegs. Ich glaube, die beiden sind richtig ineinander verknallt. Ich habe so eine Ahnung, dass sie verreisen wollen. Enrico macht ein Riesengeheimnis daraus, hat mich aber gefragt, ob ich seinen Laden eine Zeit lang übernehmen würde."

„Wie bitte? Und was ist mit deinem Termin im Teeimperium?"

„Alles paletti. Klar geh ich dorthin. Und hoffe, dass sie mich nehmen. Große Hoffnungen mache ich mir allerdings nicht. Wenn ich keinen Ausbildungsplatz bekomme, wäre ich ja schon über ein Praktikum froh. Das mit Enricos Laden soll nur vorübergehend sein, bis er wieder da ist. In der Zwischenzeit können wir uns, also ich meine ich, mit *meiner* ‚Teeidee' beschäftigen. Bisschen Werbung machen und so.

Dein Vorschlag, die Mischungen auf Festivals zu verteilen, ist super, wird aber nicht so einfach. Das kostet wieder, dafür wollen die Veranstalter Kohle sehen. Nicht mal Flyer darf man gratis verteilen. Da muss ich mich schon vor den Eingängen hinstellen und die Leute anquatschen. Kommst du mit?"

Als Nadine nicht gleich antwortete, redete er schnell weiter.

„Wie gesagt, zeitlich ist das kein Problem. Die neuen Ausbildungsplätze werden ja erst im nächsten Jahr vergeben. Ach, und noch mal danke, dass du das über deinen Vater vermittelt hast mit dem Vorstellungsgespräch. Die werden wahrscheinlich überrannt von Leuten, die dort arbeiten wollen, insbesondere von den vielen Ökofreaks. Ohne Beziehungen läuft doch heute gar nichts."

„Stimmt. Mein Vater war ziemlich angetan von dir und meine Mutter auch. – Merkwürdigerweise", fügte Nadine spitzbübisch lächelnd nach einer Pause hinzu. „Ist der Tee nicht langsam fertig?"

„Ja, ja", murrte Jan und schenkte ein. „Ganz ohne ‚Trip'. Für die Mischung habe ich Karotte, Ingwer und Lindenblüten ..."

„Hm, schmeckt nicht schlecht." Nadine nahm noch einen Schluck und nickte anerkennend. „Bisschen viel Ingwer vielleicht."

„Das muss doch, um das muffige Pilzaroma zu überdecken. Jetzt zeig mal, was du mitgebracht hast." Jan deutete auf die Tasche. „Sieht übrigens geil aus. Eigentlich mag ich ja alles, was du so zauberst."

„Gefällt sie dir wirklich?" Nadine lächelte geschmeichelt. „Du hast aber auch tolle Ideen, du irrer Pilzsammler."

„Ach ja?" Er zog sie vom Stuhl hoch und küsste sie. Dieses Mal nicht nur auf die Wange.

Sie verhielt sich nicht so, als hätte sie etwas dagegen, machte sich dann aber los und atmete tief durch. „Du wolltest doch sehen, was ich mitgebracht habe."

„Ach komm, später. Du bist doch sowieso das Wichtigste, was du mitgebracht hast." Jan schob Nadine in sein Zimmer und aufs Bett.

„Ich bin also das Wichtigste?! Stimmt das auch wirklich?" Sie boxte ihn in die Rippen. „Los! Schwöre!"

„Au! Ich schwöre! Du bist der tollste Trip überhaupt." Jan grinste und zog ihr den Pullover über den Kopf.

„Lügner!", lachte Nadine und küsste ihn heftig zurück.

Später saßen sie unter einer Decke zusammengekuschelt in der Küche.

„Nun pack schon endlich aus!" Jan deutete auf die Tasche.

„Also, den Bauchladen für dein Sortiment, so weit bin ich noch nicht. Aber hier, wie findest du die Verpackungen der verschiedenen Teesorten?"

Nadine schob die Teebecher beiseite und breitete verschieden gestaltete kleine Tüten und Pappschachteln aus. „Die können wir erst mal selber falten und kniffen. Darf ja alles nicht viel kosten."

„Wow! Das ist ja der Hammer! Echt psychedelic." Jan hielt eines der Tütchen dicht vor die Augen. „Hu, da dreht sich alles! Wahnsinn! Das ist ja fast schon wie ein Trip."

Nun nahm er eine der kleinen Schachteln in die Hand. „Sieht aus, als würde sich der Deckel in der Mitte hoch und runter bewegen. Wie hast du das denn hinbekommen?"

„Hab mir Grafiken aus den sechziger und siebziger Jahren angeschaut. Plattencover und so, und dann selbst etwas draus gemacht. Geil, nicht? Wenn die Leute nicht blöd sind, wissen sie sofort, dass deine Teesorten nicht zum Einschlafen gemixt sind."

Jan lachte: „Also ehrlich. Wirklich krass! Was wird das Material und das Bedrucken denn so kosten?"

„Dazu kommen wir später. Eine grobe Überschlagsrechnung habe ich schon. Jetzt sag mir endlich, wann dein Termin im Teeimperium ist."

„Mann, du Nervensäge, sei nicht so ungeduldig. Ich war doch schon lange dort, aber ich weiß noch nicht, ob sie mich nehmen."

Jan ließ den Kopf hängen. „Was glaubst du, wie mich die Warterei fertigmacht. Da kann ich dein Gedrängel nicht auch noch brauchen ... hab gehofft, ich könnte dich mit einer Zusage überraschen."

„Ach, mein Schatz! Tut mir leid. Du warst schon dort. Und, wie war's denn so?"

„Ich war so aufgeregt, dass ich mich erst verlaufen hab in der Hafencity. Kaiserkai rauf und runter, Osakaallee rauf und runter, ich kam in letzter Minute angehechelt. Das war schon blöd. Aber dann hat mich der Personaler so komisch angesehen, als er mich begrüßte. So, als wäre ich ein Alien. Seh ich so scheiße aus, habe ich gedacht. Dann fragt der so irgendwie zögernd ‚Herr Loh?'. Ich stottere: ‚Ja. Ich habe doch jetzt den Vorstellungstermin bei Ihnen. Oder?'

Da nimmt der Typ eine Mappe von einem Riesenstapel und blättert darin herum, sagt dann: ‚Oh, da ist wohl meine Fantasie mit mir durchgegangen. Ihr Name – Jan

Loh. Ich habe einen chinesischen Bewerber erwartet. Verstehen Sie? Yan Lo'."

Nadine hielt sich die Hand vor den Mund, versuchte nicht zu lachen und prustete trotzdem los.

„Jan, der Chinese! Ist das komisch!"

„Ja, du hast gut lachen. Verdammt! Das war überhaupt nicht komisch. Seh ich chinesisch aus, habe ich gedacht. Da ist doch ein Foto von mir in meiner Bewerbung. Er dachte wohl was Ähnliches und hat sich entschuldigt, bei den vielen Anfragen könne schon mal ein Irrtum vorkommen. Aber eigentlich solle ich mich darüber freuen, denn so sei ich ganz oben auf der Liste gelandet. Ein chinesischer Bewerber, das fand er spannend."

Jan stöhnte. „Ich sag dir Nadine, da war ich erst recht durcheinander. Dann hab ich alles runtergeleiert, was ich über das Teeimperium auswendig gelernt hatte. Das permanente Ziel des Unternehmens. Das Setzen von Trends, das Aufspüren innovativer Rohstoffe und das Entwickeln zukunftsweisender Neuprodukte. Bla, bla ... Bei den Stichworten ‚Innovation und Artikel neu konzipieren' hat er mich unterbrochen und einen Vortrag über zwei Schlüsselbegriffe gehalten: Produkte entwickeln und Artikel neu konzipieren. Mit dem Wissen um Märkte und den Vorlieben der Verbraucher arbeiten ...

Ich war saufroh, dass er so lange gequasselt hat, und hab immer nur genickt. Dann hat er sich ein paar Notizen gemacht, seine Mappe zugeklappt und mir einen Zettel mit einem Termin beim Teamaster gegeben, der würde eine Art Schulungstest mit den Bewerbern aus der engeren Auswahl machen. Danach bekäme ich dann Bescheid."

Jan atmete tief durch: „Zufrieden?"

„Ja, natürlich. Das muss schrecklich gewesen sein. Und dieser Test, wann ist der?"

„War auch schon."

Nadine kuschelte sich dichter an Jan. „Und? Nicht gut?"

„Was weiß ich. Der Typ hat ewig lange Vorträge über das Teeimperium gehalten und uns Teemischungen vorgeführt. Wir mussten in sogenannte Riechschatullen reinschnüffeln und was dazu sagen. Zum Schluss sollten wir jeder selbst etwas mixen. Ich hab einfach nur einen dieser eklig süßen Früchtetees genommen, Honeybush Violetta, und hab Zitrone und Pfeffer untergemischt, um da 'n bisschen Pep reinzubringen. Ich fands klasse."

„Und? Was hat der Teamaster gesagt?"

„Gar nichts! NICHTS! Ich sag dir, Nadine, ich bin da raus und hätte kotzen können." Jan schlug mit der Hand auf die Tischplatte. „Und seit Wochen fühle ich mich wie auf einem Schleudersitz. Wie lange brauchen die denn für ihre Entscheidung?"

„Na ja ..." Viele Firmen machen sich nicht mal mehr die Mühe, Absagen zu schicken, dachte Nadine, schaute zur Tür, sprang auf und rannte in Jans Zimmer.

„Hallo, ihr Turteltäubchen!" Enrico schleppte ächzend Einkaufstüten in den Flur.

„Du?! Ich dachte, du bist bei Tante Irene." Jan griff nach seinem T-Shirt, um nicht ganz so nackt auszusehen.

„Und da habt ihr geglaubt, ihr hättet freie Bude, was?" Enrico setzte seine Einkäufe ab. „Riecht gut hier, irgendwie nach Ingwer. Tee? Ich könnte auch 'ne Erfrischung vertragen."

Jan schaute Enrico genervt an und ging ohne etwas zu antworten in sein Zimmer.

„He! Ich spreche mit dir, junger Mann. Noch wohne ich hier, falls es dich interessiert. Und noch habe ich den Schlüssel für den Briefkasten." Enrico grinste fröhlich und wedelte mit einer Postsendung herum. „Absender Teeimperium. Wenn dich das auch nicht interessiert, kann der Brief wohl weg ..."

„Gib her, du alter Affenarsch!" Jan schnappte sich den Umschlag, ließ sich auf einen Stuhl fallen und atmete tief durch.

🐘 45 🐘

„Nun sag's schon!"

„Also echt, Enrico, du spinnst doch ..."

„Na los, sag's schon!"

Jan rollte mit den Augen. „Bist du peinlich. Also gut: Rico, hol schon mal den Wagen raus!"

Blitzartig verschwand Enrico in der Hofeinfahrt. Kurz darauf war ein blecherner Knall zu hören, gefolgt vom heiseren Rattern eines alten Motors, das sich langsam stabilisierte, als der Wagen in Jans Sichtfeld rollte. Es war ein alter, orange-rostiger VW-Bus. Enrico kurbelte das Seitenfenster herunter und hob vornehm wie die englische Königin die Hand zum Himmel.

„Na, was sagst du?"

„Mensch, Enrico. Damit willst du auf Weltreise gehen? Hättest du dir nicht ein etwas moderneres Modell leisten können? Der hat doch bestimmt seit 1980 in der Garage gestanden!"

„Kommt ungefähr hin. Aber täusch dich nicht! Das war noch Qualität damals. Die neuen Wagen laufen vielleicht runder, aber wehe, es muss mal schnell was repariert werden. Es gibt nicht überall eine Vertragswerkstatt entlang der Algarve, auf Goa und in Madras!"

„Das heißt jetzt Chennai. Und übrigens, wo soll es denn nun hingehen? Nach Westen an die Algarve oder nach Osten Richtung Indien?"

„Klugscheißer. Zu deiner Information, die Erde ist rund. Nach Osten, Westen, ist doch egal!"

Jan grinste. „Jaja, das wirkliche Leben, ich weiß schon. Hauptsache, du bist bis nächsten August wieder im Lande. Sonst bleibt dein Laden zu."

„Keine Sorge, dein Ausbildungsbeginn ist abgespeichert. " Enrico klopfte sich zur Bekräftigung mit der Faust gegen den Schädel. „Werde deiner Karriere nicht im Wege stehen. Und: Glückwunsch noch mal! Teeimperium – das muss ja was ganz Großes werden mit dir."

„Und wenn irgendeiner von diesen komischen Typen vorm Tresen auftaucht, ist auch Sense. Nichts gegen die kleinen Hamburger Hobbydealer, aber auf Muskelpakete hab ich keinen Bock mehr. So was wie meine Mutter möchte ich nicht im Laden erleben."

Enrico beugte sich ein Stück vor und wurde ernst. „Das wirst du nicht. Und sie auch nicht mehr. Die Bulgaren kommen nicht wieder. Hier ist jetzt gewissermaßen ... verbrannte Erde."

„Sicher?"

„Sicher! Kannst du deiner Mutter ruhig stecken!"

Jan wollte noch etwas sagen, aber Enrico hatte das Fenster bereits wieder geschlossen. Er hob noch einmal die Hand und kurbelte dann das Lenkrad, bis sich der Bus Richtung Straße in Bewegung setzte. Der Motor rasselte laut und ungeduldig.

Dafür, dass es von Schweigegeld gekauft wurde, war das Fahrzeug wirklich laut, dachte Jan, als er Enrico nachsah.

Hausmeister Wilm Nachtigall kratzte sich mit dem Kugelschreiber unter dem Rand seiner Mütze. Gefühl starker Zuneigung mit fünf Buchstaben ... Auf das heutige Kreuzworträtsel konnte er sich nicht konzentrieren. Sein Blick ging immer wieder nach oben, wo er durch das Souterrainfenster auf die Zufahrt zur Wohnanlage sehen konnte.

Seit mehreren Minuten stand dort eine Frau, die merkwürdig deplatziert wirkte. Sie trug Jeans und, völlig unpassend zur Jahreszeit, eine große Sonnenbrille und einen Strohhut. Nur der flatternde Schal um ihre Schultern durfte ein wenig Wärme spenden.

Wilm erinnerte sich nur ungern an die letzten fremden Frauen, die er hier herumschleichen sah. Sie hatten Ärger nach sich gezogen. Ärger, den er bis heute nicht verstand.

Zum Glück war es seit Kurzem wieder ruhig in der Anlage. Häuptling Krumme Nase hatte sich anscheinend komplett aus dem Staub gemacht. Und vom Klosterfeld selbst auch keine Spur. Noch etwas, was er nicht verstand ... Vielleicht sollte man mal bei der Polizei nachfragen, ob er vermisst gemeldet war.

Wilm legte die Zeitung weg, goss sich etwas Kaffee aus der Thermoskanne nach und trat zum Fenster, um die Sache näher zu betrachten. In diesem Moment fuhr ein Wagen vor, nein ... ein Automobil. Ein VW-Bus wie eine überdimensionierte Apfelsine. Ein grüngelbes Batiktuch war völlig funktionslos um den Rückspiegel auf der Beifahrerseite geschlungen worden. Das Ding fuhr weiter vor und – auf den Rasen! Unglaublich.

Ein Althippie sprang heraus und öffnete schwungvoll die große Seitentür des Busses. Mit ihm ergoss sich *California Dreamin'* auf die Straße. Nun setzte sich die Frau mit Hut in Bewegung, in den Händen zwei große Taschen.

Als sie sich seitlich zum Fahrzeug drehte, erkannte Wilm sie: Es war Irene!

Ihm stand der Mund offen.

Der andere war dieser Grauzopf. Nun fiel sie ihm auch noch um den Hals. Wilm seufzte. Das Pärchen stieg in die Fahrerkabine, ohne sich noch einmal umzudrehen. Dann wendete der Wagen geräuschvoll und knatterte davon.

Er setzte sich zurück an den Tisch und griff wieder zur Zeitung. Gefühl starker Zuneigung mit fünf Buchstaben ... Wilms Hals schnürte sich etwas zu. Er griff zum Kuli und trug die Lösung ein: LIEBE.